語り継ぐ日本の歴史と文学

久曾神昇編

青簡舎

序　蒲郡市民教養講座三十周年を祝して

私は今年、お蔭さまで百三歳を迎えました。市民講座が二十五周年を迎えた際には記念論集の序文に「百に近い年齢になりましたので、再び少年期に戻ったような気がします。」と御挨拶いたしました。当時の私は九十八歳でありました。今回は何と申し上げてよいやらわかりませんが、やはり更に少年期のような純粋な心持ちで、本当に価値があると考えられる物事を大切にしていく所存であります。そうして歳月の流れをあらためて感ずると共に、三十周年のお祝いを心より申し上げる次第であります。

私の専門は平安和歌文学の研究であり、市民講座でも十回ほど講演をさせていただきました。最初は蒲郡に関することを専門の立場から話しましたが、毎度同じことを話すわけにも行かず、最後には専門分野を少し離れ、聴講者の皆さんと一緒に勉強するつもりで様々のテーマについて話した気がします。

蒲郡市民講座の意義については、二十五周年の際にも申し上げましたが、たいへん深いものがあります。繰り返すようですが、蒲郡が市民講座をはじめた頃にはこうした試みは全国的にも殆どみられませんでした。蒲郡は市民講座の先駆けとして役割を果たしてきたのであります。また、三十年の長きにわたり市民講座が継続してきたということにもたいへん深い意義があります。二、三年であればあり得る事ですが、三十年となると、並大抵のことではありません。教養は実生活にすぐに役立つものではなく、長い年月をかけて人間性を豊かにするものです。このため、ともするとその必要性が見失われがちになるからです。こうした困難な事業は、まず何といっても文化教養を重んずる聴講者がいなくては継続できなかったわけです。継続的に多くの聴講者があったということは、蒲郡市民の文化的関心の高さを証明するものです。一方では市民の文化的関心の動向に注意を払い続けてきた企画運営者の努力の賜物でもあります。ここにあらためて市民と運営者の双方に心からの敬意を表します。

地域文化の重要性が広く認識されつつある昨今ですが、文化的施設やサービス、あるいは貴重な文化財が大都市圏に集中する傾向は相変わらず続いております。こうした状況を考えてもこの三十周年にはたいへんな意義があります。むしろ、過剰な人口を有しない都市であるからこそ、企画運営者も聴講者の意見や文化的関心をよく汲み取って運営が行い得たという面もあるかも知れません。ここには小規模な都市だからこそ独自の文化活動が行えるという可能性がうかがえます。
先述のように私の専門は平安和歌文学研究であります。遠い昔のことを正確に調査し歴史的事実として明らかにすることは大変に困難なことだと尽々、思います。市民講座は歴史分野にとどまらず様々の分野のテーマについて講演者と聴講者がともに考える場であります。今後ともこうした貴重な場が存続、発展することを願ってやみません。

平成二十四年五月三十一日

久曾神　昇〔談〕

語り継ぐ日本の歴史と文学　目次

文学編

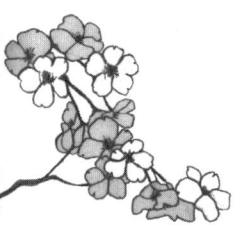

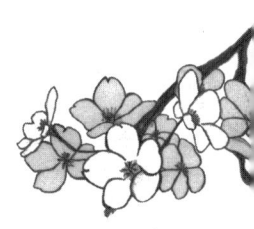

万葉歌枕「四極山《しはつやま》」

久曾神　昇

万葉集巻三の高市黒人羈旅歌の中に、

四極山《しはつやま》、打越見者《うちこえみれば》、笠縫乃《かさぬひの》、島榜隠《しまこぎかくる》、棚無小舟《たななしをぶね》（二七二）

とある歌は、古今集巻二十の神歌の最後にも「しはつ山ぶり」として出ているが、その四極山及び笠縫島については、万葉集及び古今集の註釈書をはじめ、諸文献に諸説があるが、未だ定説を見ない現状である。主なるものは次の如くである。

豊前又は豊後とする説＝八雲御抄には、しはつ山、かさゆひ島を共に豊前とし、別にかさぬひ島を豊後とし、かさゆひの島と同所かと註してある。名所方角抄にも、柴津山、笠結島を豊前国に掲げ、藻塩草にも四極山を豊前とし、類字名所和歌集、松葉和歌集及び秋の寝覚等には豊後国としている。それが鎌倉室町時代の通説であったが、高市黒人の羈旅の歌は、東海道に畿内の国々を詠んだ歌のみで、豊前、豊後説は認められない。

　摂津とする説＝真淵は万葉考、続万葉論、古今集打聴等に、万葉集巻六（九九九）の「従千《ちぬ》沼廻《みより》、雨曽零来《あめぞふりくる》、四八津之泉郎《しはつのあま》、網手綱乾有《あみてつなほせり》、沾将堪香聞《ぬれあへむかも》、右一首、遊二覧住吉浜一還レ宮之時、道上守部王応レ詔作歌」によって摂津とし、宣長は玉勝間（巻六）に、同説を詳述し、古事記伝（巻三十五）にも述べ、千陰の万葉集略解、雅澄の万葉集古義、勝地吐懐篇の伴蒿蹊首書などもそれに従い、最近の万葉集全釈、同講義、古今集詳釈（金子元臣）などもこの説に左祖している。

　三河とする説＝契沖は豊前、豊後説を否定し、万葉代匠記に、「今按、此歌前後を引合て案ずるに、東海道の内、参河尾張より此方をよめる中に、此歌のみ西海道をよむこと不審なり。和名集云、参河国幡豆郡磯泊之波止是今の四極と同じき歟。然らば笠縫島も知べし」と論じ、古今餘材抄、勝地吐懐篇にも同説を述べ、続万葉集秘説等にも同説があり、守部は万葉集檜嬬手に「或人云、和名抄参河国幡豆郡に磯伯之波止とある地の山なり。小山なれども其山越えて見れば、南東の海上に、今さく島かたはら島など云ふ小島あり。是昔のかさぬひ島也。景色すぐれて宜しと云へり（下略）」と述べ、由豆流も万葉集攷証に、摂津説を否定し「参河ならん事明らけし」と断じ、笠縫島も「尾張参河のうちなるべし」と述べ、最近では万葉集総釈（吉沢義則）、古今集評釈（窪田空穂）がこの説に従っている。

この三説のうち、第一説は早く契沖が否定したが、他の二説は、契沖、真淵以来、論駁が繰返されて今日に至っている。

万葉集講義の評論も傾注すべきではあるが、万葉集を熟読するに、檜嫣手に「播津国などには地理かなはず。参河にさる地あらば其れなるべし」というが穏当であり、和名抄所載の磯泊を考えるべきは当然である。その地が明確でなかった為に同名異所の摂津説が生じたのである。羽田野敬雄は参河国古蹟考（巻十）の「志波都山、笠縫島」の条に、渡辺政香の消息によって「幡豆郡しはつ山に登り、海を見るに、笠の形したる島あり。渥美郡に属せり。此傍を老津嶋童部の浦といふ。薪こる翁に、彼島と此山の名はいかにと問へば、嶋は笠嶋、山は歯津山と答へり。」（下略）と述べている。この説は早くから見ていたが、実際と合致しないので、深く注意しないでいた。然るに昭和二十二年十二月西尾町（今の西尾市）を訪ね、図らずも四極山について聞き、翌年四月同地の郷土史家の好意によって踏査することができ、四極山がその地であることを確信するに至った。万葉歌枕を探る人の為に、踏査の概要を略述しておきたいと思う。

昭和二十三年四月十八日、森武士氏をはじめ、滝川氏、堀岡氏等数人の研究家の案内で踏査に向った。上横須賀を出て、名古屋鉄道線を横断、畷道を東進し、左に小牧、寺島を、右に中野を見て進むこと数町、矢崎川を渡ると間もなく友国で道が分れる。右は幡豆町に通ずる道、左は津平を経て蒲郡市に到る街道である。蒲郡街道に入ると間もなく横須賀東部小学校が、左の丘陵に聳えている。その学校の裏から北へ坂路を一町ばかり下ると志葉都神社がある。村社に過ぎなかったが、参河国内神明名帳に「従四位下津枚明神」とある神社のよしが石柱に記してある。祭神は参河国古蹟考には産土神柴戸大明神とあるが、幡豆神社の祭神建稲種命の御子建津枚命であると伝称している。建稲種命は日本武尊に従って東征せられた方で、宮簀姫命の兄であるといい、建津枚命の兄弟である建蘇美命も近くの須美神社に祀られている。なお、祭礼に、男子が神楽を奏するのも異色である。この神社は、古の貝塚の上に建てられており、又千年前までは船着場であったらしく、近くの友国に梶洗、揚《あげ》などの地名が残っている。梶を洗ったり、荷揚をした所と知られる。

　再び蒲郡街道に出て、左右から迫る丘陵を切り割った切通をすぎて東進すると、山はいよいよ近づき、右方の連峯は裾をこの街道まで垂れている。行くこと数町、この街道から別れて右折すると、全くの山路である。附近は、柿、梨、葡萄、蜜柑などが植付けられ、美しい果樹園となっていた。茶の生垣に沿って果樹園を過ぎると、山路はいよいよ狭く、細い谷川の流れに沿う爪先上りの小径となる。松杉が多いが、所々に桜の老木があわれに残花をとどめていた。山頂に達すると、眼界が急に開ける。地図によると、標高二〇三メートル三とある。左手には宝飯郡西浦方面の岬端が見え、前面には三河湾が水路もあざやかに映じ、中に梶島がくっきりと印象的である。梶島に対して、幡豆神社のある宮崎が突出しており、宮崎、梶島附近には、白帆をあげた漁舟が数十隻数えられた。右手には長い一列の松林が陸と海とを隔てており、内には農作物が繁茂し、その中央には吉田町がある。海上には、やや離れて佐久島が横たわり、更に沖には二三の小島が淡く、その外には左から渥美半島、右から知多半島が突出し、三河湾を擁している。

　標高二〇三メートル三の山頂を中心に、この附近を四極山と総称し、この山頂を境界とし、南が幡豆町、北が横須賀となっている。幡豆町に属する山々は、普通に「幡豆の山」と称せられ、又伊勢山ともいう。附近に、鳥羽、宮崎などをはじめ、伊勢国の地名の多いのは、移民居住によるらしく、今なお伊勢国との海上運輸に従事する人が多く、縁戚も多いとのことである。この南側の山々を幡豆の山というが、そこに延喜式内幡豆神社もある。而して北側を四極山といい、その附近を古来磯泊《しはと》といい、そこに志葉都神社がある。かくて思うに、「幡豆」が原名で、その背後の地を「背幡豆」と称したのが転じたのではあるまいか。因に幡豆《はと》は羽利《はと》とも記され、後世読み誤って釣針伝説まで生じ、今なお縫針を名物とする羽利神社のあるのも一興であった。万葉集の四極山はこの地と考えて差支えなかろう。高市黒人は、この山越道をどちらから進んだのであろうか。横須賀方面は、今はすべて陸地であるが、千年前には海であった。

従ってどちらから越えたとしても差支えないようであるが、地勢を考えるに、横須賀方面に於ては、千年前に島となっていたと推定すべきは、標高四三メートル、四一メートル五となっている三和附近の丘陵のみである。而してその距離が遠すぎ「島こぎかくる棚なし小舟」という歌趣にあわない。かくて北から南へ越えたものと推察せられる。

次に笠縫島を考えるに、渡辺政香は、渥美郡に属する笠島を当てているが、笠島の実体も知られず、殊に渥美郡及び知多郡に属する島々は、遠景に点在するのみで歌意にあわない。守部は、さく島、かたはら島などをあげているが、佐久島はやや遠く、棚無し小舟が漕ぎ隠れるという歌趣にあわない。かたはら島は何れの島とも知られない。かくて眼下に見下され、歌趣に適するのは、唯ひとつ梶島が存するのみである。梶島は標高四二メートルで、幡豆神社のある宮崎の岬端から海上僅かに七町余の位置にあり、伊勢航路の発着点となっていることを思えば、梶取に因る名称と思われる。この島を笠縫とよんだ証拠はないのであるが、往古はこの沿岸が極めて温暖で、これらの島に蒲葵が繁茂していたのであろう。今はこの島には無いよしであるが、昭和三十年西尾市在住の某氏に仄聞したところによると、その附近の小島に今もなお存するとのことである。未だ実地調査を行っていないので、この点を明確にすることはできないが、八百年の温暖周期などによっても、往古この附近に蒲葵の存在したことは推定できるようである。蒲葵で笠を縫ったのであり、蒲葵が存在したとすれば、笠縫とよばれたことは勿論であろう。ともあれ、四極山をこの附近とすれば、笠縫島はこの梶島以外には考えられないのである。幡豆町の海岸に近い前島及び沖島は、視界を遮られて、山頂からも十分望むことができない。往古の街道がどの地点を通ったか明確でないので、なお決定は困難であるが、地勢がそれほど変化したとは考えられず、我々が長時間にわたって踏査した結果からすれば、梶島以外には考えられない。

かくて多年異論のあった四極山及び笠縫島は、実地踏査の結果、四極山は和名抄に磯泊郷とある地で、今は愛知県幡豆郡横須賀村（西尾市）に属し、津平の南部に聳える一連の山々であり、笠縫島は同郡幡豆町宮崎の岬端から七町余の海上にある梶島であろうと推定できるのである。

*「金城国文」第二巻第四号（昭和三十一年三月）より再録。

三十六歌仙の成立とその展開

田中　登

はじめに

延喜五年（九〇五）に成立した『古今和歌集』の仮名序の中で、紀貫之が「近き世にその名聞こえたる人」として挙げた僧正遍昭・在原業平・文屋康秀・喜撰・小野小町・大伴黒主の六人の歌人は、後世「六歌仙」と呼ばれ、多くの人々に親しまれてきたが、その影響下になったのが「三十六歌仙」である。これまた「六歌仙」同様に、広く人々の知るところとなっているが、この「三十六歌仙」は、いつ、だれによって定められ、その後、どのように享受されたのか、以下、紙幅の許す範囲で述べてみたい。

十五番歌合

『十五番歌合』の撰者については、寛治元年（一〇八七）藤原通俊の撰した『後拾遺和歌集』の仮名序の中に「大納言公任朝臣みそぢ余り六つの歌人を抜き出でて、かれが妙なる歌、ももちあまりいそぢを書き出だし、又、十あまり五つ番ひの歌を合せて、世に伝へたり」とあって、藤原公任の撰になることが知られる。

この『十五番歌合』というのは、『万葉』『古今』『後撰』『拾遺』の時代の歌人の中より、三十人の優れた歌人を選抜し、その代表歌一首をもって、歌合形式に仕立て上げた秀歌撰であるが、その三十人のメンバーとは、以下のとおり。

左　貫之　素性　業平　忠岑　公忠　兼輔　友則　小町　是則　仲文　斎宮女御
右　躬恒　伊勢　遍昭　能宣　忠見　朝忠　清正　元輔　元真　輔昭　小大君
　　傅殿母上　重之　兼盛　人丸
　　帥殿母上　順　中務　赤人

その成立年代については、道綱の母のことを「傅殿母上」といい、伊周の母のことを「帥殿母上」と呼んでいるところから、寛弘四年（一〇〇七）正月以降、同七年正月までの間になったものと知られよう。

そもそも歌合というものにおいては、一番の左方を最も重んずるものであるから、公任は、万葉歌人の人丸よりも、古今歌人の貫之の方を、より高く評価していたということになろう。

ちなみに、公任は、彼と同時代の歌人三十名（その中には公任もあり）を選び、やはり十五番の歌合を撰しているが、貫之・躬恒以下の十五番の歌合と区別する時には、これを『後十五番歌合』といい、かれを『前十五番歌合』という。

十番歌合

『十五番歌合』における公任の貫之尊重の態度は、だれの目にも明らかであるが、それに対して、当時不満を抱く人々もいないわけではなかった。六条宮具平親王もそうした人の一人である。今は失われてしまった『江詠朗注』（大江匡房の記した『和漢朗詠集』の注釈書）によれば、公任が具平親王と談じていた折、たまたま歌仙の論に及び、公任は貫之を第一にしたのに対し、親王は人丸を推し、両者一向に相譲る気配がなかった。そこで、両者それぞれ贔屓の歌人の歌十首を持ち寄り、歌を合わせて優劣を決することとなった。その結果はといえば、八首は人丸の、一首は貫之の勝ちで、あとの一首は持（引き分け）という結果になったという。

三十人撰

右の人丸貫之優劣論争の結果を受け、公任は、人丸を最上位とする『三十人撰』を撰するに到った。現存する六条宮本によれば、一番と二番と十五番の六人の歌人（人丸・貫之・躬恒・伊勢・兼盛・中務）については十首を、十一番の深養父と小町のみは二首を、その他は三首の歌を掲げ、都合百三十首の歌を選んでいる。

『三十人撰』の現存唯一の伝本は、藤原行成を伝称筆者とする、まことに麗しい筆跡で記された、平安時代の書写本だが、それはどうやら六条宮具平親王の撰したものらしく、公任撰のものは早くに散逸してしまったという。今、参考のために、具平親王撰『三十人撰』の顔ぶれを、左に挙げておこう。

左　人丸　躬恒　遍昭　家持　兼輔　敦忠　敏行　忠岑　興風　清正　深養父　是則

右　貫之　伊勢　業平　素性　朝忠　公忠　友則　重之　信明　順　小町　元輔

小大君　能宣　兼盛

仲文　忠見　中務

これを公任の『十五番歌合』の三十名の歌人と比較すると、元真・輔昭・斎宮女御・傅殿母上・帥殿母上・赤人の六人が消え、その代わりに、家持・敦忠・敏行・興風・信明・深養父の六名の歌人が、新たに加わったことになる。

三十六人撰

公任は、自ら撰んだ『三十人撰』を基に、おそらく具平親王撰の『三十人撰』をも参照しつつ、同時に歌仙枠をさらに六名分拡大して、『三十六人撰』を編むことになった。一番と二番と十八番の六人の歌人（人丸・貫之・躬恒・伊勢・兼盛・中務）ついては十首を、その他の歌人については三首の歌を掲げ、都合百五十首を選んでいる。これが、先に引いた『後拾遺和歌集』序文のいう「大納言公任朝臣みそぢ余り六つの歌人を抜き出でて、かれが妙なる歌、ももちあまりいそぢを書き出だし」とある記述に該当するものである。その三十六人のメンバーとは、以下のとおり。

左　人丸　躬恒　家持　業平　素性　猿丸　兼輔　敦忠　公忠　斎宮女御　敏行
　　宗于　清正　興風　是則　小大君　能宣　兼盛
右　貫之　伊勢　赤人　遍昭　友則　小町　朝忠　高光　忠岑　頼基　重之
　　信明　順　元輔　元真　仲文　忠見　中務

ここでは、『三十人撰』に見られた深養父を除き、代わりに、猿丸・斎宮女御・宗于・赤人・高光・頼基・元真の七人が新たに加わっているが、『十五番歌合』をも視野に入れて考えると、斎宮女御・赤人・元真の三歌人は、『三十人撰』では、一旦姿を消したものの、この『三十六人撰』で見事復活を果たしたということになろう。

ともあれ、この『三十六人撰』に選ばれた歌人のことを、われわれは「三十六歌仙」と呼び習わしているが、これは、以下に述べるように、後世に多大な影響を与えることになる。

異種三十六歌仙

公任の選んだ三十六歌仙に漏れた歌人や、さらにやや時代の下る歌人の中から、三十六人を選んだものに「中古三十六歌仙」がある。これは、藤原範兼の撰になる「後六々撰」に撰入された歌人のことを指すものと一般的にはいわれている。そのメンバーとは、以下のとおり。

和泉式部　相模　恵慶　赤染衛門　能因　伊勢大輔　好忠　道命　実方　道信　貞文　深養父　嘉言　道済　道雅　増基　元方　千里　公任　輔親　高遠　馬内侍　義孝　紫式部　道綱母　長能　定頼　上東門院中将　兼覧王　棟梁　康秀　忠房　輔昭　匡衡　安法法師　清少納言

公任と同時代に活躍した、和泉式部・相模・赤染衛門・伊勢大輔・馬内侍・紫式部・道綱母・上東門院中将・清少納言などの女流歌人が多数選ばれていることは注意されてよかろう。

この「中古三十六歌仙」のほか他にも、「天皇三十六人撰」「皇子三十六人撰」「相国三十六人撰」「武家三十六人撰」「高僧三十六人撰」「女房三十六人撰」など、類書も少なくないようだが、すべて省略する。詳しくは久曾神昇『日本歌学大系』別巻六（風間書房・昭和五十九年）を参照されたい。

三十六人集の成立

さて、話を元の三十六歌仙のことに戻そう。公任の選んだ三十六歌仙は、歌の道を志す人々によって大いに尊重されたため、これらの歌人たちの各家集を集成しようという動きが見られるようになった。こうして成立したのが『三十六人集』である。この『三十六人集』なるものが、いったい、いつ頃なったものなのか、正確なことはわからないが、『三十六人集』について言及している文献に、藤原俊成の撰になる、文治三年（一一八七）成立の『千載和歌集』がある。同集の巻第十七雑部中に

大納言実家のもとに、三十六人集を借りて返しつかはしける中に、故大炊御門右大臣の書きて侍りける草子に書きて、おしつけられて侍りける　大皇太后宮

このもとにかき集めたる言の葉を別れし秋の形見とぞ見る

返し　権大納言実家

このもとにかく言の葉を見るたびに頼みし蔭のなきぞ悲しき

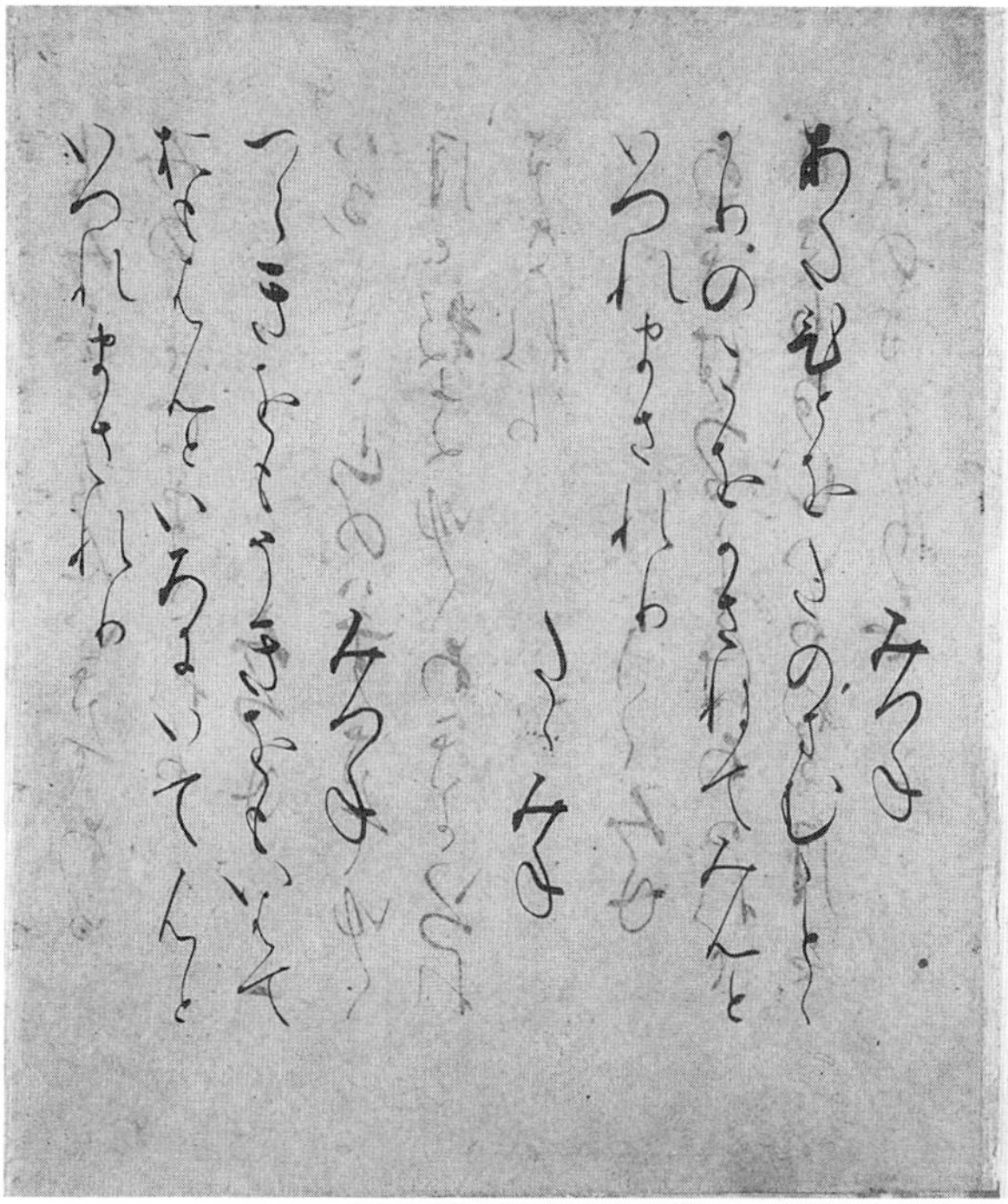

忠岑集断簡

詞書の中に出てくる「故大炊御門右大臣」とは、贈歌の作者の「大皇太后宮」(多子)および答歌の作者である実家の父・藤原公能のこと。この公能は永暦二年(一一六一)八月、四十七歳をもって没しているから、少なくとも、永暦二年以前には、『三十六人集』は、成立していたということになろう。

三十六人集の古写本および古筆切

文献の上からは、『三十六人集』の成立は、右のごとくになるが、しかし、現存する遺品(古写本および古筆切)に徴してみるに、実際には、永暦二年よりは、さらに古い時代に成立していたと思われる。以下、平安時代の書写になる『三十六人集』について述べてみることにしたい。

伝小大君筆御蔵切　粘葉装の冊子本で、料紙には唐紙を使用。筆者を小大君と伝えるが確証はなく、その書風から十一世紀の後半の書写と推測される。『小大君集』『元真集』『元輔集』『重之集』の各断簡が現存。また、小大君集切の巻末の識語には「不慮感得十一帖内、兼盛下者、愚推小大君歟、後拾遺巻頭歌有之(花押)」とあり、かつては『兼盛集』の下帖も存したことが知られよう。

伝藤原公任筆砂子切　もと綴葉装の冊子本で、料紙には金銀の揉箔を一面に撒いたものを使用。筆者を公任と伝えるが確証はなく、後述する『西本願寺本三十六人集』の中に同筆の作品が見出せるところから、十二世紀の初め頃の書写と推定される。『業平集』『兼輔集』『公忠集』『中務集』の各断簡が現存。この内、『業平集』が『西本願寺本三十六人集』の内の『伊勢集』『友則集』『斎宮女御集』と、『兼輔集』が同じく『貫之集下』『順集』『中務集』と、『公忠集』が同じく『元真集』と同筆の関係にある。

西本願寺本　粘葉装の冊子本で、料紙には、唐紙・染紙・箔散し・下絵・墨流し・継紙など、きわめて美麗なものを使用。『三十六人集』の内、『貫之集』と『能宣集』のみ上下二帖に分かれており、もとは三十八帖であったものが、長い伝来の間に、『人麿集』（断簡が室町切として現存）と『小町集』は失われ、『業平集』『兼輔集』（鎌倉の補写本）『順集』『仲文集』は一部分切り取られ、『貫之集下』と『伊勢集』は昭和四年に分割（石山切）された。この『三十六人集』は天永三年（一一一二）白河法皇の六十賀を記念して制作されたといわれており、したがって、書写年代も十二世紀の初めということになる。全体は二十人による寄合書きだが、その中には、藤原定実・同定信・藤原道子などが参加していたことが指摘されている。

坊門局筆本　綴葉装の冊子本。冷泉家の時雨亭文庫に『兼輔集』『順集』『元輔集』『兼盛集』『能宣集』『重之集』の六帖が、また、団家に『興風集』と『清正集』を合綴した一帖が伝存する。冷泉家の『元輔集』の奥書に「承安五年五月二十四日さい宮のおはします四条まちのこうぢのみなみおもてのひんがしのつまどにてかきはてたるを……」とあって、承安五年（一一七五）の書写と知られる。筆者の坊門局は俊成の娘で、定家の姉に当たる人。これは俊成の監督下に書写されたもので、同時に定家の手沢本。関戸家伝来の『唯心房集』と同筆。

唐草装飾本　包背装の冊子本。料紙には、唐草文様を刷り出した唐紙を使用。現存するのは、『小町集』『遍昭集』『素性集』『兼輔集』『宗于集』『高光集』の六集。今は失われてしまったが、かつて『遍昭集』の巻末には、「上西門院越前」という書写者の名前が記されていたというから、もしこれに相違なければ、鳥羽天皇の皇女・統子内親王が「上西門院」と呼ばれた平治元年（一一五九）以降、文治五年（一一八九）までの三十年の間の書写ということになろう。

以上、見てきたごとく、三十六歌仙の各家集を集成した『三十六人集』は、『三十六人撰』が撰せられてから、およそ半世紀の後にはすでに成立していたと思われ、今日想像する以上によく書写され、読まれていたとみるべきであろう。

されぱこそ、かの藤原定家も歌論書『詠歌大概』の中で「殊に見習ふべきは、古今・伊勢物語・後撰・拾遺、三十六人集の中の殊なる上手の歌を心に懸くべし」と称揚したのである。

十八番歌合

『三十六人集』は三十六歌仙の和歌を集成しようとするものであったが、逆に、『十五番歌

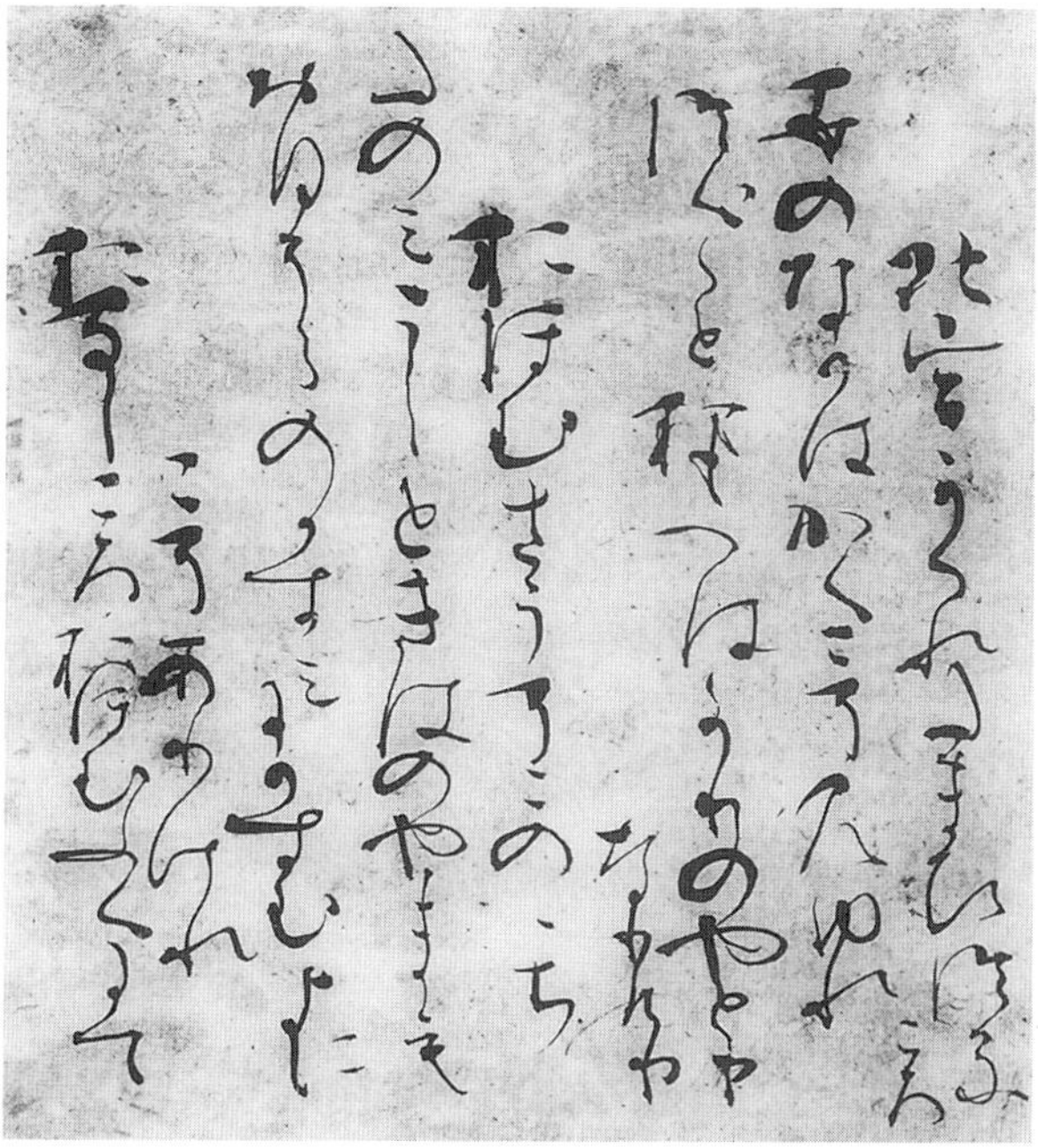

高光集断簡

合』のように、ただ一首の歌をもって、当該歌人の作を代表させ、歌合に仕立てる試みも行なわれた。それが『十八番歌合』である。撰者は平安末期に活躍した覚盛といわれているが、確かではない。

この十八番三十六首の歌は、ほとんどの歌が『三十六人撰』中に見えるものであるが、中には、そうでないものもある。ただ、後に述べる歌仙絵に添える歌として、これが大きな影響を与えたと思われるので、以下に、この三十六首を挙げておきたい。

一番　左　　　人麿
ほのぼのと明石の浦の朝霧に島がくれゆく船をしぞ思ふ
　　　右　　　貫之
桜散る木の下風は寒からで空に知られぬ雪ぞふりける
二番　左　　　躬恒
いづくとも春の光はわかなくにまだみ吉野の山は雪ふる
　　　右　　　伊勢
三輪の山いかに待ちみむ年ふともたづぬる人もあらじと思へば

三番　左　家持

春の野にあさるきぎすの妻恋ひにおのがありかを人に知れつつ

右　赤人

和歌の浦に潮みちくれば潟をなみ葦辺をさしてたづ鳴きわたる

四番　左　業平

世の中にたえて桜のなかりせば春の心はのどけからまし

右　遍昭

たらちねはかかれとてしもむばたまのわが黒髪をなでずやありけむ

五番　左　素性

みわたせば柳桜をこきまぜて都ぞ春の錦なりける

右　友則

秋風に初雁がねぞきこゆなるたがたまづさをかけて来つらむ

六番　左　猿丸太夫

奥山に紅葉ふみわけ鳴く鹿の声聞く時ぞ秋は悲しき

右　小町

色見えでうつろふものは世の中の人の心の花にぞありける

七番　左　兼輔
人の親の心は闇にあらねども子を思ふ道にまどひぬるかな
右　朝忠
逢ふことのたえてしなくはなかなかに人をも身をも恨みざらまし
八番　左　敦忠
逢ひみての後の心にくらぶれば昔はものを思はざりけり
右　高光
かくばかりへがたく見ゆる世の中にうらやましくもすめる月かな
九番　左　公忠
行きやらで山路暮らしつほととぎす今一声の聞かまほしさに
右　忠岑
有明のつれなく見えし別れよりあかつきばかりうきものはなし
十番　左　斎宮女御
琴のねに峰の松風かよふらしいづれのをよりしらべそめけむ
右　頼基
ひとふしに千代をこめたる杖なればつくともつきじ君がよはひは

十一番　左　　　　　　　　　　　　　　敏行

秋来ぬと目にはさやかに見えねども風の音にぞ驚かれぬる

右　　　　　　　　　　　　　　重之

風をいたみ岩うつ波のおのれのみくだけてものを思ふころかな

十二番　左　　　　　　　　　　　　　　宗于

ときはなる松の緑も春くれば今ひとしほの色まさりけり

右　　　　　　　　　　　　　　信明

あたら夜の月と花とを同じくはあはれ知れらむ人に見せばや

十三番　左　　　　　　　　　　　　　　清正

天つ風ふけひの浦にゐるたづのなどか雲井に帰らざるべき

右　　　　　　　　　　　　　　順

水のおもに照る月なみをかぞふれば今宵ぞ秋のもなかなりける

十四番　左　　　　　　　　　　　　　　興風

契りけむ心ぞつらき七夕の年にひとたび逢ふは逢ふかは

右　　　　　　　　　　　　　　元輔

音なしの河とぞつひに流れいづるいはでもの思ふ人の涙は

十五番　左　　　　　　　　　　　　是則
み吉野の山の白雪つもるらしふるさと寒くなりまさるなり
　右　　　　　　　　　　　　　元真
夏草はしげりにけりな玉ぼこの道行き人もむすぶばかりに
十六番　左　　　　　　　　　　　　小大君
岩橋の夜の契りもたえぬべし明くるわびしき葛城の神
　右　　　　　　　　　　　　　仲文
有明の月の光を待つほどにわがよのいたくふけにけるかな
十七番　左　　　　　　　　　　　　能宣
千歳まで限れる松も今日よりは君にひかれてよろづよやへむ
　右　　　　　　　　　　　　　忠見
恋すてふわが名はまだきたちにけり人知れずこそ思ひそめしか
十八番　左　　　　　　　　　　　　兼盛
暮れてゆく秋の形見におくものはわがもとゆひの霜にぞありける
　右　　　　　　　　　　　　　中務
秋風の吹くにつけてもとはぬかな荻の葉ならば音はしてまし

歌仙絵・小町像

ここに挙げられた三十六人の中には、『百人一首』と共通する歌人も少なくないが、ただ、その代表歌についていえば、『百人一首』のそれと一致しないものがかなり見られ、その点、興味深いものがある。

三十六歌仙絵

平安末期頃より、「似絵」と呼ばれる肖像画を描くことが盛んになりだすにつれ、歌仙と呼ばれる人たちの肖像画（多くは歌人の代表歌が添えられている）を描くことも同時に流行する。今日、一般に歌仙絵と呼ばれているものには、「三十六歌仙」「時代不同歌合」「百人一首」のものが、それぞれあるが、その制作が鎌倉時代にまで遡ることができるような古い作品は、大抵「三十六歌仙」か「時代不同歌合」のものである。そして、鎌倉期のものは、絵巻物として制作されながら、各歌人ごとに分割され、掛軸として鑑賞されている、というのが実状である。とまれ、鎌倉期の作品で、著名なものを挙げれば、以下のようになる。

佐竹本　秋田の佐竹家旧蔵品で、歌仙絵巻の白眉。住吉明神を含め、三十六歌仙のすべてが現存する。

上畳本　各歌人の姿が畳の上にあることから、この名がある。躬恒・家持・猿丸太夫・公忠など、十四人分が諸家の下に現存する。

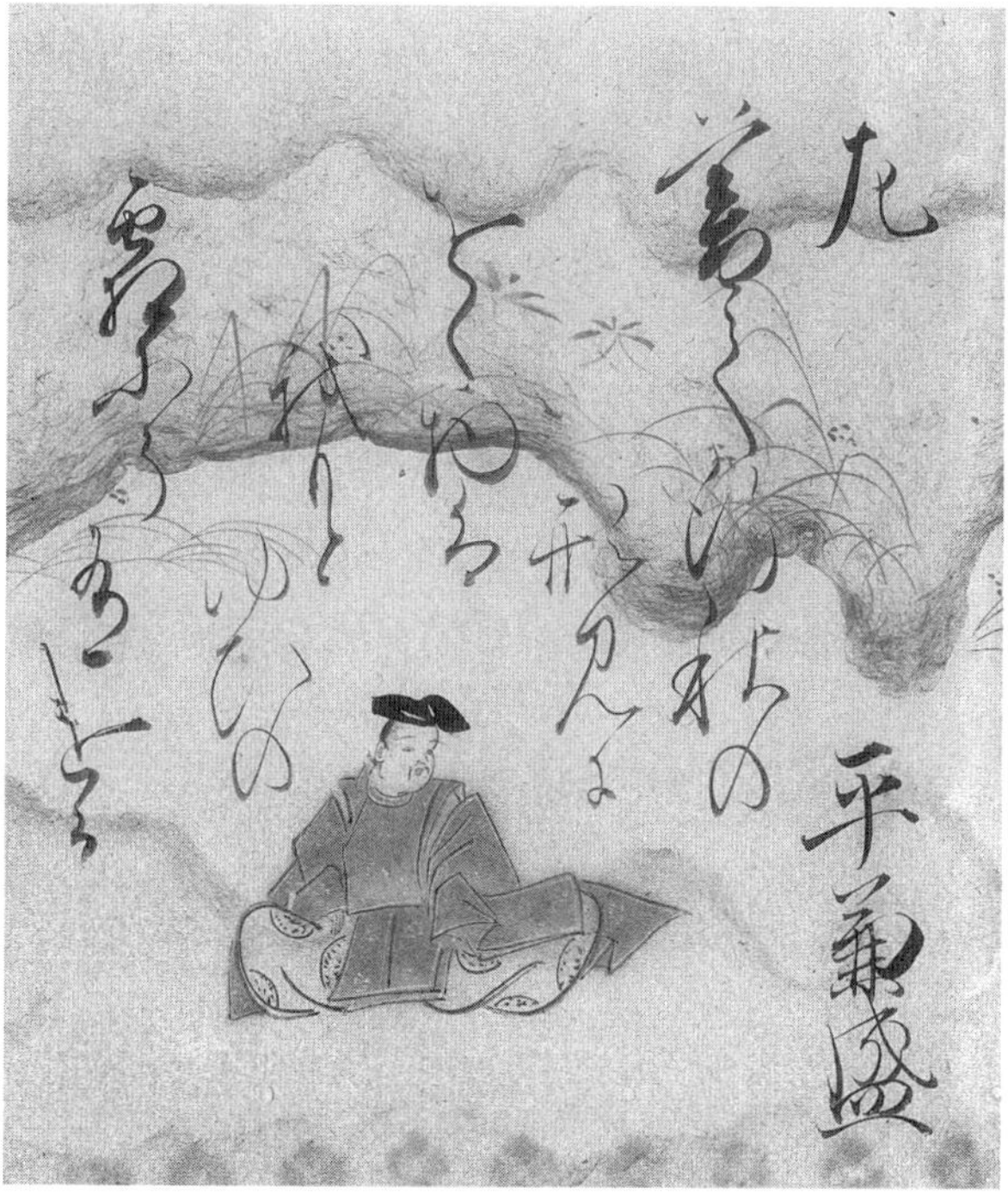

歌仙絵・兼盛像

後鳥羽院本　書を後鳥羽院と伝えることから、この名がある。伊勢・小大君・中務など、十五人分が諸家の下に現存する。

業兼本　書を平業兼と伝えることから、この名がある。猿丸太夫・敦忠・清正など、十五名分が現存する。

為家本　白描の歌仙絵。書画共に藤原為家の作と伝えることから、この名がある。素性・兼輔・公忠など、十五名分が現存する。

この歌仙絵は、時代が下がり、江戸時代になると、『伊勢物語』や『源氏物語』などと同様に、色紙に描かれ、屏風に貼られたり、あるいは帖に仕立てられたりして、盛んに鑑賞されるようになったのである。

おわりに

以上、「三十六歌仙」の成立の経緯、およびその享受の様相などについて、あらあら述べてきた。後世に与えた影響という点では、「三十六歌仙」は「六歌仙」よりも、むしろ大きなものがあったというべきであろう。

今日、秀歌撰という面での評価は、公任の『三十六人撰』は、定家の『百人一首』に遠く及ばないが、少なくとも平安時代までは、その評価は揺るぎのないものだったのである。

歌学書と古筆切

日比野　浩信

はじめに

全ての文学的所作は歌学によって支えられている、といっても過言ではあるまい。我が国の文学の中枢は和歌であり、物語文学も随筆文学も日記文学も、和歌的素養の上に成り立っている。その和歌を、詠作のみならず撰歌、批判、知識など、あらゆる面で支えてきたのが「歌学び」すなわち歌学であった。あの『源氏物語』なども、平安時代末から鎌倉時代においては歌学の一環として読まれたのである。その歌学の具現が歌学書であり、歌学書研究は、文学研究の礎といってもよかろう（拙稿「「歌学び」の系譜」（『語り継ぐ日本の文化』平成十九年　青簡舎）をご参照いただきたい）。

ところで、近年の国文学研究の動向として、古筆切を資料とした研究の定着がみられる。かっては主として平安期書写の古筆切を対象とした研究が行われていたが、古筆手鑑の複製や、個人蔵の古筆切の紹介なども活発化し、鎌倉期以降の書写に掛かる断簡についても、その有用性が認められるようになった。古筆切の資料的価値は、陸続と発表される研究成果によって疑いようもない。

当然のことながら、歌学書の古筆切についても無視すべきではない。ここでは、歌切や物語切ほど注目をされているとはいえない歌学書切にスポットを当て、歌学書研究に寄与する古筆切の代表例を幾つか掲げてみたい。歌学書切の資料的価値や有用性の一端を示すことができるはずである。

歌学書切の割合

文学作品の古筆切の中で、圧倒的に多数を占めるのはいうまでもなく歌切である。藤井隆氏によれば（藤井氏・田中登氏『国文学古筆切入門』正編・続編・続々編　昭和六十年〜平成四年　和泉書院。この数値は続編の解説による）、約六〇パーセントは歌集の断簡であり、朗詠集などの詩歌を入れると全体の七〇％をも占めているという。それ以外は、物語と物語の注釈類を合わせて四・三％、説話・仮名縁起が一・二％、連歌・歌謡が〇・六％、日記・紀行に至っては〇・二％という数値を算出しておられ、ジャンル別にみれば、歌切以外はまことに微々たるものである。さて、歌学書はというと、現在の研究・知名度からすると意外なことに日記や説話を上回って一・三％とされている。和歌を学ぶことが不可欠であった中世以前、その拠り所として歌学書が用いられていたことが推察されるのである。

ちなみに、『国文学古筆切入門』では、鎌倉時代の古筆切を中心に三百種が収められているが、その中で歌学書切はといえば、六種、全体の二％となり、やはり近似した数値が得られるようである。田中氏『平成新修古筆資料集』（第一集〜第五集　平成十二年〜平成二十二年　思文閣出版）では、四百七十八種（五百五十六葉）が紹介されている中で、歌学書の断簡は二十五種（二十七葉）あり、五・二％にも及んでいる。勿論、幅広い紹介を目論まれての結果ではあろうが、国文学研究において、これまでさほど注意されてこなかった歌学書の古筆切にも着目されてのことであろう。

一般的には、百枚を貼り込んだ手鑑があったとしても、歌学書切はそのうち二〜三枚といったところであろう。全体としては、やはり多いとは言い難い。

名葉集記載の歌学書切

そもそも古筆切は、鑑賞に供されるために一冊・一巻の書物が切断されたのであるが、筆跡が優れている、料紙が美しい、書写年代が古い、著名人の筆跡、伝来が確かなどが評価されたのであり、言い換えれば、文学作品は、単にその作品を書写するというだけではなく、評価されて然るべき態度によって書写されてきたのである。現代では希薄になってしまったといわざるを得ないが、古来人々の王朝文化への憧憬と文芸の重視の性質は、推して知るべしであろう。

古筆切のガイドブックともいうべき名葉集は、江戸後期に版行されたものの他にも写本で伝わるものも合わせて数種類あるが、これらに記載されるものは名物切として、愛好家には特に珍重されるものである。まずは、複数の名葉集の中から、歌学書切の記述を抜き出してみよう。

なお、『古筆家秘書』『古筆切目安』は伊井春樹氏他編『新版古筆名葉集』（昭和六十三年　和泉書院）に拠り、『古筆切名物』は武田則夫氏「翻刻古筆切名物」（「ＭＵＳＥＵＭ」二三六号　昭和四十五年十一月）に拠った。

	古筆家秘書	古筆切目安	古筆名葉集	新撰古筆名葉集	古筆切名物
後二条院	六半 朱点有小島絵六行（八雲御抄）	六半八雲切 下絵アリ歌入ハ稀也	六半切　八雲御抄	藤波切 六半八雲御鈔金銀下画アリ	六半切 八雲御抄下絵アリ朱点
経良				同（四半）色葉和難抄ノ注条々ノ頭ニ朱ニテ一アリ	

兼良	敦公	資経	重経	家隆	定家	為氏	為貫	為道
					僻案抄切　四半 雲紙			
		四半歌ノ注解モ ノ手鑑			雲紙四半切　僻 案抄上		四半切　僻案抄 似実隆	六半切　僻案抄
					僻案抄切　雲紙 四半			
同（大四半）哥 ノ註		同（四半）古今 註哥二行書	四半　古今註哥 二行	同（六半）哥 ノ註ウタ二行書	僻案抄切　雲紙 四半	同（四半）哥 詞ノ注朱点アリ	同（六半）僻 案抄	
	四半切　古今之 抄				雲紙四半切 案抄　一説ニ佐 久間切ト云		四半　僻案抄九 行	六半　僻案抄之 切　一説ニ佐和 山切ト云

阿仏尼	鯉ノ下絵　四半	鯉之下絵四半切僻案抄	鯉之下絵　四半切	鯉切　四半古今注哥二行書白或ハウス茶地鯉又ハ家形等ノキラ画アリ	鯉之下絵　四半僻案抄　九行十行
慈運					四半　古今註
増運					四半　耕雲御伝
宗安					四半　八雲抄
宗柳					四半　名所哥注哥一行書

他にも『古筆切名物』の寿暁の項に「六半　十一行朱点アリ」とあるのが、『顕注密勘』の断簡を指すと思しいように、書名や内容の記述が不明瞭なものの中にも歌学書切に該当するものがあるかもしれないが、割愛する。

各名葉集間の相違はそれぞれの特色として、ここで対象とした五種の全てに掲出されるのは、伝後二条院筆藤波切、伝定家筆僻案抄切、伝阿仏尼筆鯉切の三種である。これらに共通するのは、固有名を与えられていることと、装飾料紙に書写されていることであろう。

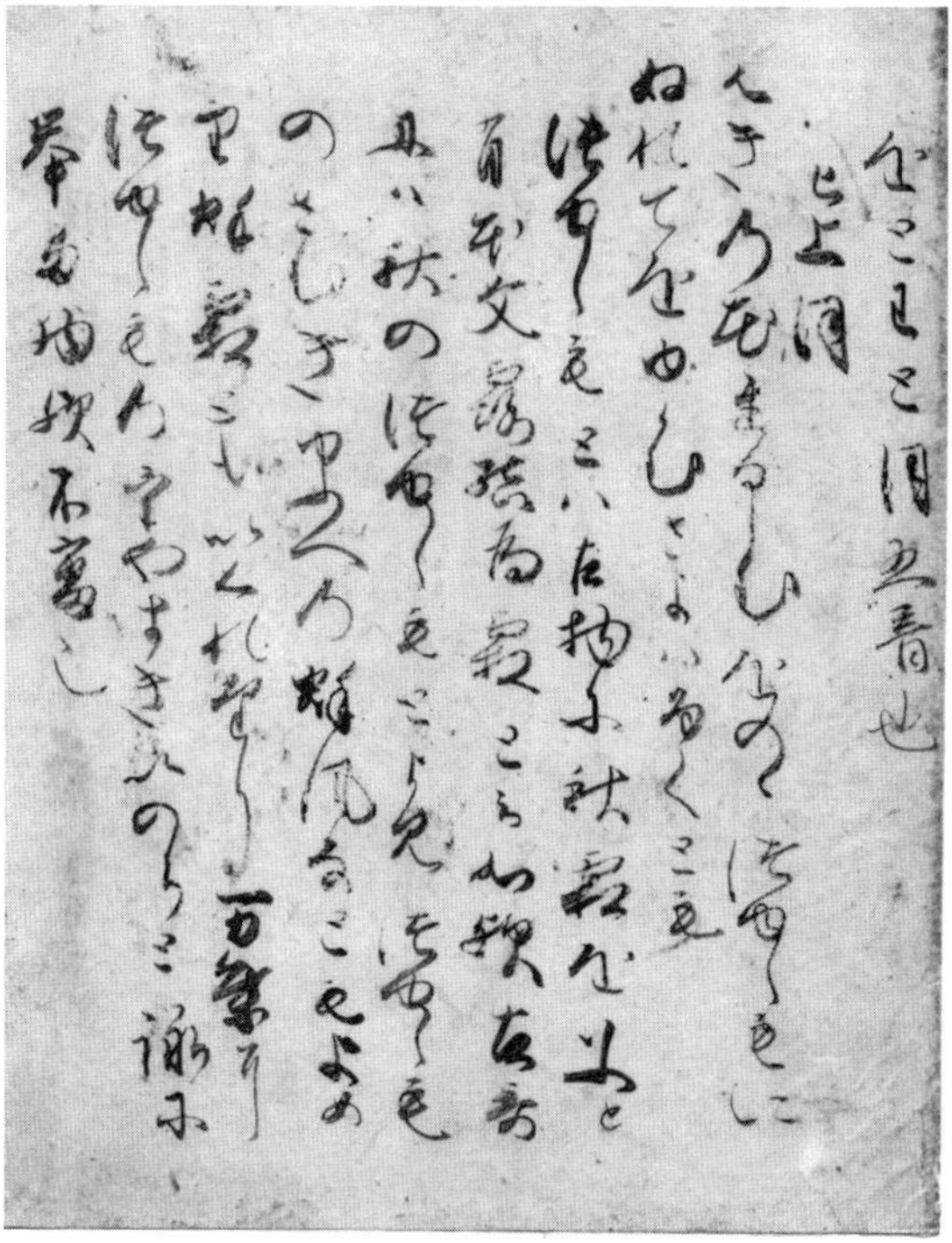

伝寿暁筆『顕注密勘』切

名葉集に明記された固有名以外にも、各手鑑において命名された古筆切や、近代における分割に際して命名される場合がある。歌学書としては、伝高階経重筆の「四半　古今註哥二行」にあたる『顕注密勘』の断簡に対して、国宝手鑑『藻塩草』では「一色切」なる名称が与えられている。重経は鎌倉中期の歌人であるが、古筆切筆者としてはさほど有名とはいえない。このような人物を筆者に極めているところからは、然るべき理由があったに違いない。裁断前の冊子の状態だった時に、奥書に重経の名が記されていた可能性などが考えられる。一色切は鎌倉末期頃の書写断簡であり、重経の真筆ではないが、奥書から勅撰集歌人重経の筆跡と認識されたがために、著名人の筆跡として評価され、名物として扱われるようになったのであろう。

固有名が与えられていること自体、古筆切としての価値が認められてのことでもあろうが、その要因の一つともなる装飾料紙への書写は、何故行われたのであろうか。装飾料紙に書写された名葉集切のうち、伝定家筆僻案抄切（『僻案抄』）は管見に入っていないが、雲紙に書写されたものであることがわかる。これについては、後に触れたい。伝阿仏尼筆鯉切（『僻案抄』）は、鎌倉中期頃の書写で、鯉・家屋などが雲母で刷り出されている。伝後二条院筆藤波切（『八雲御抄』）は、南北朝期頃の書写で、金銀泥で鳥・蝶・草木などが描かれている。恐らくは貴顕からの求めに応じて書写されたのであろう。

古筆といえば、何といっても平安期書写の仮名、やや遅れては西行や俊成・定家の筆跡とさ

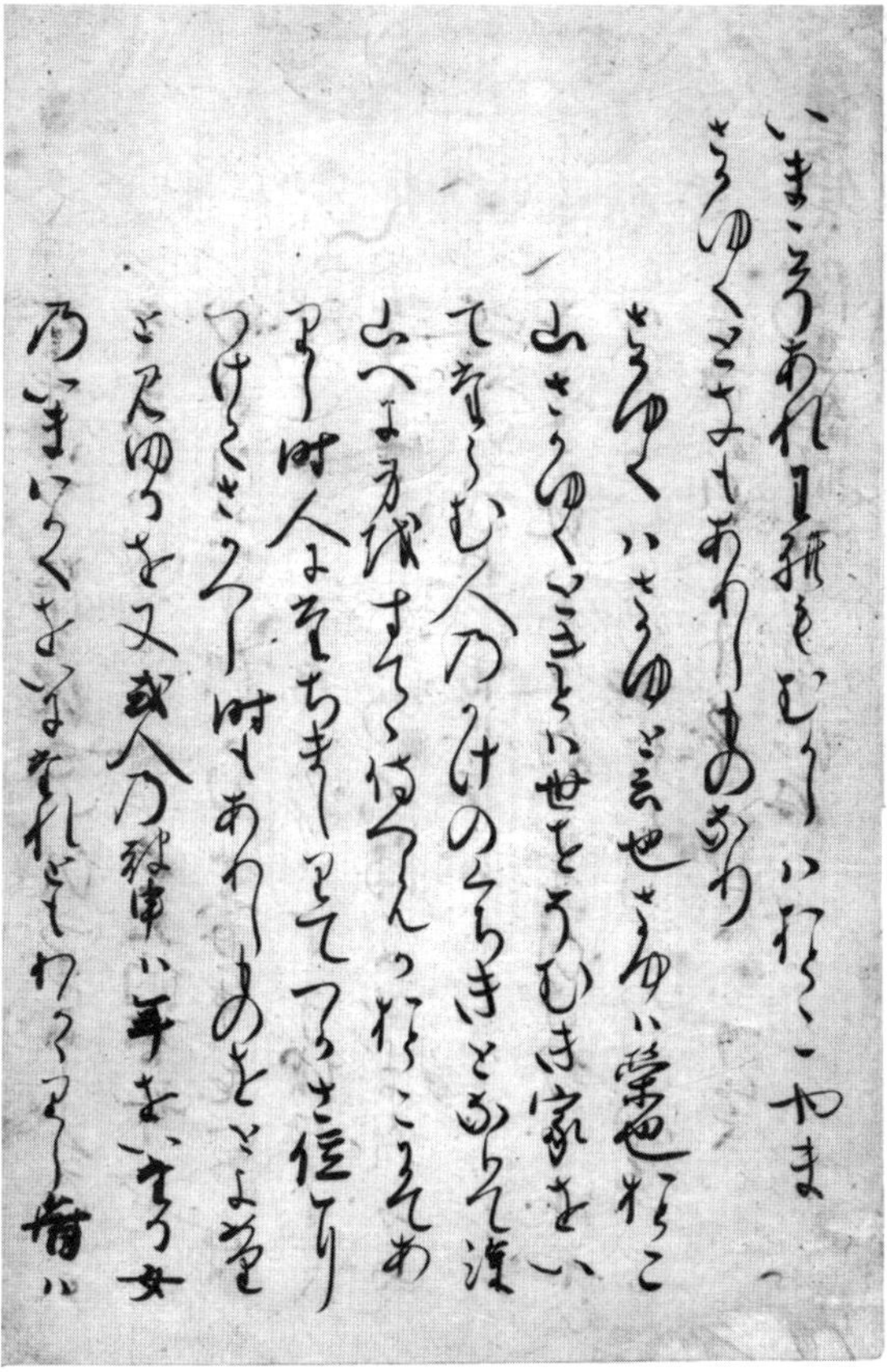

伝高階重経筆一色切

れるものなどの評価が高かった。歌切でもない鎌倉以降の書写断簡としては、やはり「料紙が美しい」ことには大きな付加価値があったはずである。ただ、歌学書は本来、内容的にはあくまで実用的な学問の書であり、何の理由も無く装飾料紙が用いられるわけではあるまい。そこにはいかなる歌学書であるかが大きく影響しているようである。

そのように見てみると、『僻案抄』は中世以降、歌の神のように崇拝された藤原定家の著述であり、『八雲御抄』は順徳天皇の手に成る歌学の集大成書である。共に極めて重要視された歌学書であったことが推察されるのである。和歌尊重の時代には必読書の一つとして座右に備えられたのであり、身分の高い人物は、それに相応しい書写本を作成、所持したのであろう。

他にも、現在までに確認し得た装飾料紙に書写された歌学書切としては、伝二条為相筆『顕注密勘』切（伝藤原家隆とも）がある。大型の六半形の冊子本であったが、金・銀・代赭・緑青で草木などが描き出されている。一色切もそうであるが、『顕注密勘』は六条家の歌僧顕昭の古今集注に、御子左家の藤原定家が勘物を付した鎌倉初期を代表する歌学書である。和歌の聖典ともいうべき『古今集』の注釈であるとともに、殊に定家が関わることで、やはり重要視された歌学書であったことは疑いない。

まだ物語が一級の文芸ではなかった時代には、「物語は、手書き書かぬことなり」（藤原伊行『夜鶴庭訓抄』）、つまり、能書家は物語の書写に筆を染めるものではないとさえされたほどであ

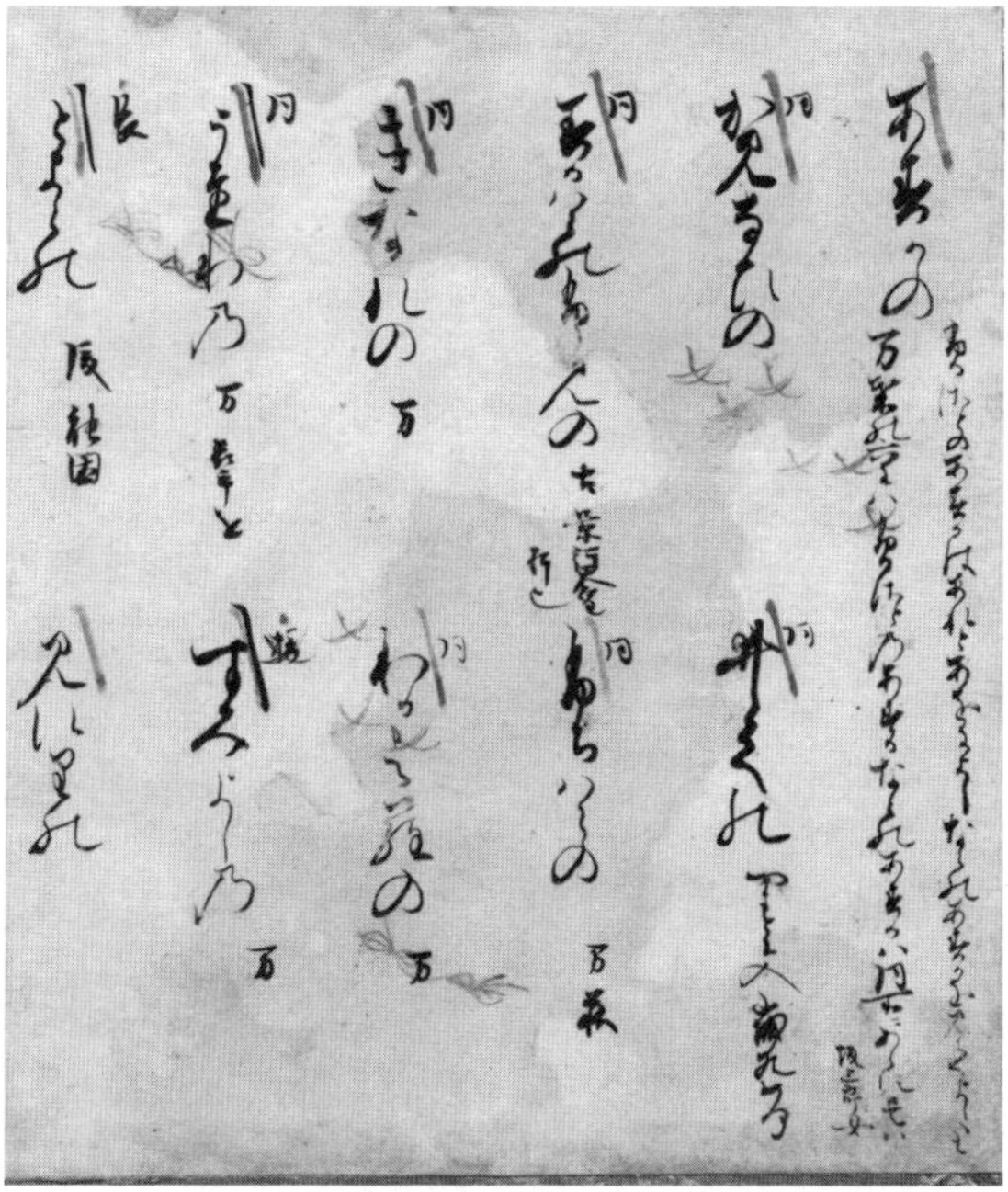

伝後二条院筆藤波切

る。歌学書は、和歌に直接的に関連するものであり、歌集と一連の「歌書」であった。内容や著者によっては、極めて尊重されたのである。少なくとも名葉集記載の歌学書切の中で、固有名を与えられ、装飾料紙に書写された断簡は、単なる美術的・骨董的価値において評価されたのみならず、いずれも中世以降重要視された歌学書であったといえるのである。

享受・流布状況を伝える歌学書切

作品がいかに享受され、流布していたかは、他作品への引用や翻案などによっても知ることはできるが、その出自がオリジナル作品によるものであるか、あるいは、いわゆる「孫引き」なのかが分明ではない。一方、伝本の存在は、その作品が確かに書写され、読まれていたことを物語っている。ただ、たとえば『国書総目録』をはじめとする目録や伝本書目の類は、伝本の所在や残存本数を知るのに不可欠ではあるが、いかんせん「書物」として残されているものが対象とされている。古く優れた伝本の多くが江戸時代の古筆ブームの中で裁断の憂き目に遭ったのであり、殊、中世以前における作品の享受と伝本の流布状況を考えるには、やはり心許ない。しかし、古筆切は、わずかな一部分とはいえ、確かにその伝本が存在し、享受されていたことを示す物的証拠である。特定の作品の古筆切を収集整理することは、享受・流布の状況を考える手掛かりとして不可欠なのである。

そこで、これまでに数えることのできた主要な歌学書切を掲げてみよう。

八雲御抄	35	井蛙抄	5	和歌童蒙抄	3	袋草紙	1	色葉和難集	1
和歌初学抄	14	五代集歌枕	4	近代秀歌	3	顕秘抄	1	夜の鶴	1
詠歌大概	14	奥義抄	4	竹園抄	3	五代簡要	1	続古今和歌集撰進覚書	1
顕注密勘	13	詠歌一体	4	愚問賢注	3	和歌色葉	1	野守鏡	1
僻案抄	10	未来記	4	和歌一字抄	2	後鳥羽院御口伝	1	和歌用意条々	1
定家十体	8	正風体抄	4	愚秘抄	2	無名抄	1	雨中吟	1
和歌題林抄	8	古来風体抄	3	三五記	2	毎月抄	1	愚見抄	1
歌林良材抄	8	俊頼髄脳	3	和歌之条々	2	定家物語	1	言塵集	1

出典の判明した歌学書の古筆切については、小林強氏「歌論・歌学書の古筆切について」(『講座　平安文学論究』第十五輯　平成十三年　風間書房刊)に一覧されており、参照させていただいた。また、ツレの認定のしづらいものや、管見に触れないものも当然あり、また、断簡とみるか残巻とみるかの判断に迷うものもあり、その数値に若干の誤差が生じるであろうことはお断りしておく。

先の名葉集記載の歌学書切はわずか十六種であったが、確認できただけでもおよそ百八十種、十倍以上の伝存数である。それでも、二百五十種にも及ぶとされる『源氏物語』の古筆切に比べれば、遠く及ばない。

さて、何といっても最も多いのは『八雲御抄』の三十五種。これは歌学書としては異例であり、別格といってよい。次いで『和歌初学抄』と『詠歌大概』の十四種、『顕注密勘』の十三種、『僻案抄』の十種といったあたりが歌学書切としては多くの種類が確認できる。以下、『定家十体』『和歌題林抄』『歌林良材抄』の八種と続くが、あとはせいぜい三〜四種前後が確認できる程度である。

『八雲御抄』『顕注密勘』『僻案抄』の三書の重要性は前述の通りであるが、古筆切の伝存状況からも、同様の結果を示し得ている。『和歌初学抄』は、六条家の藤原清輔によって著された、その名が示すとおり初学者向けの歌学書で、所名・例歌・歌詞などが列挙されている。『新撰古筆名葉集』の二条為氏の項にある「同（四半）哥詞ノ注朱点アリ」などは、具体的な同定はできないが、朱点のある伝二条為氏筆の零巻なども残されており、この『和歌初学抄』を書写内容とする断簡を指すものである可能性が高い。『和歌初学抄』は、六条家の衰退後も広く享受され、流布し続けたことが、古筆切という物的証拠によっても明白となるのである。

藤原定家の『詠歌大概』『定家十体』も多いが、室町期にまで時代の下る断簡ばかりであり、

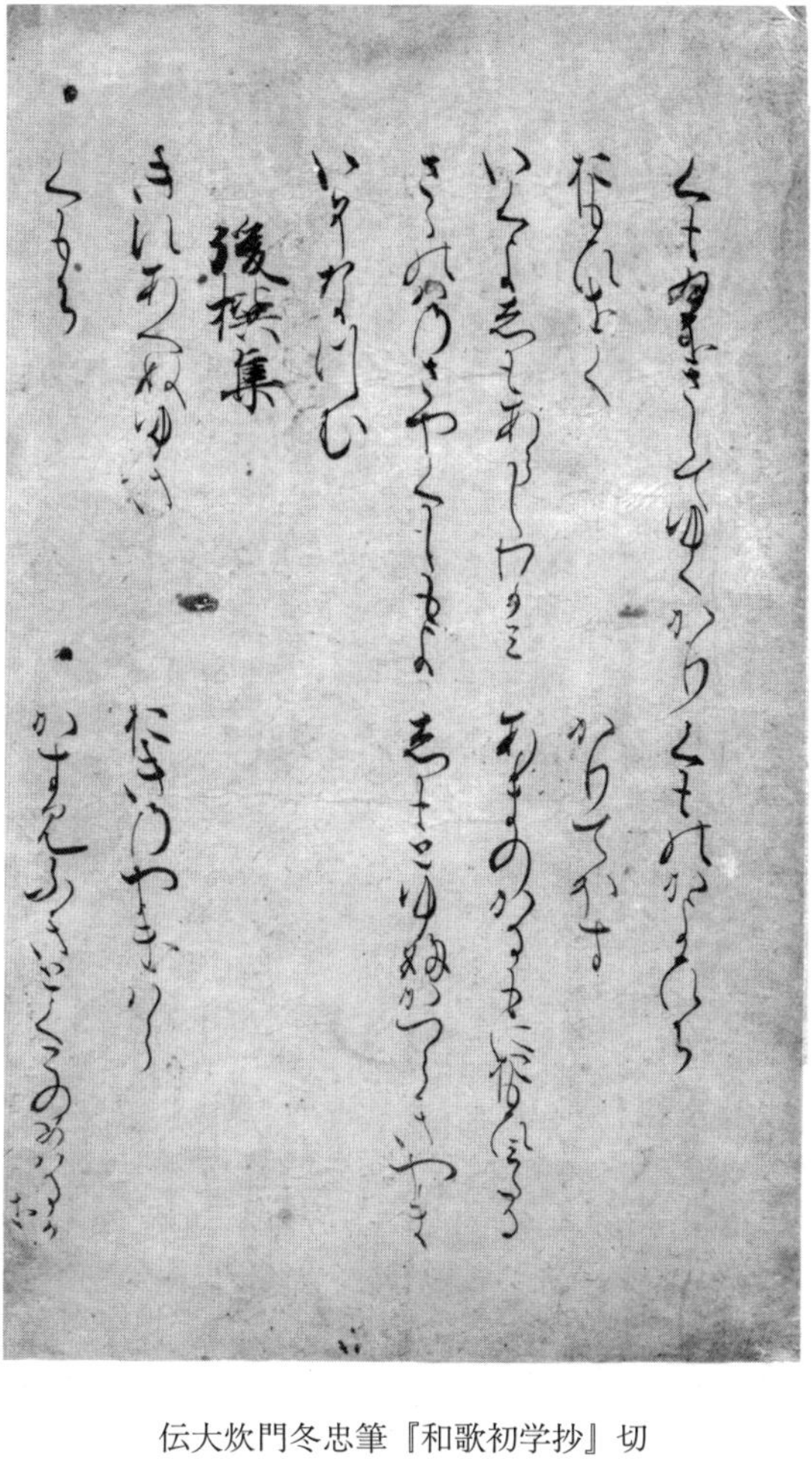

伝大炊門冬忠筆『和歌初学抄』切

『八雲御抄』『和歌初学抄』『顕注密勘』『僻案抄』とは、同日の談ではない。それでも、これらが室町時代以降に多く流布したことは自明なのであり、連歌や茶道の立場などが要因として考えられる。『顕注密勘』『僻案抄』から『詠歌大概』『定家十体』への推移、いわば注釈的歌学書から秀歌撰的歌学書への推移は、定家歌学享受の足跡の一つともいえよう。時代の下る断簡であっても、資料的価値を認め得る一例である。

もう一例、「定家崇拝」を物語る残存状況を述べてみよう。前述のように『顕注密勘』は顕昭の古今集注に定家が勘物を付したものであるが、顕昭にはその歌学集大成であり、より高く評価されるべき歌語注釈書『袖中抄』がある。しかし、現在のところ『袖中抄』の古筆切は確認されていない。中世には数多くの古今集注が作られたはずであり、これほど『顕注密勘』に集中しているのは、単に『古今集』尊重のみが原因ではあるまい。そこに加えて、定家が関わったという事実。定家が関連していることの意味が小さいはずはなかろう。更に、『顕秘抄』にも注目したい。『顕秘抄』とは、『袖中抄』の二百九十八項目の中から四十一項目を抄出したものであるが、その抄出は、奥書などによれば、定家の所作とみられるのである。

古筆切の確認できない歌学書、あるいはわずかしか確認できない歌学書であっても、その享受と流布の実態を物語っているのである。

いずれにせよ、国文学研究においては、時代の下る断簡や残存の少ない断簡であっても（残

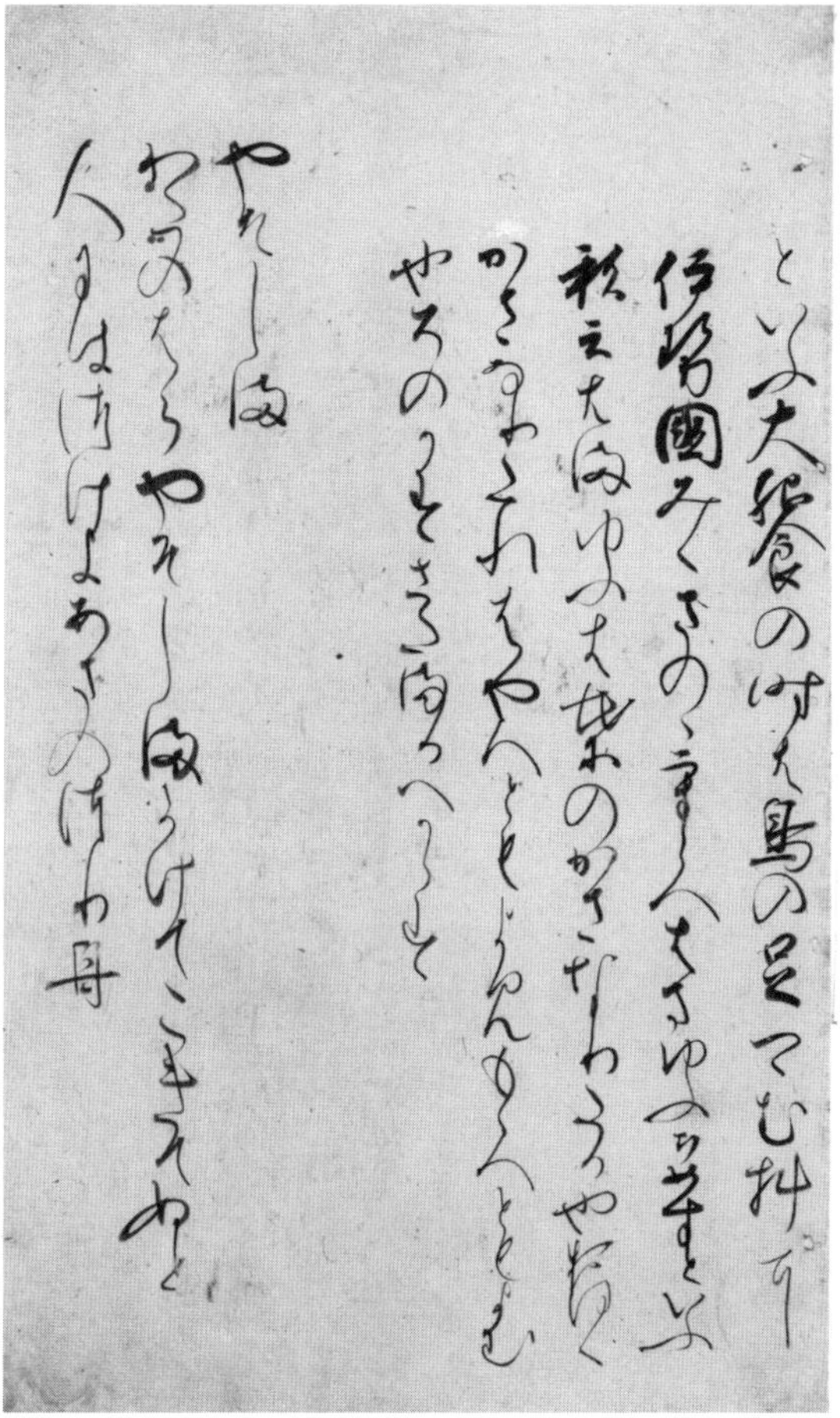

伝二条為藤筆『顕秘抄』切

存が確認できないことも含め)、必ずや何らかの意義を有するものなのである。

散佚歌学書の古筆切

古筆切の資料的価値としては幾つかの点をあげることができるが、現在では散佚して伝わらない書物を書写内容としている場合などは、一葉といえども絶対的価値を持つ。

歌道家の衰退、より大部な歌学書への吸収・発展的解消、淘汰など様々な要因によって、時代の流れの中に埋もれていった歌学書は少なくはなかろう。実際に、書目録などによってその書名のみが確認できる歌学書は数多ある。歌集などでは、他文献への集付けを伴っての引用などによっても判明することもあるが、歌学書の場合には、書名を伴った巻頭の断簡が発見されない限り、「未詳歌学書」として扱う他、致し方ない。このような未詳歌学書の古筆切は何種類もある。ただ、いかなる時代に、いかなる歌学書が存在したかで、現存歌学書のみからは窺い知ることのできない変遷を加味した歌学史構築の可能性が高まり、また、類似した内容の歌学書を指摘することで、その影響関係などを推測することができる。

そのような中、奇跡的に書名が判明する歌学書切に、『和歌初心抄』という歌学書がある。恐らく清輔の『和歌初学抄』の影響下に成り、歌語掲出を中心とした内容であったことが想像されるが、「和哥初心抄　下」という内題を伴う巻頭断簡の存在によって、一部分とはいえ、

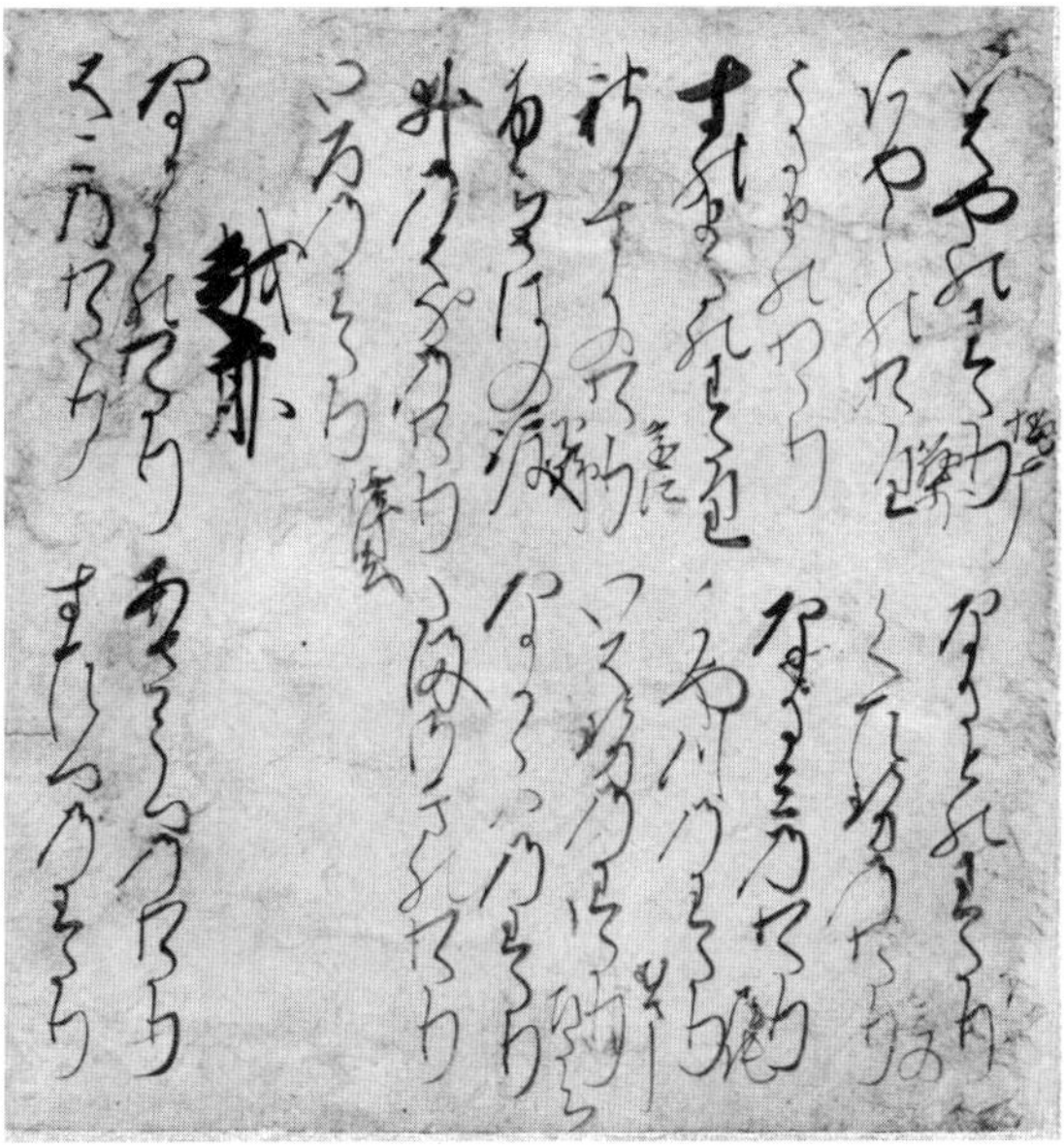

伝二条為氏筆未詳歌学書切

現在にその内容を伝えているのである。

散佚書の古筆切は、今は失われてしまった作品を、他文献への引用などではなく、実際にその作品そのものの本文として伝えているのであり、その一葉一葉が、貴重な文学的資料となる。

伝本に恵まれない歌学書の古筆切

現在の研究的観点によって重要とされるものと、各時代や立場によって重要視されるものとは、必ずしも一致しているわけではない。歌学書は利用者によって、より網羅的・詳細なものが用いられる一方で、要約的・簡便なものが用いられる傾向もあり、一概ではない。中には、享受の過程で秘匿され、一部にしか流布しなかったものもある。歴史を還元的に見ることのできる現代的観点とは異なった価値観が存在していたことは間違いない。その結果、研究上重要な書物であるからといって、必ずしも伝本に恵まれているわけではないのである。

国文学の基礎として本文研究があり、より多くの同一作品の伝本を比較検討し、より正しい本文を定める必要があるが、天下の孤本ともなれば、覚束ない本文のまま、内容を検討せねばならない。不確かな本文からは、正しい解釈は生まれない。本文研究が不可欠な所以であろう。

藤原範兼の『五代集歌枕』は『万葉集』『古今集』『後撰集』『拾遺集』『後拾遺集』の中から地名の詠み込まれた和歌を、その地名ごとに再集成した歌集的歌学書である。平安後期の歌枕

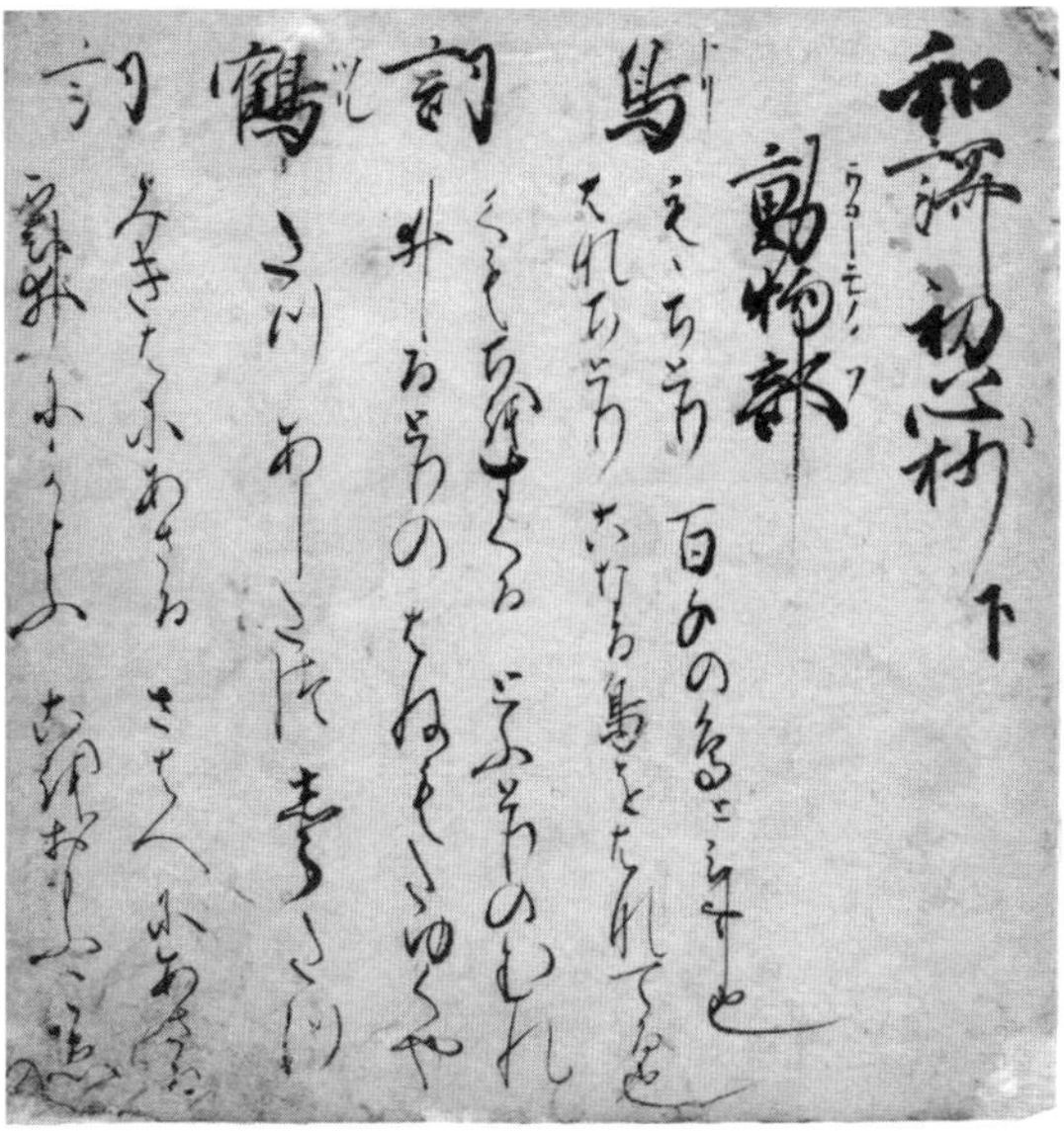

伝源頼政筆『和歌初心抄』切

への関心を如実に示すものであり、後代への影響も大きく、名所歌集の嚆矢として重要であることはいうまでもない。しかし、後代のより大部な名所歌集へと発展、あるいは淘汰され、現存する伝本はわずかに一本のみという、悲運の歌学書なのである。『五代集歌枕』の本文は、範兼が用いた典拠歌集の本文、例えば『万葉集』が引用されている場合には、その時代の『万葉集』訓読の実態を伝えていることが期待されるが、実際には転写を繰り返すうちに誤脱が生じ、典拠歌集の流布本によって本文を校訂するより他、方法がなかったというのが実情である。

そこで、『五代集歌枕』を書写内容とする古筆切に注意してみると、四種類が確認できるのである。全体から見ればほんのわずかな分量ではあるが、典拠歌集などではなく、他ならぬ『五代集歌枕』そのものの本文としての存在である。第二の伝本なのであり、本文検討の資料として有益なことはいうまでもなかろう。少なくとも、古筆切によって現存伝本とは異なる本文を持つ『五代集歌枕』が存在していたことが明確となったのであり、現存伝本の扱いに注意を促すこととなった。

また、時代の下る伝本が大勢を占め、古写本に恵まれていない歌学書がある。その反面、江戸時代以降の現存伝本群に比して、格段に古い書写年代の古筆切が確認できる歌学書切も少なからずあるが、ここでは省略に従いたい。

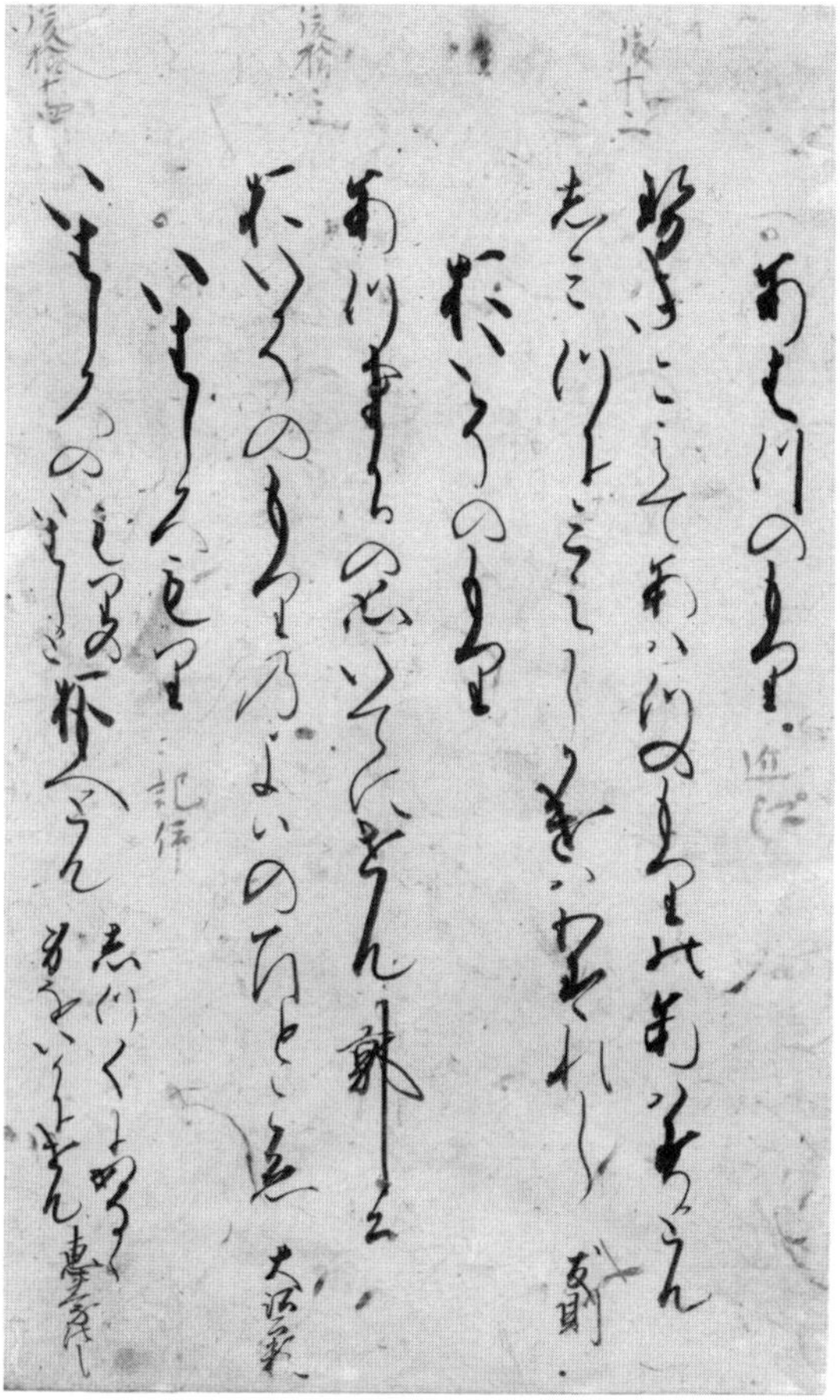

伝津守国夏筆『五代集歌枕』切

定説を覆す歌学書切

ある時代に書写された古筆切が存在するということは、その時代に、その作品が確かに存在していたという物的証拠に他ならない。

『和歌題林抄』は、歌題別に項目を立て、その題意を説いて例歌を掲げており、歌題・題詠の在り方を考える上で重要である。広く用いられたとみえ、後代まで増補を繰り返し『種心秘要抄』『増補和歌題林抄』へと発展していった。この『和歌題林抄』、かつては室町時代の一条兼良の著述と考えられていたが、南北朝期書写の古写本が発見されるに至って、兼良作者説は否定されざるを得ず、南北朝期の成立と考えられるようになった。『和歌題林抄』の古筆切の中にも南北朝期の書写にかかる伝後光厳院筆切がある。のみならず、より書写年代の溯る鎌倉末期書写の伝頓阿筆切があり、その上、これまでに公にされたことはないが、鎌倉後期から末期頃書写の伝二条為相筆切が出現した。もはや兼良作者説は完全に成り立たなくなっただけではなく、その成立も、南北朝期どころか、鎌倉末期以前ということになる。しかも、伝為相筆切の本文は、原型からはやや隔たりのある、増補・整理の手を経た本文を有している。つまり、『和歌題林抄』の成立は更に遡らせて考える必要がある、ということになる。『和歌題林抄』の古筆切は八種の多きを数える。長く読み継がれ、広く流布した歌学書だったことも裏付けられ

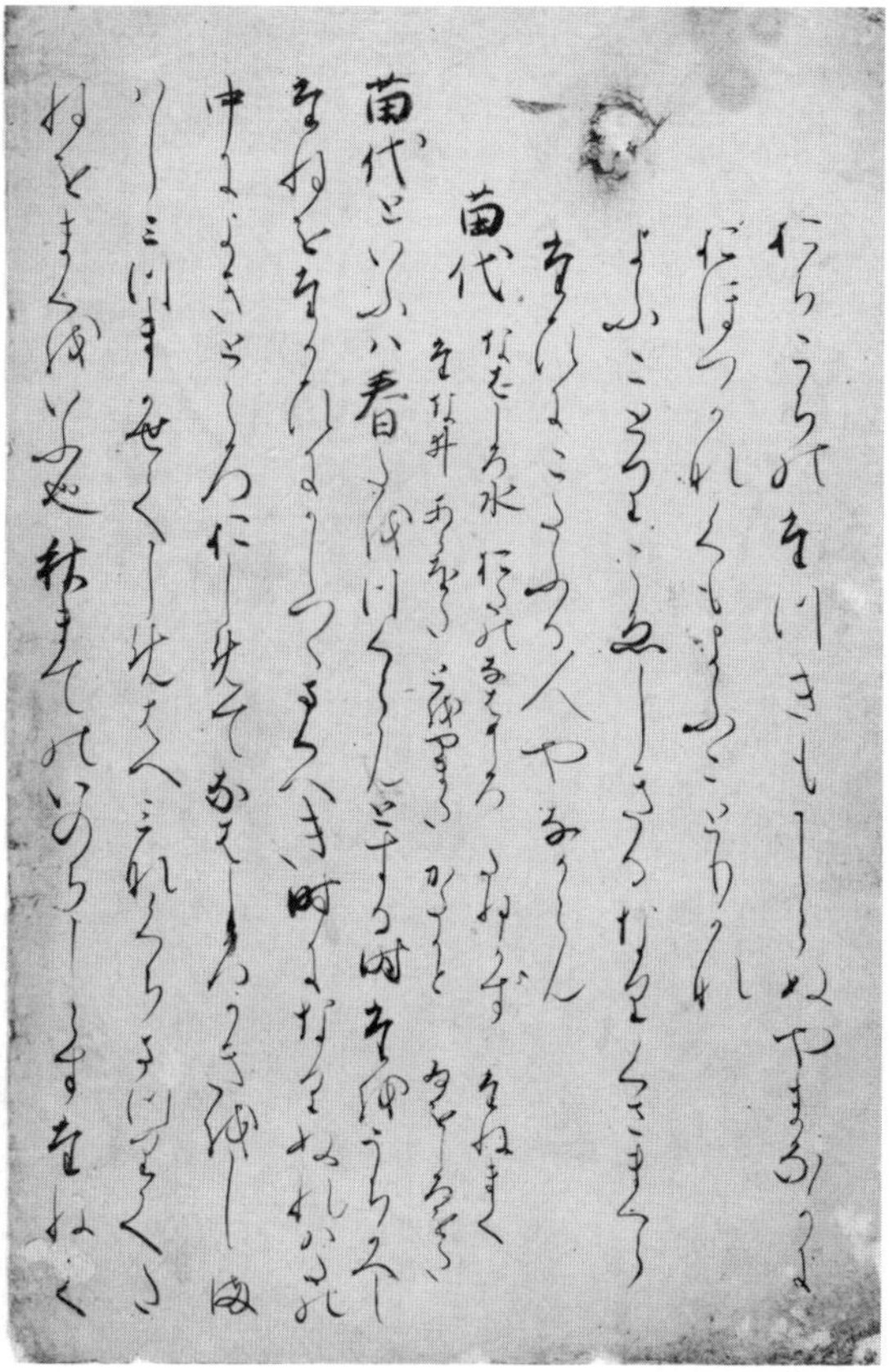

伝冷泉為相筆『和歌題林抄』切

たといってよかろう。

作者自筆の歌学書切

国文学研究の資料として最も価値が高いのは、作者自筆本である。ただ、成立から長い時代を経る中で、その自筆本も次第に失われ、古い国文学作品の中で作者自筆本が残されているなどは、極稀である。そのような中で藤原俊成の歌学書『古来風体抄』の自筆本が、完全な形で冷泉家に残されていたのは奇跡的とさえいってよい。

自筆の歌学書切として、先述「雲紙僻案抄切」などは、その可能性が期待される。定家の真跡であれば、正に自筆本の断簡ということになり、しかも雲紙となれば、貴顕への献上本などの性質もが考えられる。『古筆大辞典』などにも立項されてはいるが、残念なことに、現時点では所在の報告は全くない。一葉でもよい、出現を俟ちたい。

現存が確認できるものとしては、『定家物語』切がある。『定家物語』は、『万葉集』や『古今集』の不審事項について説明を加えたもので、内題などはないが、本文中の定家の法名「明静」から、定家の著述と考えられる。定家自筆と認められる断簡が残されているのは、本文資料としてのみならず、定家の著述であることの裏付けともなって、国文学研究上、この上なく貴重である。

また、一条兼良自筆『歌林良材抄』切が残されている。これは『新撰古筆名葉集』の兼良の項に「同（大四半）哥ノ註」とあるものに該当しよう。室町期の書写断簡とはいえ、兼良のような著名な人物の手に成る、作者自筆断簡であり、名物として珍重されるのも、故なからぬことではない。本文には兼良自身の改訂の跡も残されており、苦心の跡が窺われて興味深い。国文学的立場からの重要性は、改めて言うまでもない。

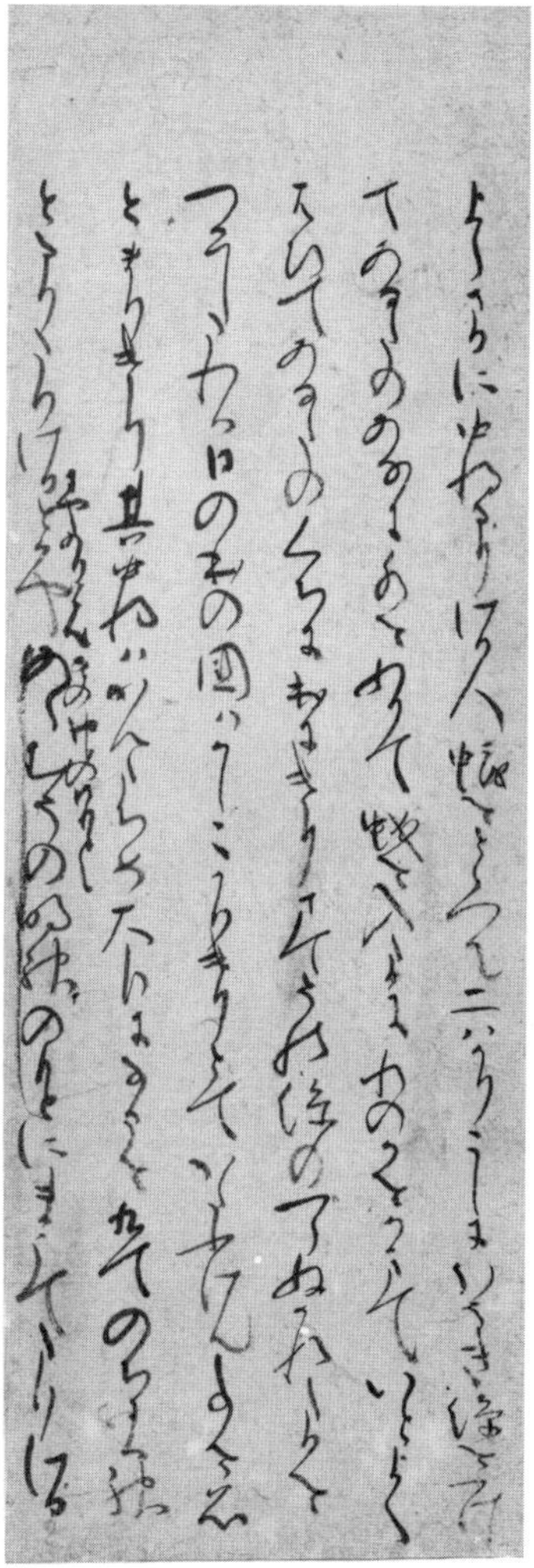
一条兼良自筆『歌林良材抄』切

このような自筆断簡は、たとえ部分的にとはいえ、その本文に近い本文を有する伝本こそが善本ということになるわけで、現存本の扱いに指針を与えることともなる。

筆者の明確な歌学書切

古筆切の筆者は、書写年代、書写内容、書風などから特定の人物に充てられたのであって、そのほとんどは「出鱈目」であるとさえいわれる。しかし、中には伝承筆者と実際の筆者とが一致している場合もある。

江戸時代の古筆家たちも、筆者真筆資料も多く残存する、比較的近い過去に書写されたものに対して、あまりいい加減なことを言うわけにもゆくまい。書写年代が下るほど、伝承筆者と実際の筆者とが一致する、真筆の割合は大きくなっているといってよい。室町期以前のものについて掲出してみよう。飛鳥井雅永筆『奥義抄』切、宝密筆『奥義抄』切、鷲尾隆康筆『和歌一字抄』切、小倉実名筆『近代秀歌』切、一条冬良筆『八雲御抄』切、後崇光院筆『八雲御抄』切、尊雅筆『詠歌一体』切、三条西実隆筆『詠歌一体』切、増運筆『野守鏡』切、足利義尚筆『和歌題林抄』切、山科言国筆『和歌題林抄』切、徳大寺公維筆『歌林良材抄』切、貞敦親王筆『歌林良材抄』切などをあげることができる。江戸期以降のものでは、更に多くを指摘し得るであろうし、伝称筆者とは異なっても、特定の人物の筆跡であることが判明するものも

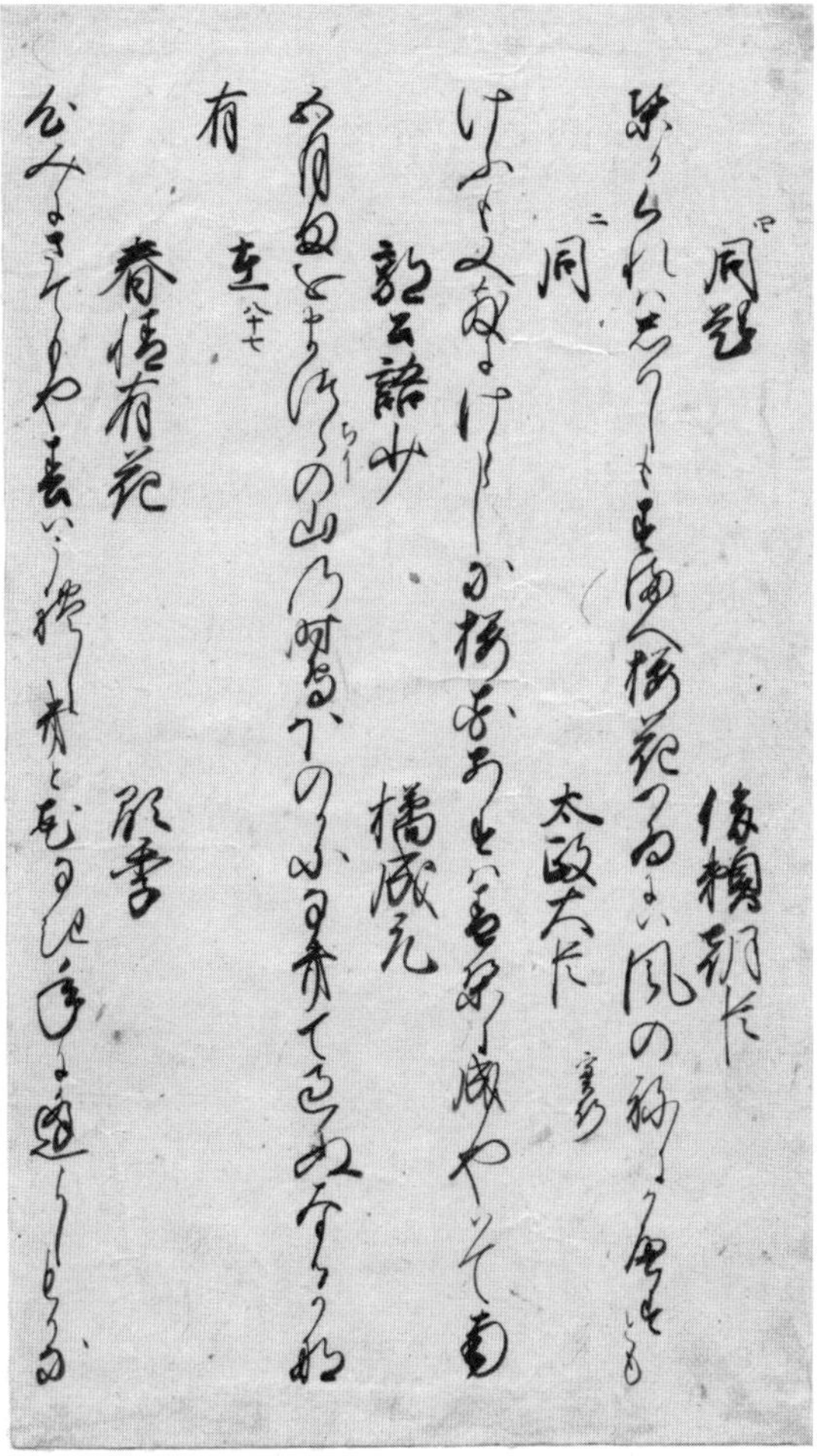

鷲尾隆康筆『和歌一字抄』切

あろうが、全て省略に従いたい。

　筆者が明確であるということは、当然のことながらその筆者生存期間中の書写に間違いなく、自ずと書写年代が絞られてくる。また、著名な人物などであれば、その人物の作品享受、書写活動の実態、学問的事跡などが分かるのであり、伝記研究の立場からも興味深いものである。

おわりに

　以上、歌学書の古筆切の持つ資料的価値を中心に述べた。和歌・物語のみならず、歌学書についても、研究資料として古筆切の果たす役割は小さくないのであり、今後とも博捜・収集・整理が必要である。同時に、各々の歌学書毎に、その一種一種の古筆切についても検討が続けられるべきであることは言うまでもない。美術的・骨董的には高く評価されない古筆切であっても、国文学研究においては、その一葉一葉に何らかの価値がある。一見、資料的価値に乏しいと思われるものであっても、同一作品の断簡、同一の種をまとめて扱うことで、流布状況を知る手掛かりとして有益である。

　こうして、全ての古筆切の資料的価値を明らかにすることは、国文学における文献学的研究の使命の一つなのである。

（**付記**　平成二十四年二月、筆者を慈円と称する鎌倉期書写の『五代集歌枕』が出現した。但し、広く公開されているものではないために、本稿では伝本の数に含めることはしなかったことをお断りしておく。）

王朝の感情表現「ものし」――『源氏物語』を中心に

熊谷　由美子

はじめに

形容詞「ものし」は、一般的に「《名詞「もの」の形容詞化》不快である。見苦しい。嫌だ」（小学館古語大辞典）、「《モノは魔物の意。また、何かよく分からないが存在していることはたしかな対象の意》①無気味である。あやしい感じがする。②何か心に抵抗を感じさせるものがある。何となくひっかかって不愉快である」（岩波古語辞典）等と説明される。注釈書においては、「不愉快・不快・うとましい・いやな・目障り・失礼・かんばしくない」等の場面に応じた様々な現代語訳があてられているが、いずれにせよ、「ものし」が何らかの不快感の表現である点は、共通の認識といえよう。しかし、先の現代語訳からも窺えるように、その「不快感」には、感情的なものもあれば身体的・生理的なものもあり、相当な質的相違が認められる。また、不快感をあらわすとされる古語は、「ものし」以外にも数多く存在する。たとえば、『現代語から古語を引く辞典』（三省堂）では、「いぶせし」「いまいまし」「くるし」「こころやまし」「むつかし」等が列挙されているが、それらに加え、「うたてし」「にくし」「ものうし」等もあてはまるだろう。「不快感」という広い範疇に属す語は枚挙に暇がないのである。

はたして「ものし」が表す不快感とは、他の不快感を表す語とどのような差異があるのだろうか。或いは、それら様々な不快感のすべてを包括するようなものなのだろうか。

ところで、「ものし」は、様々な作品に数多くあらわれるような汎用性の高い語ではない。『宇津保物語』『落窪物語』『源氏物語』等の平安時代の物語と『蜻蛉日記』『枕草子』といった日記・随筆の一部、及び『狭衣物語』『夜の寝覚』『栄花物語』等の『源氏物語』の影響を色濃く受けていると言われる作品にその用例が認められるものの、和歌集や説話・軍記物語には見られず、物語・日記の中でも『竹取物語』『伊勢物語』『紫式部日記』『和泉式部日記』等には見られない（表1参照）。各作品ごとの用例数は、最多でも『源氏物語』の二十九例、その他は数例から十数例の範囲で、けっして多くはない。しかし、多くの作品において「ものし」の用例がまったく見られない中で、これらの使用例は注目に値する。平安文学作品において一般的とはいえない「ものし」を用いて表そうとしたものは何か、「不快感」の中身を一歩踏み込んで把握することが、本文及び作品を精確に理解する上で必要である。

〈表1〉「ものし」作品別用例数

（数字は用例数。以下同じ）

作品名	ものし	ものしげ
竹取物語	0	0
伊勢物語	0	0
大和物語	1	0
平中物語	0	0
宇津保物語	14	1
落窪物語	14	1
源氏物語	29	2
狭衣物語	2	4
夜の寝覚	3	4
篁物語	0	0
堤中納言物語	0	0
とりかへばや物語	1	1
和泉式部日記	0	0
紫式部日記	0	0
更級日記	0	0
十六夜日記	0	0
中務内侍日記	0	0
とはずがたり	0	0
万葉集	0	0
古今和歌集	0	0
後撰和歌集	0	0
栄花物語	3	1
大鏡	0	0
今鏡	0	0

松浦宮物語	0	0
土佐日記	0	0
蜻蛉日記	9	1
枕草子	1	2
保元物語	0	0
平治物語	0	0
平家物語	0	0
今昔物語集	0	0

「ものし」があらわれる傾向

「ものし」という感情はどのようにあらわれるのだろうか。「ものし」の周辺語句から探ってみよう。まず、「ものし」は、「思ひ入る」（『宇津保』）「嘆く」「思ひ置く」（『落窪』）「思し疎む」「心置く」（『源氏』）といった、自らの心を閉ざして相手に隔てを置く表現と共に用いられ、「ものも言はずなりぬ」（『大和』）「（言葉は）うちも出でず」（『落窪』）「答へたまはず」（『源氏』）のような押し黙った状態を示す表現が続く例が多い。場合によっては、抑えきれなくなった感情が「くねくねし」「はしたなし」といった形で表出する場合もなくはないが、「ものし」という思いを、言葉や態度にして表すことはごく稀で、『源氏物語』では、雨夜の品定めにおいて左馬頭が自らの体験を赤裸々に告白している中や、源氏が紫の上に明石の君の出産を打ち明ける場面、一条御息所が娘落葉の宮に心中を吐露する場面、弘徽殿女御が父右大臣にその「気色」を表出する例があるのみである。また、「思ふ」及びその関連語（「思す」「思しなる」「思ひ嘆く」「御心動く」等）が下接する例は、『源氏物語』においては全二十九例中二十例、『宇津保物語』『落窪物語』においてはそれぞれ全十四例中六例である。「ものし」の表出を禁止する例も見られることから、自然に心中におさまる思いではなく、意識して胸の内におさめる思いだと考えられる。すなわち、よほど本心を表せる気の許せる相手には「ものし」という思いを告白することもあるが、基本的には「ものし」という感情は、あえて表出させずに胸の内におさめておく性質のものであるとわかる。

一方で、「ものし」という思いを抱いている人物に対し、他者は、「いとほし」（『宇津保』『落窪』『源氏』）「わびし」（『蜻蛉』）と見る傾向があり、その人物に一種の同情的な心情を寄せていることが窺える。「ものし」と協調的に用いられる語は「情なし」「憎し」（『落窪』『源氏』）「うたて」（『蜻蛉』）「むつかし」「面なし」（『宇津保』）「恥づかし」（『落窪』）「ものむつかし」「すさまじ」「かたはらいたし」「わづらはし」「あいなし」「あぢきなし」「心ゆかず」（『源氏』）「憂し」（『夜の寝覚』）といった様々な不快感を表す語の他、「ものし」という思いを誘発させる対象には、「ものはえなし」「見るかひなし」「厳めし」（『宇津保』）「かたくなし」「軽々し」（『源氏』）、さらに「思はずなり」（『源氏』『狭衣』）「例の有様ならず」（『宇津保』）のような意外・例外を示す表現や「あまり」「あまる」（『源氏』）のような度を超えていることを示す表現が付加されることもある。

①(正頼は)「……(娘婿は)因縁とてものしたまふも、わが筋をと思さむ、道理なり。女子をば何とかは。心憂しと思ひて、子どもをあらせたてまつらずとも、わが身ぞやまめにて、いたづらにならめ。何の面目かあらむ。それはみな思ひたらむかし。いみじき恥をも、老いの波に見つるかな。太政大臣の御気色は見むと思へど、をこはまだしうものせぬ」とのたまへば、藤壺、「何か、いとむつかしうは思ほす。まことに定め果てられぬと聞こしめすとも、夢ばかりものしき気色にな」(宇津保・国譲中)

②(冷泉院は)女一の宮を限りなきものに思ひきこえたまひしを、(大君に)かくさまざまにうつくしくて数そひたまへれば、めづらかなる方にて、いとことに思いたるをなん、女御(女一の宮)も、あまりかうてはものしからむ、と御心動きける。(源氏・竹河)

用例①では、一族からの立太子がどうにも形勢不利な状況に陥り、「面目」がない、「恥」をかいたと取り乱す正頼に対し、あて宮が「夢ばかりものしき気色にな」と「ものしき」様子を表に出すことを禁じている。正頼の感情を「いとむつかし」とまとめ、それを「ものし」と捉え直していることに注目したい。また用例②では、夫である冷泉院が他の女を「あまり」、すなわち度を超えて寵愛することを「ものし」としている。

以上より、「ものし」は、度を超えたもの・本人が意外に感じるものに対し、甲斐や面目を無くし恥に感じるような思いと共にあらわれやすく、その思いを表出させずに鬱積させ、対象と距離を取ろうとする傾向が見て取れる。

ではなぜ、「ものし」という思いは表出させず鬱積させるのだろうか。主に二つの理由が考えられる。一つは、「ものし」の主体と対象人物の関係性、もう一つは対象となる事柄の性質である。以下、順に見ていく。

「ものし」の主体と対象の関係

〈表2〉〈表3〉は、『宇津保物語』『源氏物語』それぞれにおける「ものし」について、誰が誰に関する事柄を「ものし」と思うのかという観点からまとめたものである。より様々な主体と対象があらわれるこの二作品からその特徴をつかもうと思う。

「政治関係」に特に明白なように、地位や権力のある人物が対象となる例が目立つ。他にも、「男女関係」の半数も、東宮がある女との結婚を望んだことにより引き起こされた事態であるし、神楽の主催者の例は、出席者である上達部を意識した用例である。地位・権力ある人物が、直接「ものし」という思いの対象とならずに、別の人物等に屈折して思いが向かう場合もあるものの、いずれにせよ、地位や権力のある人物が、何らかの形で「ものし」という思いの誘発原因に関係することが多いといえる。

〈表2〉『宇津保物語』における「ものし」の主体と対象

	主体	対象	
男女関係	男	求婚相手・求婚相手の親	各1
	女の親	求婚者	1
	女	もと求婚者	1
親族	父	息子	1
	息子	父	1
	一族の長（曾孫）	一族の長老（曾祖母）	1
	母	娘	1
政治関係	帝・院・東宮・大后の宮ら	威勢ある右大将	1
	右大将	東宮の子ら	1
	右大臣・左大将	帝	各1※人事に関して
主従	主人	女房	1
その他	神楽主催者	神楽の失敗	1

③（正頼は）「……しばしはとかく聞こえつれど、（東宮が）いとせちにのたまひつれば、（私

は）え否び侍らざりつるを、兵部卿の親王、平中納言、いとものしと思ひたりつる中に、源宰相の、ある中に思ひ入りて居たまひたりつる、左のおとど、これかれに見合はせてぞ、涙ぐみてものしたまへる、いとほしかりつれ」

（宇津保・菊の宴）

東宮のたっての所望に、姫君の親はその婚姻を拒否することができなかった。そのことを姫君の求婚者である兵部卿の親王や平中納言は「いとものし」と思う。中でも深く「思ひ入」る求婚者の一人源宰相の姿を見て、父左大臣は涙ぐみ、それを「いとほし」と正頼は言う。「え否び侍らざりつる」と表現された抗いようのない事態は、正頼が責められるべきものではない。また、東宮も心ひかれた女との結婚を望んだに過ぎず、非難される行動をとった訳ではない。兵部卿の親王と平中納言にとって意に添わない事態であると同時に、無理からぬ事態・仕方のない事態であることは特筆すべきである。地位や権力のある人物の意向の前には、多くの場合、人々は屈する他ない。誰が悪い訳ではないがどうにもやりきれないこともある。そうした鬱屈した思いを「ものし」は表していると考えられる。

〈表3〉『源氏物語』における「ものし」の主体と対象

主体	対象	
夫	妻妾	6
男	求婚相手	3

男女関係	男	求婚相手の侍女	1
	男	求婚相手の親	1
	妻妾	夫	3
	女	求婚者	1
	女の姉	妹と密通した男	1
親族	父	娘婿	1
	父の妻	娘婿	1
	息子	母	1
	弟	姉	1
	孫	祖父	1
	祖母（母）	孫娘の父（娘婿）	1
	養女	養父	1
	母	娘	1
	姉	妹	1
政敵	政敵（娘の実父）	政敵（娘の養父）	1
	政敵（女）	政敵（恋敵の子）	1
その他	僧都	出家者の保護者代理	1
	貴人	僧	1

特に注目したいのは、■の印をつけた関係である。これらは、縁談や夫婦のあり方、住居や親子の対面等において、対象となる人物がその主導権・決定権を握っている関係である。主体は、好むと好まざるとに拘わらず、自身や身内の現在や将来にわたる運命を相手に委ねており、その主体の願いに反した行為について「ものし」を用いている。

④(源氏は)「(朱雀)院の御ありさまは、女にて見たてまつらまほしきを、この(前斎宮の)御けはひも似げなからず、いとよき御あはひなめるを、内裏はまだいといはけなくおはしますめるに、かくひき違へきこゆるを、人知れず、ものしとや思すらむ」など、憎きことをさへ思ひやりて、胸つぶれたまへど、……　(絵合)

用例④は、前斎宮の婚姻に際し、その相手を決めた源氏が前斎宮の心中を推量する場面である。普通に考えれば、朱雀院こそ「よき御あはひ」にもかかわらず、まだ幼い天皇に縁づかせたことを、前斎宮が「人知れず」「ものし」と思っているのではないか、というのである。

■の印をつけた関係以外でも、たとえば、男が求婚相手の女に用いる例では、恋の成就には相手の女の同意・許可が不可欠で、恋の行方の決定権は対象が握っているといえるし、女が求婚者の男に「ものし」を用いる例では、対象となる男の強引な行為があらわれた場面で、力の強さから男の側にその場の主導権があるといえる。夫が妻妾に対しては、妻の頑なな態度や無神経な振る舞いがあらわれたり、夫が抗いようもない出産の事実を語る場面での用例である。事態のカギを握っているのは、やはり対象となる人物なのである。

⑤（夕霧は雲居雁に）消息たびたび聞こえて、迎へに奉れたまへど御返りだになし。かくかたくなしう軽々しの世やと、ものしうおぼえたまへど、大殿の見聞きたまはむところもあれば、暮らしてみづから参りたまへり。（夕霧）

⑥（一条御息所→落葉の宮）「……、末の世までものしき御ありさまを、わが御過ちならぬに、大空かこちて見たてまつり過ぐすを、いとかう人のためわがための、よろづに聞きにくかりぬべきことの出で来添ひぬべきが」（夕霧）

用例⑤は、夫夕霧と落葉の宮との件を知り実家に帰ってしまった妻雲居雁に対する例である。原因は夕霧自身にあり、「大殿の見聞きたまはむところもあれば」一方的に雲居雁を責め立てることのできないものの、その「かたくなしう軽々し」い態度を「ものし」としている。用例⑥は、皇女である娘が男に翻弄される人生を送るさまに対する母の心情である。「わが御過ちならぬ」とあるように、対象である落葉の宮に落ち度はなく、男側か或いは前世からの因縁か、落葉の宮以外の何ものかによってもたらされた不幸な「御ありさま」について「ものし」が用いられている。当事者には不可抗力でありどうにもしようのない事柄についての用例である。

以上より、「ものし」は、主導権・決定権を持つ他者によって、自身の運命が決まってしまう人物が主体となる点に大きな特徴がある。決定権が対象人物にあれば、その不満を直接口にして訴えることは難しいし、前世からの因縁等により決められたことであれば、抗うすべもなく言葉にして訴えようもない。これが、「ものし」という思いを表出しない理由の一つと考えられる。

「ものし」の対象

次に、「ものし」の対象となる事柄について分析してみる。

〈表4〉『宇津保物語』における「ものし」（全十四例）の対象

対象	内訳
意に添わない事態　6	人事　2 勧告・命令を無視される　2（仮定） 主催する儀式の「はえなき」こと　1（仮定） 他人の過度な栄達・繁栄　1
意に添わない男女関係・縁談6	望まぬ男に姿を見られる　2 望まぬ男からの求婚　1 望まぬ男への手引き　1 一人の女を偏愛　1

求婚相手が他の男と結婚	1
娘（否定）1・息子	1
意に添わない容姿・人柄	2

『宇津保物語』における「ものし」は、対象がすべて「ものし」主体の意に添わない事柄である点が特徴的である。ただし、「意に添わない」のは、あくまで主体個人にとってであり、万人にとって好ましくないというものではない。たとえば「意に添わない男女関係」といっても、その相手は帝や東宮であったり、「過度な栄達・繁栄」といっても、人望も能力もある人物に関してであるなど、一般的に見れば、むしろ喜ばしい事柄も含まれることに注意したい。

『落窪物語』の「ものし」では、その作品の性質上、直接的なひどい仕打ちに対する用例が多い。ただし、虐げられている本人がその時に実感をのべるような箇所では使用されず、後日ふり返る中で用いられたり、他者が指摘する中で用いられる等、幾分間を置いて落ち着いて表現する箇所での使用が多い。さらに、仮定や推測、否定文の中での使用が大半のため、他作品のような具体的な状況や精緻な心理描写を伴わない用例が多い。

⑦（継母）「（あなたは）まだ幼くておのがもとにわたりたまひにしかば、わが子となむ思ひきこえしを、おのが心本性、立ち腹に侍りて、思ひやりなく物言ふこともなむ侍るを、さやうにてもや、もしものしきさまに御覧ぜられけむと、限りなくいとほしくなむ」と言へば、

〈表5〉『落窪物語』における「ものし」（全十四例）の対象

対象		内訳
直接的なひどい仕打ち	6	いじめ　3（加害者による推量1・被害者による否定1） 暴力（加害者による否定）　1 邸を横取り　1 実娘に対する冷淡な心　1
男女関係・縁談	4	夫と他の女との縁談（推量）　1 初めての逢瀬（男による否定）　1 結婚二日目の逢瀬（継母による否定）　1 再婚話（仮定）　1
意に添わない事態	3	父の遺産配分　1 遺言に背くこと（推量）　1 地券が他人の手に渡ること（仮定）　1
面倒な事柄	1	自宅と妻の実家と通うこと（仮定）　1

君（落窪）は、下には、少しをかしく思ふことあれど、「何か。さらにものしきことやは侍りけむ。思ひ置くこと侍らず」　（巻二）

⑧衛門督、「情なしと人の言ふばかりのこともし侍らず。（こちらが）打杭うち立て侍りし所

に（中納言邸の人たちが車を）立て侍りし。男ども、『所こそ多かれ、ここにしも』と言ひ侍りしを、やがてただ言ひに言ひあがりて、車のとこしばりをなむ切りて侍りける。さて、人うちけるは、それは（相手が）なめげに言ひたてりしを、憎さに、冠をなむうち落して、男ども引きふれ侍りし。……。いと、人、ものしと言ふばかりのことも、し侍らざりき」（巻二）

用例⑦は、継母と落窪の君の会話、用例⑧は衛門督が車争いの騒動を父に弁明している場面である。⑦は長年の仲違いを解消する場面での面と向かっての会話で、相手への遠慮が、⑧は自己保身の意識が、それぞれに絡んで過小に表現するため、用例として多少正確さを欠くかもしれない。しかし、「人、ものしと言ふばかりのこと」といったこれらの用例からは、「ものし」は主観的な心情でありながら、「ものし」と表現するには、ある程度客観的な基準が存在することが窺える。そしてその基準は、用例⑧で人を「うち」、「冠を…うち落し」、「男ども引きふれ」ても「ものしと言ふ」ほどのことはしていないというのだから、通常範囲をかなり逸脱したものといえよう。

〈表6〉『蜻蛉日記』における「ものし」（全九例）の対象

対象		内訳
男女関係	5	仲睦まじかった昔を思い出して 2 隔たり感じる手紙の内容 1 女が男を迎えに行く 1（仮定） 女が男のもとに再度行く 1（推量）
意に添わない事柄	2	屏風歌に数首のみ採用される 1 参籠を大げさに扱われる 1
さま	2	不機嫌なさま 1 夢の内容 1

⑨「夢にものしく見えし」など言ひて、あなたにまかでたまへり。さて、しばしば夢のさとしありければ、「違ふるわざもがな」とて、（上巻・安和元年五月）

⑩（作者の遺書）「…たはぶれにも、御気色のものしきをば、（道綱は）いとわびしと思ひてはんべめるを、いと大きなることなくて侍らむには、御気色など見せたまふな」（中巻・安和二年閏五月）

『蜻蛉日記』では、用例⑨⑩のように、状況などの詳しい説明を加えずに意思伝達を果たしている「ものし」があらわれる。

また、どの作品においても対象となる「男女関係」であるが、特に、急病の兼家に付き添って兼家邸に行った作者が自宅に帰る場面での次の用例では、仲の良い男女間で「ものし」が使われていることに注目したい。

⑪(兼家)「いざ、もろともに帰りなむ。または、ものしかるべし」などあれば、(作者)「かく参り来たるをだに、人いかにと思ふに、御迎へなりけりと見ば、いとうたてものしからむ」といへば、　(上巻・康保三年三月)

これまでの作品においては、本人や保護者が望んでいない親密な男女関係そのものを「ものし」とし、否定的に思う例は多く見られたが、当事者双方が親密な現在の関係の維持を望みつつ、第三者の目を明確に意識して、自らの親密すぎる行為を律しようとする「ものし」は、これまでにない。

⑫上、いかでこの尚侍御覧ぜむ、と思すに、大殿油ものあらはにともせばものし、いかにせまし、と思ほしおはしますに、　(宇津保・内侍のかみ)

⑬(仲忠→兼雅)「いとほしと見たてまつりたまひし人々の、あるは世を背きたまふ、所々にかすかにてものしたまへるを、取り申すままに、目安く、かくものせさせたまひつるを、いとうれしく見たまふるを、一方にのみおはしますは、いとものしきやうに侍り」

（宇津保・楼の上）

用例⑫は、尚侍に好意を寄せる帝が、尚侍の姿を見たいものの、大殿油であらわに灯す行為を「ものし」とする例である。尚侍にとっては望まぬことであり、周囲の目と共に相手の心情も配慮したものである。用例⑬は、母一人を偏愛する父兼雅に対し、仲忠が意見する場面である。自重するよう促したものである。

つまり、「ものし」は、嫌悪感や疎外感を抱かせるものに限らず親密すぎる行為にも用いられ、親疎いずれの方向にせよ何らかの許容範囲から逸脱して意に添わないような事柄に関して用いられると考えられる。

〈表7〉『源氏物語』における「ものし」（全二十九例）の対象

対象	内訳
意に添わない人間関係 19	
疎遠な関係 13	女が自分につれない 5
	求婚相手が他の男と結婚 1
	夫が他の女を寵愛 1
	娘と夫の不仲 1
	実娘・孫娘と離れて暮らす 2

		実娘の存在を知らずに過ごす	1
		祖父との死別（仮定）	1
		訪ねて来ない姉妹（推量）	1
親密な関係	6	望まぬ男からの求婚	2
		妹と望まぬ男との結婚	1
		妹が政敵と密通	1
		不つりあいな相手との縁談	1
		恋敵が政敵と親密	1
意に添わない行為	7	愛人・召人が女児を出産	2
		喪中に遊び興じる	1
		夫の五十の賀を盛大に催す	1
		後朝の文の使者に大げさな禄	1
		忙しい時に難解な歌を寄こす	1
		受戒の儀式の途中に阻止される	1
容姿・有様	3	夫に愛されず別の男と再婚する皇女の有様	1
		目の腫れた妻の姿	1
		気配が卑しく馴れ馴れしい未熟な僧	1

『源氏物語』においては、「ものし」の対象がより多岐にわたる。人間関係に用いられる例で

も、男女関係に限らず親族や政敵に対しても使用される。また、「喪中に遊び興じる」のように誰の目からも非難したくなるようなことや、逆に「夫の五十の賀を盛大に催す」のように誰の目からも喜ばしく見えるはずのことにも用いられていることにも注目したい。

⑭（紫の上の父は）またかくこの世にあまるまで、響かし営みたまふは、おぼえぬ齢の末の栄えにもあるべきかな、とよろこびたまふを、北の方は、心ゆかずものしとのみ思したり。女御の御まじらひのほどなどにも、大臣の御用意なきやうなるを、いよいよ恨めしと思ひしみたまへるなるべし。（少女）

⑮（北の方の）御目のいたう泣き腫れたるぞ、（鬚黒大将は）すこしものしけれど、いとあはれと見る時は、罪なう思して、……（真木柱）

用例⑭では、紫の上の父兵部卿宮の五十の賀を源氏が盛大に催してくれたことを兵部卿宮自身は喜んでいるものの、その北の方は「ものし」と思う例である。娘王女御の入内に際し源氏が後援してくれなかったことなどが頭をよぎるためであるが、五十の賀とは無関係のことであり賀の催し自体には文句のつけようがない。⑮では、鬚黒大将の北の方の容姿に関する用例である。北の方の涙の原因は鬚黒大将が、他の女に夢中になっていることにある。自分に原因の一端があることは棚に上げ、泣き腫らした北の方の目を「ものし」と思い、自らの感情次第では「罪なし」と思う時もあるというのである。

以上より、「ものし」の対象をどう思うかは、主観によって受け取め方が大きく変わることがわかる。「ものし」は、必ずしも絶対的な基準で言い切れるものではなく、あくまで主体自身の主観によるものなのである。相手の立場にたてば、相手側に理があり、他に照らせば、相手の態度も無理からぬこと・あり得ることでもある。一概に非難できるものでもないのである。

〈表8〉は、主な作品について、その対象をまとめ、一覧にしたものである。その他、用例としては『源氏物語』以前からほぼ同時期の作品として『大和物語』『枕草子』が各一例ずつ、以降の作品では、『狭衣物語』二例、『夜の寝覚』三例、『とりかへばや物語』一例、『栄花物語』三例が認められるが、傾向は大きくは変わらない。

すなわち、「ものし」の対象は、主体の意に添わず、度を超えていると思う行為や状態に対して用いられる。それは、主体の意図する所より親密な状態にも疎遠な状態にも用いられ、想定していたことより立派で大げさに思われる態度にも、より冷淡な態度にも用いられる。つまり、主体にとっての許容範囲外と思われる事柄であれば、方向性を問わず用いられる。また一方で、対象となる行為や態度は、相手の立場に立てば理の通ったものであり、一般に照らしても当時においては十分あり得るもののため、その対象となる行為や人物を表立って非難することは難しい。したがって、不満や不快感を抱いても、口に出さずに飲み込むしかないという面があり、これが、「ものし」という思いを表出しないもう一つの原因であると考えられる。

〈表8〉まとめ

作品名＼対象	人間関係　疎遠	人間関係　親密	意に添わない事態	直接的なひどい仕打ち	容姿	その他
宇津保物語	1	5	6	0	2	0
落窪物語	1	3	3	6	0	1
蜻蛉日記	3	2	2	0	0	2
源氏物語	13	6	7	0	3	0
大和物語	0	0	0	0	1	0
枕草子	0	0	1	0	0	0
狭衣物語	1	0	1	0	0	0
夜の寝覚	0	2	1	0	0	0
栄花物語	0	3	0	0	0	0
とりかへばや物語	0	1	0	0	0	0

結び

「ものし」が不快感を表す語であるという理解は、誤りではない。しかしその思いは、単に「不快感」と言って済むほど広い意味合いで用いられるものでなく、また単純なものでもない。特に、その思いの抱き方・表出のしかたには、他の語との大きな違いが見られるのである。以下にまとめる。

・「ものし」は、甲斐や面目をなくし恥に感じるような、主体の意に反し、かつ度を超えていると感じる物事に対して抱く感情である。

・その対象となる事柄は、主体にとってはおおいに心外なものであるが、対象人物の立場にたち、或いは一般に照らしてみれば、激しい非難はできそうもないと考えられるものである。

・対象となる人物は、主体との関係において、主導権・決定権を持つことが多い。地位や権力のある人物であることも多い。

・その結果、「ものし」という思いは周囲に表出しがたく、言葉や態度に表さないで心の内に鬱積させる傾向が非常に強い。

・「ものし」は、主体にとっては、度を超えている、心外な事柄に、心理的な衝撃を受け、困惑し、不快感や不満を抱く感情表現である。ただし、非難の思いはあっても対象への攻撃性は乏しく、どうにもならない事態に自ら心を閉ざし、相手と距離をとり、悲嘆にくれるものである。

・頭で考えれば十分あり得る仕方のないことと理解できるものの、感情としてはおさめようがない、そうした出口のない不満・悲嘆を自身の内側におしこめた感情が「ものし」である。

*『宇津保物語』『栄花物語』の用例は小学館新編日本文学全集、『狭衣物語』は岩波書店日本文学大系、その他の作品は小学館日本文学全集によった。ただし、読解の弁を考慮し一部表記を改めた。

『源氏物語』紫の上の「うつくしさ」
——「この世」の「果て」の美の表象

和田明美

はじめに

『源氏物語』は、今を遡ること約千年、紫式部によって書かれた長編の王朝物語である。特に正編（一部・二部）は、光源氏と関わる女性達の思惟を深く掘り下げ、それぞれの個性やその内奥に迫りつつ、平安貴族社会を生きた人間のありようを鮮やかに表出している。このことを通して作者は、王朝貴族社会の制度や規範はもとより、典雅な王朝の美意識・自然観の表象をも試みたのではないだろうか。それを支えているのは、異なり語数約一万一千語・延べ語数約二一万語から成る豊麗・精緻な言語表現に他ならない。(1) 世界に誇る歴史的文化遺産『源氏物語』の真価は、ここにあると言っても過言ではない。したがって、豊かな言語によって構築された『源氏物語』の表現を正確に読み進めるならば、個性に溢れ、形象化に秀でた人物造型の核心に迫るのみならず、深淵で高邁な日本文化の真髄に触れることも可能と考えられる。

　そこで、物語に登場する女性の美質や魅力を読み解くキーワードと見なされる「うつくし」「うつくしげ」や「らうたし」「らうたげ」に着目し、これらの語をもって造型される代表的人物・紫の上に焦点を当てつつ、光源氏とともに生きた一人の女性が、少女から女へと脱皮を遂げるプロセスを追い、また「幸ひ人」として生きながらも自らの生涯を「心にたへぬもの嘆かしさのみうち添ふ」（若菜下198）と嘆息せざるを得なかった悲しみの淵にも迫りたい。

「らうたし」と「うつくし」は「美意識」に支えられた愛情表現を担う語であるが、「らうたし」が、か弱く力無い対象に内在する「しっとり」と湿潤された美に注目し、やるせなくいとおしい心の痛みを伴う「護の情」を表現するのに対し、「うつくし」は、対象の外面に備わった華やかでふくよかな「かがやき」を帯びた美に注目し、ほほえましく見守る「讃嘆の情」を表現する点において二語は本質的に異なる。[2]『源氏物語』に「らうたし」は七七例、またこれに動詞的接尾語「す」をとる「らうたくす」は、音便形も含めると七例認められる。対象となる人物は、紫の上が一四例と最も多く、次いで浮舟八例・夕顔六例・女三の宮・玉鬘各五例・中の君四例・雲井の雁・朧月夜・明石の中宮・末摘花各二例と続く。「らうたし」の代表的人物が紫の上であるとすれば、「らうたげ」のそれは中の君ということになる。また「うつくし」

〈表1〉『源氏物語』の「うつくし」「うつくしげ」対象一覧

対象	うつくし	うつくしげ	計	備考
紫の上	16	11	27	
明石の中宮	12	9	21	明石の姫君（女御）
夕霧	11	3	14	
浮舟	9	4	13	
女三の宮	8	4	12	
中の君	7	4	11	
雲井の雁	7	3	10	
玉鬘	3	5	8	
薫	8	0	8	
源氏	2	4	6	
冷泉	6	0	6	
大君	2	3	5	
女一の宮	2	2	4	明石の中宮腹
匂宮	3	0	3	
女達	3	9	12	「うつくし」秋好中宮・女二の宮・紅梅の大君各1例
男達	2	0	2	「うつくし」小君・内大臣各1例
子供達	20	3	23	子・孫等（主に殿上童や若君・五節）

猫	1	1	2	女三の宮
調度	0	1	1	明石の中宮
仏像	0	1	1	女三の宮
合計	122（119）	67	189（186）	

※「うつくし」119例「うつくしげ」67例（各々「うつくしさ」1例「うつくしげさ」2例含む）。
※「うつくし」ダブルカウント3例（対象2名の例）含む。
※「うつくしげ」女達は、桐壺更衣・藤壺・葵の上・空蟬・六条御息所・玉鬘の大君・紅梅の大君・紫の上祖母（尼君）・女性一般各1例。

関連語は、二二四例認められるが、美意識を内包するのは「うつくし」一一八例、「うつくしげ」六五例「うつくしさ」一例「うつくしげさ」二例の計一八六例と見なされる。対象となる人物は、紫の上が最多の二七例、次いで明石の中宮二一例・夕霧一四例・浮舟一三例・女三の宮一二例と続く。主として幼な子や若い女性に用いられているが、紫の上に対しては三〇代半ばを過ぎてもなお使用され（「うつくしげ」四例）、北山で光源氏に見出された幼少期や結婚・裳着前後以上に精彩を放っている。しかも、人の世の憂いを知り苦悩の淵に立ちすくむごとに、紫の上はしっとりと湿潤された美を湛え、はかなく病床に臥してもなお清浄な透明感を失うことなく女性としての豊潤な美しさを増しゆく。その「うつくしく」「らうたき」美質は、「この世」を「見果て」（若菜下159）た者の諦念と慈愛に支えられながら、死と向き合いつつ浄化・昇華されるのではないだろうか。

I 女君は、暑くむつかしとて御髪《みぐし》すまして、少しさはやかにもてなし給へり…つゆばかりうちふくみまよふ筋もなくて、いときよらにゆらゆらとして、青み衰へ給へるしも色は真青《さを》に白くうつくしげに、透きたるやうに見ゆる御膚つきなど世になくらうたげなり。もぬけたる虫の殻などのやうに、まだいとただよはしげにおはす。（若菜下235）

II こよなう痩せ細り給へれど、かくてこそ、あてになまめかしきことの限りなさもまさりてめでたかりけれと…限りもなくらうたげにをかしげなる御様にて、いとかりそめに世を思ひ給へる気色、似るものなく心苦しくすずろにもの悲し。（御法490）

III （夕霧は）御《み》几帳《きちやう》の帷子《かたびら》をもののたまふ紛れにひき上げて見給へば、（源氏は）ほのぼのと明けゆく光もおぼつかなければ、大殿油を近くかかげて見奉り給ふに、飽かずうつくしげにめでたうきよらに見ゆる御顔のあたらしさに、この君のかくのぞき給ふを見る見るも、（御法495）

IV 御髪のただうちやられ給へるほど、こちたくけうらにて、つゆばかり乱れたる気色もなうつやつやとうつくしげなるさまぞ限りなき。灯《ひ》のいと明かきに、御色はいと白く光るやうにて、とかくうち紛らはすことありし現《うつつ》の御もてなしよりも、言ふかひなきさまに何心なくて臥し給へる御有様の飽かぬところなしと言はんもさらなりや。（御法495）

I は、危篤（仮死）から脱した後のはかなげな紫の上の様子を描いているが、「きよらにゆ

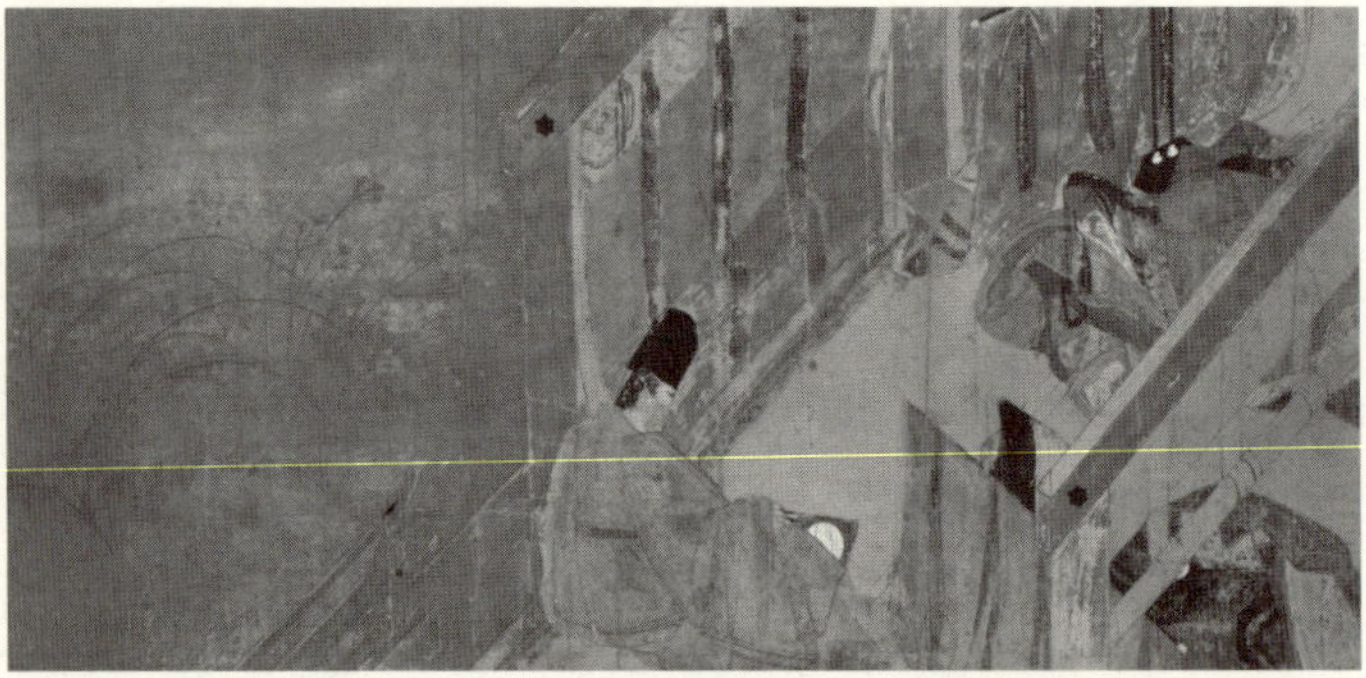

国宝源氏物語絵巻（御法）　五島美術館蔵

らゆらと」「青み衰へ」つつも「真青に白くうつくしげに、透きたるやう」な「御膚つき」が源氏の視点で描出されている。Iが三九歳頃（作品では三七歳）の紫の上であるのに対して、IIはその四年後の死期近き紫の上の「あてになまめかしきことの限りなさもまさりて」「限りもなくらうたげにをかしげなる御様」の表象である。このような極限における紫の上の美は、「消えゆく露の心地して限りに見え」、「明け果つるほどに消え果て給ひぬ」（御法493）死をもって頂点に達する。[3] III・IVは、紫の上の「飽かずうつくしげにめでたうきよら」な「御顔」と「つゆばかり乱れたる気色もなうつやつやとうつくしげ」な「御髪」が「ほのぼのと明けゆく光」と「大殿油」に照らされて「いと白く光る」様子を表象している。その姿は、紫の上本来の「何心なき」魅力をも湛え、[4] 生前以上に夕霧の心を捉えて離さない。

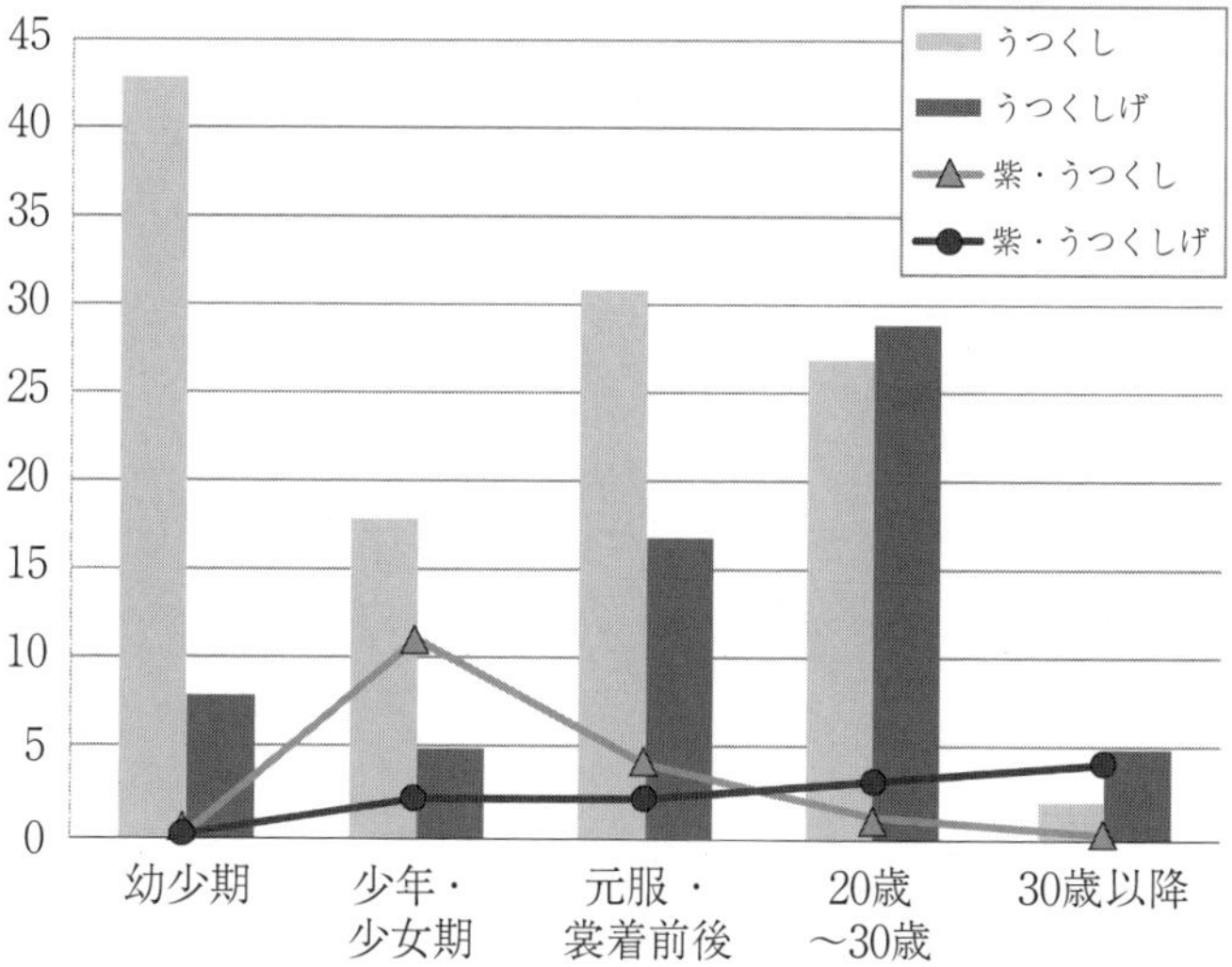

『源氏物語』の「うつくし・うつくしげ」年代（紫の上）の推移

「うつくしき」紫の上
—少女からの脱皮—

紫の上に関する「うつくし」は一六例（13%）、「うつくしげ」は一一例（16%）認められる。グラフからも明らかなように、紫の上関係の「うつくし」は一〇歳頃（少年・少女期）をピークとして徐々に減少し、二一歳頃を最後に使用されなくなる。一方、「うつくしげ」は一般なピークが二〇～三〇歳頃であるのに対して、紫の上は右肩上がりに三〇歳以降も使用され、病床に臥した三〇代後半から四〇代前半にかけての表現に独自性が認められる。熟女時代の紫の上は形容詞「うつくし」ではなく、もっぱら外見・外面の豊麗な美を表す「うつくしげ」によって表象されているのである。

▼源氏、はじめて紫の上を垣間見る

①十ばかりにやあらむと見えて、白き衣《きぬ》、山吹などの萎えたる着て、走り来たる女子《をむなご》、あまた見えつる子どもに似るべうもあらず、いみじく生ひ先見えてうつくしげなる容貌《かたち》なり。（若紫280）

②頰《つら》つきいとらうたげにて、眉のわたりうちけぶり、いはけなくかいやりたる額《ひたひ》つき髪ざしいみじううつくし。ねびゆかむさまゆかしき人かなと目とまり給ふ。（若紫281）

③あはれなる人を見つるかな…さてもいとうつくしかりつる児《ちご》かな、何人ならむ、かの人の御かはりに明け暮れの慰めにも見ばや、と思ふ心深うつきぬ。（若紫283）

④さらば、その子なりけりと思しあはせつ。親王《みこ》の御筋にて、かの人にも通ひ聞こえたるにやと、いとどあはれに見まほし。人の程もあてにをかしう、なかなかのさかしら心なく、うち語らひて心のままに生ほし立てて見ばやと思す。（若紫287）

▼尼君死去後に源氏、紫の上と一夜を過ごす

⑤何心もなくゐ給へるに、手をさし入れて探り給へれば、なよよかなる御衣《ぞ》に髪はつやつやとかかりて末のふさやかに探りつけられたる、いとうつくしう思ひやらる。（若紫317）

⑥若君は、いと恐ろしういかならんとわななかれて、いとうつくしき御肌つきもそぞろ寒げに思したるをらうたくおぼえて単衣《ひとへ》ばかりを押しくくみて、（若紫319）

紫の上は、「十ばかり」の頃（実年齢八歳か）に北山で藤壺の形代「紫のゆかり」として光源氏に見出される。[5]それは他でもなく、①「いみじく生ひさき見えてうつくしげ」②「いとらうたげ」「いみじううつくし」[6]き少女に対する「ねびゆかむさまゆかしき人かな」との興味関心に端を発するものであった。これ以降③「かの人の御かはりに、明け暮れの慰めにも見ばや」との仮定的結婚願望は、④「さらば、その子なりけり」と思い及ぶや「見まほし」との悲願になり、やがて「いかにかまへて」と方策を思案しつつ「ただ心安く迎へ取りて、明け暮れの慰めに見む」（若紫301）と切望するに至る。[7]その一方で光源氏は、藤壺の姪である紫の上と結婚した場合を想定して「見ば劣りやせむ」（若紫313）との不安や危惧を抱いている。[8]勿論、源氏の心に本質的な変化はなく、「のたますることの筋…かくわりなき齢過ぎはべりて必ず数まへさせ給へ」（若紫311）との遺言に添うべく尼君亡き後、故按察大納言邸の紫の上を訪れる。⑤「手をさし入れて探」るこの時の光源氏の行為は、成熟した女性との契りへと進展する可能性を孕みつつも、紫の上の幼さゆえに⑤「つやつやと」した黒髪を弄り、⑥「うつくしき御肌つき」を「らうたく」思うに止まる。源氏自身「男」と「女」として向き合えない現実を「うたて」と思いはするが、無垢な姫君のあるがままを容認し「あはれにうち語らひて」一夜を過ごす。父兵部卿の合意を得ぬままに、強引な手段に訴えて二条院へ迎えるのはその後のことである。

▼源氏、夜深く紫の上を二条院に迎え取る

⑦源氏「…女は心やはらかなるなむよき」など、今より教へ聞こえ給ふ。御容貌《かたち》は、さし離れて見しよりもきよらにて…鈍色《にびいろ》のこまやかなるがうち萎えたるどもを着て、何心なくうち笑みなどしてゐ給へるが、いとうつくしきに我もうち笑まれて見給ふ。（若紫332）

⑧源氏ねは見ねどあはれとぞ思ふ武蔵野の露わけわぶる草のゆかりを、とあり。…紫「まだようは書かず」とて見上げ給へるが何心なくうつくしげなれば、うち頬《ほほ》笑みて…うちそばみて書い給ふ手つき筆とり給へるさまの幼げなるもらうたうのみおぼゆれば、心ながらあやしと思す。（若紫333）

▼二条院での生活に馴れゆく紫の上

⑨二条院におはしたれば、紫の君、いともうつくしき片生《かたおひ》ひにて紅《くれなゐ》はかうなつかしきもありけりと見ゆるに、無紋《むもん》の桜の細長《ほそなが》なよらかに着なして何心もなくてものし給ふさま、いみじうらうたし…ひき繕はせ給へれば、眉のけざやかになりにたるもうつくしうきよらなり。（末摘花378）

▼〔冷泉誕生後、紫の上に慰めを求める源氏〕

⑩女君、ありつる花の露に濡れたる心地して添い臥し給へるさま、うつくしうらうたげなり。愛敬こぼるるやうにて…なまうらめしかりければ、例ならず背き給へるなるべし…紫「入りぬる磯の」と口ずさみて口おほひし給へるさま、いみじうざれてうつくし。（紅葉賀403）

⑪姫君、例の心細くて屈《く》し給へり。絵も見さしてうつぶしておはすれば、いとらうたくて御髪のいとめでたくこぼれかかりたるをかき撫でて、源氏「…幼くおはする程は心安く思ひ聞こえて…」など、細々《こまごま》と語らひ聞こえ給へば、さすがに恥づかしうて、ともかくも答へ聞こえ給はず。（紅葉賀405）

▼葵の上の服喪後、新枕前後の紫の上

⑫姫君、いとうつくしうひき繕ひておはす。源氏「久しかりつる程に、いとこよなうこそ大人び給ひにけれ」とて、小さき御几帳ひき上げて見奉り給へば、うち側《そば》みて恥らひ給へる御さま飽かぬところなし。灯影の御かたはら目、頭つきなど、ただかの心尽くし聞こゆる人に違ふところもなくなりゆくかなと見給ふにいとうれし。（葵61）

⑬姫君の何ごともあらまほしう整ひ果てて、いとめでたうのみ見え給ふを、似げなからぬ程にはた見なし給へれば…心ばへのらうらうじく愛敬づき、はかなき戯れごとの中にもうつくしき筋をし出で給へば、思放ちたる年月こそ、たださる方のらうたさのみはありつれ、忍びがたくなりて、（葵63）

⑭汗におし漬《ひた》して額髪《ひたひがみ》もいたう濡れ給へり…まことにいとつらしと思ひ給ひて露の御答《いら》へもし給はず…らうたく見奉り給ひて日ひと日入りゐて慰め聞こえ給へど、解けがたき御気色いとどらうたげなり。（葵64）

「何心なき」紫の上の天性の「らうたく」「うつくしき」魅力は、「見ば劣りやせむ」との危惧とは裏腹に「近まさり」の様相を呈しながら、数年の間に源氏のもとで天真爛漫な少女から成熟した女へと脱皮を遂げる。作品は、そのプロセスをもっぱら源氏の視点で叙している。否紫の上の愛らしさや美質の全貌は、〈表2〉「うつくし（げ）主要人物主体・対象表」からも明らかなように、ほぼ源氏を主体としてその視点で描出しているのである。二条院へ迎えた源氏は、まず⑦「さし離れて見しよりも」まさる紫の上の資質を看て取る。すなわち、「親王の御筋」に由来する「きよら」な清浄・神聖美に恵まれていることの確証を得るのである。源氏に向かって「何心なくうち笑む」愛らしい少女は、⑦「女は心やはらかなるなむよき」をはじめとする男君の「教へ」に導かれながら、華やかな「うつくしさ」と陰影を帯びた「らうたさ」を兼備する魅力的女性に育てられることになる。やがて⑬「らうらうじく愛敬づき」、性質・容貌は勿論、知性・教養ともに藤壺に優るとも劣らない理想的女性に成長するのである。

しかも、「大方、らうらうじうをかしき御心ばへを、思ひしことかなふと思す」（紅葉賀404）を端緒として、作者は育ちゆく紫の上の美質や資質を確認する光源氏のまなざしと歓喜・満悦を折あるごとに綴っている。特に、「見るままに、いとうつくしげに生ひなりて、愛敬づきらうらうじき心ばへいとことなり。飽かぬところなう、わが御心のままに教へなさむと思すにかなひぬべし」（花宴431）、および⑫「うち側みて恥らひ給へる御さま飽かぬところなし。灯影の御かたはら目、頭つきなど、ただかの心尽くし聞こゆる人（藤壺）に違ふところもなくなりゆくかなと見給ふにいとうれし」（葵61）はそのことを如実に物語っている。ただし、暫くの間光源氏と紫の上は「後の親」と「子」との関係を保つ。その間四〜五年程、「もろともに遊び」「もろともに雛《ひひな》遊び」しながら、源氏も「他《ほか》なりける御むすめを迎へ」「母なき子持たらむ心地して、歩きも静心なく」（紅葉賀389）思われた。

その後、密通による冷泉誕生の苦悩や断ち難い藤壺への恋情を背景に、紫の上の存在は一層

〈表2〉「うつくし(げ)」主要人物主体・対象表

主体＼対象	紫の上	明石の中宮	夕霧	浮舟	女三の宮	中の君	雲井の雁	玉鬘	薫	源氏	冷泉	大君	女一の宮	匂宮	計
源氏	25	7	5		8			5	5					1	56
薫						3						2	3		8
紫の上		7											1		8
内大臣			2				4								6
妹尼				6											6
夕霧	1						1		1					2	5
大宮			1				4								5
八の宮						3						2			5
桐壺										1	3				4
各乳母		2	1					1							4
朱雀					2					1					3
匂宮						3									3
弁の尼				1		1						1			3
藤壺											2				2
明石の君		2													2
明石入道・尼君		2													2
僧都				2											2
柏木					2										2
その他	1	1	5	4		1	1	2	2	4	1				22
合計	27	21	14	13	12	11	10	8	8	6	6	5	4	3	148

形代としての比重を増す。そうであればこそ、紫の上は代償・補償的存在として必然的に藤壺とオーバーラップすることになる。否、少女性を内包する紫の上の振舞いの中に、成熟した女的要素を看取するべく物語の叙述は展開されている。すなわち、⑩「女君、ありつる花(常夏)の露に濡れたる心地して添い臥し給へるさま、うつくしうらたげなり」は、冷泉誕生後つれない藤壺への執心を背後にした表象である。⑪「絵も見さしてうつぶしておはすれば、いとらうたくて御髪のいとめでたくこぼれかかりたるをかき撫でて」は、紫の上に女的魅力を認めながらも、未だ熟しきらない少女性に根差した二人の仲らいを描いている。むしろ源氏は、このような女の性を内包する少女の素直さと恥じらいに安らぎを感じているのである。

その一方で、少女は着実に女としての嫉妬心や羞恥心を知りつつある。「とく渡り給はぬ」源氏に対する⑩「なまうらめし」「例ならず背き」等はその萌芽と見なされる。無垢な少女が嫉妬する女を装いながら、「入りぬる磯の(潮満てば入りぬる磯の草なれや見らく少なく恋ふらくの多き・万葉集巻七・一三九四)と口づさみて口おほひし給へるさま」は、源氏には「いみじうざれてうつくし」とほほえましく思われた。一方、男女間の嫉妬に基づく「怨ず」行為は、この時点では「え怨じ果てず」(紅葉賀404)レベルにとどまり、その後の男女関係への進展を予感させながらも、物語は成熟過程にある紫の上の少女性の描出に終始している。ただし、⑪「さすがに恥づかしうて」返答もしない所作やこれに続く「やがて御膝によりかかりて寝入る」行為には、精神的に未成熟な姫君像が見え隠れしつつも女的羞恥心の萌芽が認められる。加えて、「御懐《ふところ》に入りゐていささかうとく恥づかしとも思ひたらず」（若紫335）振舞っていた以前の様子と対照するならば、わずか一年の間の変転・変容を読み取ることが可能である。深まりゆく男君への執心や愛情ゆえの嫉妬心・羞恥心を内蔵する一二歳頃の紫の上は、「飽かぬ所なうわが御心のままに教へなさむと思すにかなひ」、「いとうつくしげに生ひなりて、愛敬づきらうらうじき心ばへいとことなる」（花宴431）理想的成長の途にあると言える。

二人の男女関係の成立は、紫の上の少女からの脱皮の時を待ちつつまさに時宜を得て達成される。正妻葵の上亡き後の服喪を終えて暫くぶりに二条院に戻ってみると、⑫「うつくしうひき繕ふ」藤壺生き写しの姫君（一四歳頃）が光源氏の眼前に立ち現れる。⑬「姫君の何ごともあらまほしう整ひ果てて、いとめでたうのみ見え給ふ」折しも、源氏は「心ばへのらうらうじく愛敬づき、はかなき戯れごとの中にもうつくしき筋をし出で給へば」、ついに「忍びがたくなりて」新枕に至る。男君と女君の初めての逢瀬の描写は、「心苦しけれど、いかがありけむ、人のけぢめ見奉り分くべき御仲にもあらぬに、男君はとく起き給ひて、女君はさらに起き給はぬ朝《あした》あり」（葵63）と簡明である。しかも、⑭「額髪もいたう濡れ」涙に咽ぶ紫の上をいとおしみながら「らうたく見奉る」源氏と、より一層「らうたげ」で「解けがたき」女君の姿がクローズアップされる。

しかし、源氏の愛に縋りながら生きたその後の紫の上の生涯は、必ずしも幸福とは言えず、須磨退去に際しての別れや明石の君との結婚、明石の姫君の誕生、朝顔の斎院との噂等、源氏に翻弄される人生を生きることになる。とりわけ女三の宮降嫁後の半生は、一層苦渋に満ちたものであった。喪失感に苛まれ失意のまま病床に臥し、「あぢきなき」運命を嘆きつつ出家願望も叶えられぬまま「置くと見る程ぞはかなきともすれば風に乱るる萩のうは露」(御法491)の歌を詠じた後、四三歳の生涯を閉じるのである。(9)

当初は「何心なくうつくしげ」であった美質は影を潜め、しだいに苦悩や哀感を秘めた「うつくし(げ)さ」へと質的変容を遂げることになる。比類なき麗質は終生衰えることなく、年とともに増幅され深化するのであるが、悲哀に満ちた神聖美を湛えるに至った直接的契機や要因は一体何であったのか。次いでそのことが問われる。

紫の上の悲愁と「うつくしさ」の深化

紫の上の悲しみの表出とその軌跡は、光源氏の伴侶として生きた女の生の証でもある。屈託のない素直さや無邪気さに根差した愛嬌と美質は、源氏の女性関係ゆえの軋轢や葛藤、六条院への女三の宮降嫁に端を発する苦悩や孤独感により、深みを増しつつ変容を遂げる。

▼明石の君への嫉妬、潜在化する憂愁（二〇～二一歳頃）

⑮かかる方の事（女性関係）をば、さすがに心とどめて恨み給へりし折々…御返り、何心なくらうたげに書きて、紫の上「…思ひあはせらるること多かるを、和歌うらもなく思ひけるかな契りしを松より浪は越えじものぞと」、おいらかなるものから、ただならずかすめ給へるを、（明石249）

⑯我はまたなくこそ悲しと思ひ嘆きしか…とただならず思ひ続け給ひて、我は我とうち背《そむ》きながめて、紫の上「あはれなりし世の有様かな」と…かの（明石の君）すぐれたりけむもねたきにや、手も触れ給はず。いとおほどかにうつくしうたをやぎ給へるものから、さすがに執念《しふね》きところつきて、もの怨《ゑ》じし給へるが、なかなか愛嬌《あいぎやう》づきて腹立ちなし給ふを、をかしう見所ありと思す。（澪標282）

▼朝顔の斎院との仲に動揺（二四歳頃）

⑰源氏「…大人び給ひためれど、まだいと思ひやりもなく、人の心も見知らぬさまにものし給ふこそらうたけれ」などまろがれたる御額髪ひき繕ひ給へど、いよいよ背きてものも聞こえ給はず…女君和歌こほりとぢ石間《いしま》の水はゆきなやみ…外を見出だして少し傾き給へるほど、似るものなくうつくしげなり。髪ざし、面様《おもやう》の恋ひ聞こゆる人の面影にふとおぼえてめでたければ、（朝顔479）

▼女三の宮降嫁後、紫の上の比類なき美しさ（三二歳頃）

⑱院、渡り給ひて宮・女御の君などの御さまどもをうつくしうもおはするかなと…御目うつしには…あるべき限り気高う恥づかしげに整ひたるに添ひて華やかに今めかしくにほひ、なまめきたるさまざまのかをりもとりあつめ、めでたき盛りに見え給ふ。（若菜上81）

▼病床に臥す紫の上（三九歳・四三歳頃）

⑲女君は、暑くむつかしとて御髪《ぐし》すまして、少しさはやかにもてなし給へり…つゆばかりうちふくみ

迷ふ筋もなくて、いときよらにゆらゆらとして、青み衰へ給へるしも色は真青《さを》に白くうつくしげに、透きたるやうに見ゆる御膚つきなど世になくらうたげなり。もぬけたる虫の殻などのやうに、まだいとただよはしげにおはす。（若菜下235）

⑳こよなう痩せ細り給へれど、かくてこそ、あてになまめかしきことの限りなさもまさりてめでたかりけれと、来《き》し方《かた》あまりにほひ多くあざあざとおはせし盛りは…限りもなくらうたげにをかしげなる御様にて、いとかりそめに世を思ひ給へる気色、似るものなく心苦しくすずろにもの悲し。（御法490）

まず、二〇歳頃からは⑮「心とどめて恨み」、二四歳になると女らしく⑯「うつくしうたをやぎ」ながらも「執念きところつきて」「もの怨じ」する紫の上が描かれる。女としての嫉妬心[10]は、須磨退去・明石謫居の時期、源氏との間に一子を成した明石の君に由来するものであり、沸々と沸き起こる感情は「めざまし」と「ねたし」である。心からの「もの怨じ」も「執念きところつきて」本格的になる。身分的に劣る受領の娘・明石の君の存在は紫の上には容認し難いものであり、指弾や批難は「すさびにても心を分け給ひけむ」（澪標282）源氏よりも、むしろ明石の君に向けられている。直接源氏から事の経緯と関係の委細を知らされて、⑯「我は我とうち背きながめ」て嫉妬心を顕わにする紫の上は、「うつくしうたをやぎ給へるものから、さすがに執念《しふね》きところつきて、もの怨《ゑ》じし給へるが、なかなか愛嬌《あいぎやう》づきて腹立ちなす」のであるが、源氏にとってそれは新たな紫の上の女性的魅力との出会いでもあった。「をかしう見所あり」はその表出に他ならない。形容詞「うつくし」は二一歳頃の当該例を最後に使用されなくなり、外面的な美質の表象としての「うつくしげ」にその座を譲ることになる。

次いで数年後に源氏と朝顔の斎院との仲が取り沙汰されると、「御心など移りなば、はしたなくもあべいかな」と身分・声望を基に苦悩し、「人に押し消たれむこと」への危惧から「まめやかにつらく」「うとましくのみ思ふ」（朝顔468）ようになる。受領の娘・明石の君には、身分的に下位にあるものとの認識に基づく排除・排斥の感情を抱いたのであったが、自己と同様に宮家の出自であり、しかも「やむごとなき」人として社会的承認を得た斎院に関しては、源氏との信頼関係の崩壊を内包する深刻な感情表現が見られるようになる。明石の君が「うち怨じなど憎からず聞こえ」る源氏の情事の相手であるのに対して、朝顔の斎院は身分・声望ゆえに世間も源氏相応の「似げなからぬ御あはひ」（朝顔468）と是認する相手であった。葵の上亡き後、正妻空白のままほぼ十年経過したこの時、身分的に正妻としての承認は得られないものの、紫の上はそれに近似の座にあったと見なされる。少なくとも結婚後七年経過した頃からは（澪標巻）正妻格としての処遇を受け、源氏との愛情・信頼関係を深めてきた。まさにその関係が脅かされ自己存立が危ぶまれるために、埋めがたい源氏への隔心が蔓延するようになるのである。すなわち紫の上は、心底「まめやかにつらしと思せば、色にも出だし給はず…うとましくのみ思ひ聞こえ給ふ」（朝顔469）のであった。源氏と交わした和歌「こほりとぢ石間《いしま》の水はゆきなやみ空すむ月の影ぞ流るる」（朝顔484）は凍りついた紫の上の心の表出であり、かつ掛詞を盛り込んだ上三句には「生きなやむ」自己の姿が投影されている。藤田加代は、紫の上の「最初の身分的敗北が予感され」ることを説き、「うとまし」を「源氏との信頼関係に生じた心理的空洞を意識する表現」と見なした上で、「思惟の深まりと孤独の悲しみが、原型として存在し始めた」と位置付けている。[11] 心理的葛藤に苛まれ、女としての憂いを心の内に秘めながら紫の上は「大人び」、また源氏に対して隔絶意識を持ち孤独を知ることによって、⑰「似るものなくうつくしげ」な女君となって一層源氏を魅了する。紫の上二四歳頃のことである。孤愁を湛えた紫の上の様子は、今は亡き藤壺を彷彿とさせ、源氏には「髪ざし、面様の恋ひ聞こゆる人の面影にふとおぼえてめでたければ」とも思われるのであった。

熟女となった紫の上の卓越した「うつくしさ」（三二～四三歳頃）は、女三の宮降嫁に由来する六条院春の町の秩序の崩壊と、[12] それに端を発した苦悩・懊悩や孤独感と相俟って増幅し深化する。⑱は、「うつくしうもおはする」幼い女三の宮（一四歳頃）や明石の女御（一二歳頃）と比較しつつ、年齢とともにまさりゆく円熟した紫の上の華やかな麗姿を光源氏の視点で具象的に描出している。「あるべき限り気高う恥づかしげに整ひたるに添ひて華やかに今めかしくにほひ、なまめきたるさまざまのかをりもとりあつめ、めでたき盛り」に見える姿は、「去年より今年はまさり、昨日より今日はめづらしく」日々新たな魅力との出会いをもたらした。
しかも、「いかめしくめづらしきみやびを尽くし」（若菜上56）た婚儀に際して、紫の上は甲斐甲斐しい世話女房に徹しつつ「三日が程は夜離《が》れなく渡り給ふ」光源氏を凛然と送り出している。一方、源氏にとって女三の宮降嫁直後の紫の上は「いみじくらうたげにをかしく」（若菜上57）、従来とは異質のしっとりと陰影を帯びた魅力を湛えていた。この時に詠じた「目に近く移れば変る世の中を行く末遠く頼みけるかな」は、喪失感を込めた紫の上の苦衷の表白である。「なよよかにをかしきほどにえならず匂ひて渡り給ふ」源氏の様子を見つめる紫の上は、「うちとけゆく末にありありて、かく世の聞き耳もなのめならぬ事の出で来ぬるよ」と現実を見据え、ただならぬ不安を胸に「今より後もうしろめたく」（若菜上59）思うのであった。

　女三の宮降嫁とそれに纏わる紫の上の苦悩や慨嘆は、「つれなく」平静を装って直接源氏に向けられることがない点で、以前とは異なっている。しかし、「下に思ふ」ことと「うはべ」との乖離・自己矛盾および源氏との心理的隔絶は、この一件を告げられた時から既に始まっていた（若菜上48）。同じ「紫のゆかり」ではあっても、出自・年齢・社会的信望ともに皇女女三の宮に及ばないとの自覚を余儀なくされた紫の上は、わが身を「なまはしたなく」思うより他なかったのである（若菜上56）。この時点では「こよなく人に劣り消《け》たるる事もあるまじ」との自負を持ってはいるが、女三の宮への渡りが紫の上と同等になるに従って喪失不安や寂寥感に駆られ、やがては「安からず」思うようになる。「…やうやう等しきやうになりゆく…されば よとのみ安からず思されけれど、なほつれなく同じさまにて過ぐし給ふ」（若菜下169）。侍女達は、憂慮すべきこのような事態を既に降嫁直後に予知し、「安からぬ事のあらむ折々、必ずわづらはしき事ども出で来なむかし」（若菜上59）と囁きつつ嘆嗟していた。

しかるに、募るばかりの喪失感や苦悩を心の内に封じ込めて紫の上は常に「つれなく」対処している。厄年とされる三七（年立三九）歳になった紫の上の「ゆゆしきまで」の魅力は、「すべて何ごとにつけても、もどかしくたどたどしきことまじらず」「とりあつめ足らひたることは、まことにたぐひあらじ」と比類なきものであった。しかも「あり難き人の御有様なれば、いとかく具しぬる人は世に久しからぬ例《ためし》もあなるをと、ゆゆしきまで思ひ聞こえ給ふ…今年は三七にぞなり給ふ」（若菜上196）を伏線としつつ、物語は一転して悲劇的展開を見せる。

源氏との心の隔絶や孤独感ゆえに「下の心」の苦悩・懊悩は尽きることなく、ついに六条院でのあでやかな女楽（正月）の直後、紫の上は病に倒れるのである。発病後数か月の内に危篤に陥り、世人からは「生けるかひありつる幸ひ人の光失ふ日にて、雨はそぼ降るなりけり」（若菜下229）と評された。「御髪おろしてむと切に思す」（若菜下232）紫の上の出家願望に添うべく、仮初めの「五戒ばかり」（殺生・偸盗・邪淫・妄語・飲酒の戒め）を受けさせた「力」もあって、この折は一命を取りとめる。その後なまなましい心の葛藤はなく、妄執に苛まれることもない。紫の上は⑲「いときよらにゆらゆらとして、青み衰へ給へるしも色は真青に白くうつくしげに、透きたるやうに見ゆる御膚つきなど世になくらうたげ」な透明感漂う清浄美を湛えるようになる。我執を断ち光源氏に対する妄執や愛執から解き放たれた時期は、五戒を受けた後に蘇生し小康を得た頃と見なされる。

では、濁世に住みながらどのようにして紫の上は解脱に近い境地へと至ったのか。その過程を少し詳しく追うことにする。三八歳頃より紫の上の出家願望は切実となって「この世はかばかりと見果てつる心地する齢《よはひ》にもなりにけり。さりぬべきさまに思しゆるしてよ」(若菜下159)と源氏に懇願し、(13)「わが身はただ一ところの御もてなしに人には劣らねど、あまり年積りなば、その御心ばへもつひに衰へなむ、さらむ世を見果てぬ先に心と背《そむ》きにしがな、とたゆみなく」(若菜下169)願うようになる。それればかりではない。光源氏が人生の述懐として語った言葉は、紫の上の精神に致命的な打撃を与えた。「君の御身には、かの一ふしの別れよりあなたこなた、もの思ひとて心乱り給ふばかりのことあらじとなん思ふ」は、その愛に縋って生きた紫の上には堪え難い絶望的言辞であったが、さらに源氏は「人にすぐれたりける宿世《すくせ》とは思し知るや。思ひの外にこの宮(女三の宮)のかく渡りものし給へるこそは、なま苦しかるべけれど、それにつけては、いとど加ふる心ざしの程を、御みづからの上なれば、思し知らずやあらむ」(若菜下198)と言い放った。わが半生と心を踏み躙り唾棄するかのような言葉に心は凍りつきながらも、紫の上は「祈り」を込めて「ものはかなき身には過ぎたるよそのおぼえはあらめど、心にたへぬもの嘆かしさのみうち添ふや、さはみづからの祈りなりける」（若菜上199）と応えた。(14)

これを機に、六条院世界の正妻格たる女の矜持と世間体への配慮のもと、表面を懸命に繕いながら耐え忍んできた紫の上の心身は蝕まれ始める。降嫁当初は、源氏との行く末を危惧する噂にも「つゆも見知らぬやうに、いとけはひをかしく物語などし給ひつつ、夜更くるまでおはす」（若菜上59）余裕を見せていた。が、しだいに「げにかたはらさびしき夜な夜な経にけるもなほただならぬ心地」して「ふとも寝入られ給はぬを…なほいと苦しげ」（若菜上61）な様子で、七年後ついにA「もの思ひ離れぬ身」を嘆きつつ、紫の上は「あぢきなき」思いを胸に「夜更けて大殿籠りぬる暁方より御胸を悩み給ふ」事態に陥るのである。(15)

Aあやしく浮きても過ぐしつる有様かな。げに、のたまひつる様に人よりことなる宿世《すくせ》もありける身ながら、人の忍びがたく飽《あ》かぬことにするもの思ひ離れぬ身にてややみなむとすらん。あぢきなくもあるかな。（若菜下203）

この後一時危篤（仮死）となる。しかし、「五戒」を受けた後に蘇生した紫の上は、内実ともに「この世」を「見果て」、苦悩・煩悩から解き放たれたとも言える。自我や我執を捨て去った後は、ひたすら「夜昼思し嘆き」「思しまどふ」光源氏の身を案じるようになる。かつて苦悩や懊悩を深層に封じ込め、表面上「つれなく」装っていた「うつくしげ」な女人の姿は、矛先が源氏や女三の宮に向けられることはないものの、見方を変えれば古来出典を『涅槃経』に求めてきた「外面ハ菩薩ノ如ク、内心ハ夜叉ノ如シ」[16]の一つのありようとも見なされる。この「夜叉」はもっぱら自己を苛み心身を蝕み続けたのであるが、この時の危篤は紫の上の深層に巣食う「夜叉」の死を招来し、紫の上自身は女三の宮降嫁に起因する愛執や苦悩からの脱却により蘇ったとも言えよう。何より紫の上は「わが身にはさらに口惜しきこと残るまじけれど」と解脱の境地に至る。しかも、「心苦しく見奉る」源氏のために万丈の気を吐いて再起を果たすのである。「思ひ起こし」がそのことの表現に預かっている。⑲は小康を得た六月頃の「うつくしげ」で「らうたげ」な紫の上の描写である。「少しさはやかにもてなし給へり…つゆばかりうちふくみ迷ふ筋もなくて」は、「御髪」の表象であるとともに、妄念や迷いから脱却した紫の上の精神性が投影された表現と見る必要がある。洗髪による清々しさに止まらず、「迷ふ筋もなく」愛執や苦悩から解き放たれた「さはやかさ」をも含意する清浄美の表象としての理解が求められる所以である。

B 女ばかり、身をもてなすさまも所狭《ところせ》う、あはれなる**べき**ものはなし。もののあはれ、折《をり》をかしきことをも見知らぬさまに引き入り沈みなどすれば、何につけてか、世に経るはえばえしさも、常なき世のつれづれをも慰む**べき**ぞは…わが心ながらも、よきほどにはいかで保つ**べき**ぞと思しめぐらすも、今はただ女一の宮の御ためなり。　（夕霧442）

右は紫の上の女性観や運命観を表している。留意すべきは、作者が王朝貴族社会の規範意識や当為に基づく判断辞「べし」を用いつつ、個人の思惟と嘆きに普遍性を与えていることである。四二歳頃の紫の上は、自己の存在をB「あはれなるべきもの」と認識し、「慰むべき」方法を模索しているが、もはやなまなましい感情を抱くことはなく、「女一の宮（今上帝と明石の中宮皇女）」にとっての「よきほど」を思案している。やがて諦念・諦観に基づく情愛＝「あはれ」を背後に[17]、亡き後に一人残される源氏への慮りに根差した「心苦し」の念に至る[18]。

人生の終盤において、紫の上は朝顔の斎院との関係以上に抜き差しならない自己存立の危機に立たされるのであるが、我執・妄執と向き合いつつ耐え難い孤独と葛藤の末に心穏やかな解脱の境地に至り、ついに「萩の上露」に自らを准えつつ「はかなく消え果つ」（御法492）のである[19]。前掲の例Ⅲ・Ⅳは、源氏や夕霧の目に映る臨終の紫の上（四三歳頃）の「飽かずうつくしげにめでたうきよら」な「御顔」と「つゆばかり乱れたる気色もなうつやつやとうつくしげ」な「御髪」の描写である[20]。「ほのぼのと明けゆく光」や「大殿油」に照らされて「いと白く光る」身体は、「死に入る魂のやがてこの御骸にとまらなむ」ことを切望させずにはおかない。少なくとも、限りない神聖・清浄美を湛えた「きよら（けうら）」で「うつくしげ」な「御顔・御髪・御有様」の表象は他に類例がなく、永遠の女性美を形象化する表現史の上でも特筆に値する。(21)「幻」の巻では、死前後の外面的な美しさに精神性を加味し補完するかのごとくに、知性と教養に裏打ちされたかつての心性と魅力が源氏の追懐として綴られている。それらは紫の上生前の呻吟や述懐とも照応することから、作品は紫の上の懊悩・苦悩や哀感が死後漸く最愛の源氏に受け止められたものとして構築されていると言える。(22)

むすび

『源氏物語』は、一夫多妻・妻妾婚制度の軋轢に苦悩し慨嘆する女の生き様を凝視しつつ、それぞれの呻吟を細やかな筆致で描いている。わけても、孤独感や喪失感漂う紫の上晩年の心理と思惟は、平安時代の形容詞「うしろめたし」「つれなし」「なまはしたなし」「はかなし」や「あぢきなし」「かたはらさびし」「苦し」「心苦し」「忍び難し」「悲し」の他、「安からず」「ただならず」「口惜し」（否定形）や「あはれ」、さらには「まどふ」「まよふ」「嘆く」「思し嘆く」等の動詞をも駆使しながら克明に記されている。年齢を重ね悲しみの淵に立つ毎にあたかもそれらを糧とするかのごとくに、紫の上の外見の「うつくしさ」は豊潤・豊麗さを増しゆくのであるが、このような美の深化は、六条院の正妻格としての矜持の念を失うことなく凛然と立ち、懊悩しつつも葛藤の末に我執や愛執を断ったことと無関係ではなかった。

すなわち、「うつくし」「うつくしげ」を手がかりとして光源氏とともに生きた紫の上の人生の軌跡を辿りながら、年毎に増しゆく外面的な美の深層に潜む女としての悲哀や苦悩を解き明かし、人生を「見果て」た末の諦念・諦観後に到達した境地と美質を正確に捉えるべく読み深めてきた。その結果、紫の上は悲哀や孤独感を心の内に封じ込めながら葛藤の末に我執や愛執を断ち、生来の「きよら」な「うつくしさ」を「かぎりなきうつくしげ」な美にまで浄化・昇華させたことが鮮明になった。それは、紫の上の「魂」の死をもって達成された比類なき美の表象であったと言える。

注

（1）宮島達夫編『古典対照語い表』中「品詞別統計」「語種別統計」（笠間書院・一九七一年）。

（2）和田明美「『源氏物語』に於ける「らうたし」―特に「うつくし」との語義上の相異に注目して―（『高知女子大国文』第17号・一九八一年）。「らうたし（らうたげ）」の使用対象やその特色、上接語・下接語等についての分析と検証はこれに基づくが、「うつくし」とその関連語については、不備を補いつつ小考において分析・考察を深めた。

なお、拙稿以外にも、愛情表現ないしは美意識の萌芽としての「うつくし」「らうたし」の語義に言及した論考は幾つか見られる。すなわち、松村誠一「源氏物語の「らうたし」」(『国語と国文学』第180号・一九六五年、犬塚旦「源氏物語の「うつくし」と「らうたし」」(『王朝美的語詞の研究』笠間書院・一九七三年)、松尾聡『源氏物語を中心としたうつくし・おもしろし攷』(笠間書院・一九七六年・山崎良幸「「うつくし」の意義」(『源氏物語の語義の研究』風間書房・一九七八年)、『源氏物語を中心とした語意の紛れ易い中古語攷』(笠間書院・一九八四年)、吉田光浩「「らうたし」と「うつくし」」(『源氏物語の鑑賞と基礎知識』No.5若紫・至文堂・一九九九年)、山口仲美「らうたし」「うつくし」(秋山虔編『王朝語辞典』東京大学出版会・二〇〇〇年)。特に津島知明は、「多くは小さいもの、幼いものに対するかわいさの表明と解せるが、中には三〇歳以降の人物に対する用例もあって、語義認定上の問題とされてきた」と説く(林田孝和・原岡文子他編『源氏物語事典』大和書房・二〇〇二年)。

(3) 池田和臣「紫上終焉の方法―御法巻の表現構造―」(『源氏物語 表現構造と水脈』武蔵野書院・二〇〇一年)、松井健児「紫の上の最期の顔―「御法」巻の死をめぐって―」(『源氏研究』第六号・翰林書房・二〇〇一年)、塚原明弘「紫の上の死と葬送の表現」(『源氏物語ことばの連環』おうふう・二〇〇四年)他。

(4) 三田村雅子「源氏物語のジェンダー―「何心なし」「うらなし」の裏側」(『国文学解釈と鑑賞』第65巻12号・至文堂・二〇〇〇年)。

(5) 望月郁子「紫の実年令」(『源氏物語は読めているか【続】―紫上考―』笠間書院・二〇〇六年)。ただし小考では、便宜従来の年立(年齢)に従った。

(6) 「いみじう(く)うつくし」は当該を入れて六例ある。いずれも「たまらなく可愛いと思い、心から愛らしく思う幼子に関する表現。しかもその内四例は、源氏の実子(冷泉二、夕霧・明石の姫君各一)に関するものである」(山崎良幸・和田明美『源氏物語注釈』二「若紫」270

頁・風間書房・二〇〇〇年)。その他は、幼い紫の上(当該②)・紅梅大納言の大夫の君(殿上童)各一例で、六例とも父母ないしはそれに準ずる人の抱く感情表現と言える。

(7) 山崎良幸・和田明美『源氏物語注釈』二「若紫」276頁・風間書房・二〇〇〇年。

(8) 和田明美「源氏物語「あやふし」考—若紫の巻「見ば劣りやせむ、とさすがにあやふし」の真意—」(『古典語と古典文学の研究』創刊号・高知言語文化研究所・一九九一年)。

(9) 倉田実「紫の上の〈辞世の歌〉」(『紫の上造型論』新典社・一九八八年)。今井久代「紫上物語の主題」(増田繁夫他編『源氏物語研究集成』第一巻・風間書房・一九九八年)等。

(10) 望月郁子「紫のいわゆる「嫉妬」」(注5に準ずる)。

(11) 藤田加代「紫上—「ことば」から見たその嘆きの軌跡—」(高知言語文化研究所・愛知大学国語学研究会編『日本語の語義と文法』風間書房・二〇〇七年)。

(12) 和田明美「『源氏物語』女三の宮の結婚—新たな「まもりめ」表現による創出」(沢井耐三・黒柳孝夫編『語り継ぐ日本の文化』青簡舎・二〇〇七年)。

(13) 勝浦令子「妻の出家—既婚女性の出家と婚姻関係」は、女三の宮や紫の上の例によりながら、「既婚女性が出家するためには、まずは夫に暇を乞う必要があった」ことを説いている(『女の信心—妻が出家した時代—』平凡社・一九九五年・七二頁)。

(14) 原岡文子「紫の上の「祈り」をめぐって」(上原作和編『人物で読む源氏物語』第六巻・勉誠出版・二〇〇五年)。

(15) 鈴木日出男「紫の上の絶望—『御法』巻の方法—」(『文学・語学』第49号・一九六八年)並びに「紫の上の孤心」(『源氏物語虚構論』東京大学出版会・二〇〇三年)、倉田実「紫の上の述懐」(『紫の上造型論』新典社・一九八八年)、藤田加代「「あぢきなき」思い—紫上の想念を中心に—」(『日本文学研究』第22号・一九八四年)、田中恭子「此岸のはての紫の上」(『国

語と国文学』1006号・二〇〇七年）等。

なお、形容詞「あぢきなし」の語義については、山崎良幸『源氏物語の語義の研究』（風間書房・一九七八年）中「「あいなし」と「あぢきなし」の意義」394頁参照。「あぢきなし」は、「本来筋の通らぬ、条理を越えた性質またはさまを表す。転じてことわりの存在を認め難いこと、または容認できないことに対して、「何とわけのわからぬことよ」と思い、「こんな筋の通らぬことがあり得るのか」と嘆く心の表現に用いられ、そこに主体の批判ないしは評価が表現される。また藤田加代「「あぢきなき」思い―紫上の想念を中心にして―」は、「あぢきなき」思いに呻吟する紫の上が、「春の御方」でありながら常に「冬」の世界に身を置き「冬枯・雪・凍てつく寒気」の中に形象されていることを説くとともに、紫の上に関する「あぢきなし」三例（自らの述懐一例の他、源氏の推測二例（一例は死後の追懐））がいずれも女三の宮降嫁と深く関わっていることを指摘している（『日本文学研究』第22号・一九八四年）。

(16)『河海抄』以来、出典を『涅槃経』に求めているが不詳。なお、『宝物集』には「…女人地獄使　能断二仏種子一　外面似二菩薩一　内心如二夜叉一」、これは涅槃経の文なり」（巻五）とある。小泉弘他校注『新日本古典文学大系』（岩波書店）は、『華厳経』を出典とする一説を引きつつ「出典未詳」と注している。また、この文言は平安時代以降種々の文献に引用されていることから、人口に膾炙されていたものと考えられる。

(17)「あはれ」の語義については、山崎良幸『「あはれ」と「もののあはれ」の研究』（風間書房・一九八六年・130～188頁）に従う。

(18)「心苦し」の語義については、山崎良幸「『源氏物語の語義の研究』風間書房・一九七八年・280～304頁、並びに中川正美「源氏物語における「いとほし」と「心苦し」」（『国語語彙史の研究』和泉書院・一九八〇年）。「かばかりの隙あるをもいとうれしと思ひ聞こえ給へる御気色を見給ふも心苦しく、つひにいかに思し騒がんと思ふにあはれなれば」（御法490）。これに先駆けて一度目の危篤の際にも「思しまどふ」光源氏を「心苦しく」見守る紫の上の様子が描かれている。「亡きやうなる御心地にも、かかる御気色を心苦しく見奉り給ひて、世の中に亡くなりなんもわが身にはさらに口惜しきこと残るまじけれど、かく思しまどふめるに」（若菜下233）。すなわち、紫の上を主体とする形容詞「心苦し」は二八八例中二例のみであるが、いずれも亡き後一人残される源氏を慮りいたわっての感情の表出に他ならない。

(19) 紫の上と宇治の大君の死は、「消え果つ」（各一例）と表象されている。なお「消ゆ」についての分析は、和田明美「『源氏物語』に息づく「帚木」」中〈表4〉「『源氏物語』の「消ゆ」関連語一覧」と、〈表5〉「「消ゆ」人物関係（人事77例）の分類」に詳しい（『古代東山道園原と古典文学』あるむ・二〇一〇年）。

(20) 「ありし現の御もてなし」と比較しつつ眼前に「臥し給へる」紫の上を表象する当該例は、夕霧（一五歳）がかつて垣間見た「春の曙の霞の間よりおもしろき樺桜の咲き乱れたる（野分257）様に喩えられた紫の上生前（二八歳頃）の華やかな美質や麗姿を想起させる。

(21) 伊藤博「死なぬ薬・死ぬる薬―竹取と源氏―」は、紫の上と宇治の大君に関する死の描写の類似性を説いている（『国語と国文学』758号・一九八七年）。しかしながら、死に至る克明な心理描写や葛藤および「きよら」な清浄美を内包する「うつくしげ」な死者の形象には顕著な質的相違が認められる。なお、咲本英恵「『源氏物語』宇治大君の死の表現」は、「もののかれゆくようにて」に着目しつつ、「消えゆく露」によって表象される紫の上の比喩表現との相違に言及している（『表現研究』第95号・二〇一二年）。

(22) A・Bと照応する表現は、「入道の宮の渡りはじめ給へりし程、その折はしも色にも出だし給はざりしかど、事にふれつつあぢきなのわざやと思ひ給へりし気色のあはれなりし」（幻

509）「すべてもののあはれも、ゆゑあることも、をかしき筋も、広う思ひめぐらす方々添ふことの浅からずなるになむありける」（幻521）。特に、はかなく「消えゆく露」のイメージによって表象されつつ浄化・美化された清雅な紫の上は、亡き後も「いはけなかりし程よりの御有様をいで何ごとぞやありしと思し出づるに、まづその折かの折、かどかどしうらうらうじう匂ひ多かりし心様、もてなし、言の葉のみ思ひ続けられ給ふ」（幻518）までに、比類なき永遠の女性としてシンボライズされ光源氏の心を占有し続ける。

※『源氏物語』の用例は、阿部秋生・秋山虔・今井源衛校注・訳『日本古典文学全集』（小学館）によったが、読解の便を考慮に入れて適宜表記を改めた。

俊成の和歌と蒲郡

黒柳　孝夫

はじめに

藤原俊成は平安末期から鎌倉初頭を生きた宮廷歌人として広く知られている。鎌倉幕府の公式文書である『吾妻鏡』巻四の元暦二年（一一八五）二月の条に次のような記録が残されている。

頼朝、熊野の行快に竹谷・蒲郡荘を安堵

十九日癸酉《みずのととり》。南御堂の事始なり。武衛《ぶえい》香の御水干、鴾毛の御馬に駕す。その所に渡御す。御堂地の南の山麓に仮屋を構ふ。御台所、同じく入御す。今日の儀を覧んがためなり。申の剋、番匠等に禄を賜ひ、御馬を引かると云々。

その後、熊野山領参河国竹谷《たけがやつ》・蒲形《かまがた》両庄の事、その沙汰あり。当庄の根本は、開発領主散位俊成、かの山に寄せたてまつるの間、別当湛快《たんかい》これを領掌せしめ、女子に譲付す。件《くだん》の女子は、初め行快僧都の妻たり。後に前薩摩守忠度《ただのり》朝臣に嫁す。忠度、一谷において誅戮《ちゅうりく》せらるるの後、没官領として武衛拝領せしめたまふの地なり。しかるに領主の女子、もとの夫行快に懇望せしめて云はく、早く子細を関東に愁へ申し、件の両庄を安堵せしむべし。もししからば、未来を行快が子息女子の腹と云々。に譲るべし。

この契約に就きて、行快僧都、熊野より使者僧栄増。差し進じて、言上するところなり。行快といふは行範が一男、六条廷尉禅門為義。の外孫たり。源家においてその好《よしみ》すでに他に異なり。よってもとより重んぜらるるのところ、この愁訴出来するの間、左右なく下知を加へたまふ。かつはまた御敬神の故なりと云々。

（貴志正造訳注『全譯吾妻鏡』一新人物往来社刊による）

〔解説〕『吾妻鏡』巻四　元暦二年（一一八五）二月一九日。

頼朝公は、南御堂を建立する儀式に参加するためお渡りになった。まず御堂を建立する南の山麓に仮屋を建て、御台所である政子も同行された。今日の儀式をご覧になるためであった。夕刻四時に番匠大工等に褒美をお与えになり、御馬をお引かせになった。

その後、熊野山領になっている三河国竹谷・蒲形の二つの荘園のことにつき御処置があった。二つの荘園の源は藤原俊成が領主として開発したものであったが、熊野山に寄進し、その間別当湛快が、かの地を領有し、その娘に譲り渡していた。その娘は初め行快僧都の妻であった。後に前薩摩守平忠度に再嫁した。忠度が一谷で罪をただして殺された後は、没官領として、頼朝公が拝領せられていた土地であった。そこで、領主湛快の娘は先夫の行快僧都にお願いしていうには、早く事の子細を関東の頼朝公に申し立て、例の両荘園の土地所有を幕府に公認してもらうべきである。もし、それが実現したら、将来は行快の息子に譲るべきであろう。

この約束にもとずいて、行快僧都は熊野より僧栄増を使者に立てて言上申し上げることとなった。行快というのは行範の長男で、六条廷尉禅門、俗名為義の外孫であった。源家にとってはその親交ぶりは他家とは異なっていた。従ってもともと篤遇せられて当然の関係であった。この訴えがだされると将軍家はためらうことなく了承した命令を下された。これはか

「すずみが杜」俊成が開発に尽力した際、休憩したとされる記念碑

ねてよりの熊野の神の霊験あらたかなためだということであった。

若き俊成は久安元年(一一四五)一二月から同五年(一一四九)の四月までの三年五か月の間、三河守の職にあった。『吾妻鏡』の記録にもあるように俊成のことを「開発領主」と記し、このことから竹谷・蒲形の両荘園の開発に尽力したことがわかる。その後、俊成によって熊野山領に寄進されたが、養和元年(一一八二)六八歳の時に弁財天を竹生島から蒲郡竹島へ勧請したり、七二歳の文治元年(一一八五)には大宮神社を熊野より勧請したりしている。

まさに俊成の生涯に三河が存在し、蒲郡が存在した、といっても過言ではない。

俊成の美意識〈幽玄〉

後鳥羽院は俊成の歌のついて『後鳥羽院御口伝』で、「釈阿はやさしく艶に心も深くあはれなる所もありき。殊に愚意に庶幾する姿也」と評している。俊成は安元二年(一一七六)、六三歳の時出家し、法名を釈阿と号していた。「やさし」は優雅で美しい、「艶」はつやのある美しさ、「心も深く」は、着想・発想の深さをいう。「あはれ」はしみじみとした情趣・情感をいう。「殊に」以下は「ことのほか、わたしのようなものでも、こうありたいと望み願っている歌の風体です」となる。新古今歌壇の中心的人物、後鳥羽院の俊成に寄せる大讃辞である。同じ院

晩年の撰になる『時代不同歌合』では、

世に中よ道こそなけれ思ひ入る山の奥にも鹿ぞ鳴くなる　（『千載集』羇旅）

など三首の歌を選んでいる。定家も同様の秀歌撰『百人一首』にこの歌を選入した。

およそ中世和歌の特色を一言で言えば、理念追求の詩と言える。ただ詩心がわいたから歌を詠む、私的な楽しみとして歌をつくるといった趣味的傾向は稀薄であって、精神主義的な色彩が濃厚である。「世の中よ道こそなけれ」は俊成の人生に対する述懐であり、「鹿」はまさに俊成自身の孤独の表象である。

俊成の歌論書『古来風体抄』は、『万葉集』以下『千載集』までの歌風の変遷を記し、秀歌例を掲げたものである。そのなかで、歌というものは「狂言綺語のたはぶれ」に似ているものであるが、現実社会の深い真実もあらわれるもので、歌を縁として仏道にもかよわせたい、という意味のことを述べている。また、「歌はただよみあげもし、詠じもしたるに、何となく艶にもあはれにもきこゆることのあるなるべし」とも述べている。

夕されば野辺の秋風身にしみて鶉鳴くなり深草の里　（『千載集』秋上）

この歌は俊成の自讃歌で『千載集』に自選した三六首中、この一首だけを『風体抄』に残したものである。「夕方になると野辺を吹く秋風が身にしみて感じられ、折から鶉の悲しげな鳴き声が聞こえてくるよ。この深草の里では」という意である。これは『伊勢物語』の中の「年を経て住みこし里を出ていなばいとど深草野とやなりなむ」、「野とならば鶉となりて鳴きをらむかりにだにやは君は来ざらむ」との問答歌を踏まえている。したがって、「身にしみて」は、作者が風に感じるものでもあるが、同時に第一義的には物語の主人公である鶉に化した女の感じるものである。

俊成歌の特色は単純なる世界を表現したものでなく、言葉に現れない余情をただなんとなく〈あはれ〉にも〈艶〉にも表現し、すべてを象徴美の世界に表現する。まさに美的仮象の世界である。この総合された奥深い縹緲とした情趣を〈幽玄〉という。

蒲郡の海岸に建つ俊成像
富永直樹作　平成３年４月28日建立

源氏見ざる歌詠みは遺恨の事なり

中世への予兆を感じさせる保元の乱、そして平治の乱、清盛の太政大臣、平家滅亡、頼朝の鎌倉幕府開幕と、まさに政治史の上での激動期を生きた俊成であったが、彼の和歌、歌論もまさにこういった乱世を生きつつ生じた伝統的美意識の再発見、高さ、遠さ、深さの感触であった。

歌の家、御子左家

俊成は、永久二年（一一一四）に権中納言俊忠の三男として生まれた。俊忠の祖父長家は藤原道長の六男で邸を御子左と号し、俊成の歌の家を以後中世歌壇では御子左家と呼んでいる。

永治元年（一一四二）、崇徳天皇は父鳥羽上皇から疎んぜられ、心ならずも弟近衛天皇に譲位せしめられ、いよいよ和歌の世界に沈湎するようになった。久安六年（一一五〇）に新院は『久安百首』を主催されたが、この百首部類を顕輔等の先輩歌人をさし措いて、当時まだ新進歌人の一人であった顕広（俊成）に命じた。この頃の歌壇の主流はなんといっても貫之ばりの歌風を継承する顕輔・清輔等の六条藤家であったことからすれば、崇徳院の計らいは破格であった。事実、仁平元年（一一五一）頃完成した第六番目の勅撰集『詞花集』の撰者は顕輔であった。

時代は動き、平安末期の九条兼実は、六条天皇の代から後鳥羽天皇の代まで長らく右大臣の任にあったが、歌道師範として六条清輔を仰いでいた。しかしながら、清輔は治承元年（一一七七）に世を去った。翌年兼実は隆信の斡旋により俊成を引見した。以後、九条家代々の慈円・良経等も和歌の上では御子左家の指導を受けるようになった。俊成が名実ともに歌壇の第一人者となったのはこれ以後のことである。

私家集『長秋詠藻』が六五歳、『千載集』の単独撰が七五歳、歌論書『古来風体抄』を書いたのが八四歳であった。そして、『六百番歌合』、『千五百番歌合』等のおびただしい数の判詞が残されている。

俊成の恋

俊成の家集『長秋詠藻』中、恋歌には二三首一連の贈答歌群が配されている。この贈答歌群中の九首が「女」からの返歌または贈歌で、この女性こそ後に俊成に嫁し、成家・定家等を生んだ若狭守藤原親忠女（女房名を美福門院加賀という）と考えられている。

美福門院加賀は、初め北家藤原氏長家流の長門守従五位上為経と結婚し、有名な勅撰集歌人隆信を生んだ女性である。夫為経は康治二年（一一四三）出家し、常盤三寂の一人、寂超と号したが、二人の恋愛はこれ以後、俊成との第一子八条院三条が生まれた久安四年（一一四八）の間のことと考えられる。この時俊成は為経の姉妹の一人、丹後守藤原為忠の女と結婚し、子供を成していた。どのような理由によるかは不明であるが、石田吉貞氏は『藤原定家の研究』の中で、彼女は「周囲の人々への義理からも中々応じ難かったであろうことが想像される」と説明している。

『長秋詠藻』の詞書をみると俊成の異常なまでの熱愛ぶりが伺える。「秋の頃、嵯峨の山の方遊びけるに行暮れてほの見ける女のもとにしばしば文遣はしけれど、返しもせざりければ、遣はしける」、「あひがたかりける女のもとに、夜深けて行きたりけるに、こよひはびなきよしいひければ、あかつき近くなるまで門のほとりにありて返りける朝に、なほ文遣はしたりける」等々である。「逢難き事」「恨む事」「忍ぶ事」と記されているような障害があって、二人の恋はただちに成就しなかったようである。

そして『新古今集』巻第三、恋歌にもこの時の二人の贈答歌が入集されている。

　　女につかはしける　　　　　　皇太后宮大夫俊成

よしさらば後の世とだに頼めおけつらさにたへぬ身ともこそなれ

　　返し　　　　　　　　　　　　定家朝臣母

頼めおかんただざばかりを契りにて憂き世の中の夢になしてき

俊成歌は男の思いを容易に受け入れてくれない人への訴えである。かなり切迫した感情を伝えているが、同時に女に対する甘えにも似た感情もあるのではないか。『長秋詠藻』の詞書は「つれなくのみみえける女に遣はしける」となっている。返歌は急迫した感情に任せて「後の世とだに頼めおけ」と訴えてきた男の心を「頼めおかん」とまず慰撫しておいて、それだけの約束しかできない苦しい事情を「憂き世」にこめ、今までのことはなかったことにしてほしいと訴えている。聡明で理性的な返しである。なお、前出の石田氏は『新古今和歌集全註解』で、この贈答が行われた時期を作者がまだ為経の妻であった時、俊成（この時は顕広といっていた）が二八〜二九歳の頃のものと推定されている。

定家朝臣母、藤原親忠女はその後俊成（三〇〜三五歳頃）と再婚するが、歌の家御子左家興隆の影で、彼女の存在は重要である。建久四年（一一九三）二月一三日没。享年未詳。七〇歳ほどであったか。『新古今集』巻第八には俊成・定家父子の哀傷歌が収められている。

定家朝臣母身まかりて後、秋のころ、墓所近き堂に泊まりてよみ侍りける　俊成

まれに来て夜半も悲しき松風に絶えずや苔の下に聞くらん

母身まかりける秋、野分しける日、もと住み侍りける所にまかりて　定家

玉ゆらの露も涙もとどまらずなき人恋ふる宿の秋風

亡き妻の霊が地下に生きている思いで、悲しい松風の音に耳を澄ませる俊成、儚い草木の露と

俊成ゆかりの竹島を眺望する

秋風に亡き母を恋慕い涙を重ねる定家、深い愛と思慕の念が悲しいまでに切々と伝わってくる。なお、定家撰の『新勅撰集』には、定家の母の定家に対する母性の歌が入集されている。

定家への愛

俊成は、その子定家に対する愛情は深く、俊成六二歳の時には自らの右京大夫を辞して一四歳の定家を侍従に任じられるよう申し出たり、七三歳の折には前年から除籍されている定家を悲しんで赦免を願って後白河院に歌を奉ったり、八二歳には定家の従四位上の昇進を兼実に感謝している。さらに八七歳の折は『後鳥羽院初度百首』の作者に定家が洩れていたのを加えて頂くよう院に和字奏状を奉ったり、最晩年の八九歳の時にも定家が近衛中将に任じられるよう民部卿範光に歌を贈ったりしている。

俊成の晩年は歌壇の第一人者として至福に満ちたものであり、後鳥羽院より二条御所にて九〇賀宴を賜わったり、翌年の元久元年（一二〇四）一月三〇日の暁には多くの子女に囲まれて、九一歳の天命を終えたが、死の前々年においても定家の官位のことに気をつかっていたわけである。限りない父親の愛情のもとで、定家も英才教育を受け、まさに〈歌の家〉の跡継ぎとして成るべくしてなった歌人とも言えよう。定家も幸い父俊成の期待に応えた。

俊成とその時代の略年譜

永久二年（一一一四）一歳　俊成（初名不明）生る。父従三位参議俊忠、母伊予守敦家女。

保安四年（一一二三）一〇歳　七・九、父俊忠没（五三歳）、この後、葉室（藤原）顕頼の養子となり、顕広と称す。

大治二年（一一二七）一四歳　従五位下美作守となる。

長承元年（一一三二）一九歳　加賀守となる。

二年（一一三三）二〇歳　この頃、丹後守藤原為忠の娘と結婚。為忠の男子は後に常盤三寂（大原三寂）と呼ばれる。

保延三年（一一三七）二四歳　遠江守となる。

　六年（一一四〇）二七歳　夏頃までに『述懐百首』を詠む。

　　　　　　　　　　　　　十・十五、佐藤義清出家（西行、二三歳）

康治二年（一一四三）三〇歳　この頃若狭守親忠女（美福門院加賀）と結婚か。

天養元年（一一四四）三一歳　六・二、六条顕輔に崇徳院より『詞花集』撰進の院宣。

久安元年（一一四五）三二歳　従五位上〈皇后宮（得子）の給〉、**一二・三〇、遠江守から三河守に任ぜられる。**

　五年（一一四九）三六歳　**四・九、三河守から丹後守に移る。この間、三年五か月（三二歳〜三六歳）。この時、竹谷・蒲形荘を開拓。**

　六年（一一五〇）三七歳　正五位下〈美福門院の給〉この年、崇徳院主催の『久安百首』詠進さる。参加歌人一四人。

仁平元年（一一五一）三八歳　従四位下〈美福門院の給〉

　二年（一一五二）三九歳　左京権大夫。『詞花集』（顕輔）撰進か。

　三年（一一五三）四〇歳　九、『久安百首』の部類を命ぜられる。

久寿二年（一一五五）四二歳　従四位上〈美福門院の給〉

保元元年（一一五六）四三歳　保元の乱起こり、崇徳院讃岐に流さる。

　二年（一一五七）四四歳　正四位下となる。

平治元年（一一五九）四六歳　一二・九、平治の乱。

応保元年（一一六一）四八歳　左京大夫となる。一一月美福門院崩。

二年（一一六二）四九歳　この年、定家生る。

仁安元年（一一六六）五三歳　左京大夫を辞す（成家侍従とするため）。八・二七、従三位に叙せられる。

二年（一一六七）五四歳　正月、正三位となる。三、平清盛太政大臣となる。

一二・二四、顕広を俊成と改名、養家から本流に復した。

三年（一一六八）五五歳　右京大夫となる。

嘉応二年（一一七〇）五七歳　皇后宮大夫〈徳大寺実定譲〉

承安二年（一一七二）五九歳　二・一〇、俊成は皇太后宮大夫となる。

安元元年（一一七五）六二歳　右京大夫を辞す（定家を侍従とするため）。

二年（一一七六）六三歳　九、俊成健康を害し、出家。法名釈阿。

治承元年（一一七七）六四歳　六・二〇、藤原清輔没（七〇歳）

二年（一一七八）六五歳　三、私家集『長秋詠藻』を自撰。

四年（一一八〇）六七歳　六・二、福原遷都。八～九頼朝、義仲挙兵。

養和元年（一一八一）六八歳　**三・一八、竹島へ竹生島より弁財天を勧請。**

寿永二年（一一八三）七〇歳　二、後白河院より俊成に『千載集』撰進の院宣。

元暦二年（一一八五）七二歳　**二・一九、頼朝、熊野の行快に竹谷・蒲形荘を安堵の記録（吾妻鏡）。**

大宮神社を熊野より勧請。

三・二四、平氏一門壇ノ浦に亡ぶ。

四年（一一八八）七五歳　四・二二、俊成『千載集』撰進。

建久元年（一一九〇）七七歳　二・一六、西行没（七三歳）
　三年（一一九二）七九歳　頼朝、鎌倉幕府を開く。
　四年（一一九三）八〇歳　秋、『六百番歌合』の判者を勤める。
　八年（一一九七）八四歳　七・二〇、式子内親王の依頼により、歌論書『古来風体抄』（初撰本）
　　　　　　　　　　　　を執筆し、進覧する。
建仁元年（一二〇一）八八歳　一一・三、後鳥羽院より定家らに『新古今集』撰進の院宣。
　三年（一二〇三）九〇歳　春頃までに、『千五百番歌合』加判を終えるか。
　　　　　　　　　　　　一一・二三、二条御所で後鳥羽院から九十賀宴を賜る。
元久元年（一二〇四）九一歳　一一・三〇、釈阿（俊成）没（明月記）
　二年（一二〇五）　　　　三、『新古今集』を定家等撰進し、竟宴が行われる。

石水博物館蔵『萬葉集疑問』（重要美術品）

片山　武

一

本書は帙の中央部分の貼題簽に『萬葉集六七八巻疑問二冊芝原春房自筆問本居宣長自筆答』[1]とある。

芝原春房については、

勢州安濃津筑地町ノ人通稱武次郎明和七年ヲ以テ生ル商家ニ生長セシカ少小ヨリ學ニ志シ寛政二年ヨリ本居宣長ニ従ヒテ學ヒ最モ國文ニ長セリ文化五年ヲ以テ歿ス年三九[2]

とあり、

芝原春房《しばはらはるふさ》明和七年（一七七〇）～文化五年（一八〇八）四月二日（一説、一日）、享年三九歳。名、春房、房。通称、武次郎。後に六郎右衛門。津築地町の米穀商。寛政二年（一七九〇）、宣長に入門。同五年、光徳寺で宣長を迎えての歌会に出席。同九年三月二〇日、宣長の香良洲の花見に同行。宣長没後春庭に入門。柴田常昭と親しく『詞の小車』の執筆に協力。

『常昭家集』には、「おのれおもひよれる事をふみにつくりて、芝原春房がもとへみせにつかはしたりけるを、かへすとて長歌よみておこせける返りごとに、よみてつかはしける長うた」という歌の前書が見え、親交の深さを思わせる。享和元年一〇月二日の宣長葬儀には、津の川北夏蔭らと参列している。〔参考〕『津市史』(3)。

とも記されている。


……また、三年後（私注　寛政一一年〈一七九九〉一二月一二日）の春房宛宣長書簡には、「且又兼々御心掛之詞の小車も、何とぞ御成業」なされるよう思っているとあり、柴田常昭亡き後、彼春房がどれほど師に期待されていたかがよく分かる。

と津坂治男氏は述べておられる(4)

二

本書は、石水博物館蔵で重要美術品である。
石水博物館では、平成一三年十月五日～一一月一一日まで「宣長没後二〇〇年記念特別展をなさったが、その時作られた『本居宣長と津の門人たち』(5)に
自筆本二冊／芝原春房問　宣長答／寛政八年（一七九六）奥書
『万葉集』の巻六、七について、春房と宣長の間にかわされた問答録で、共に自筆である。

本書は同門の川喜多家に入って伝わり、重要美術品に指定された。かつては宣長も『万葉集』の疑問点について師真淵と問答をかわし、その記録である『万葉集問目』は記念館などに所蔵されている。

と記されている。

三

以下で本書[6]の巻七の一部の複写を示し、翻刻したのち、春房が宣長にどんな質問をし、それに対して宣長がどんな答をしたかについて検討してみたい。

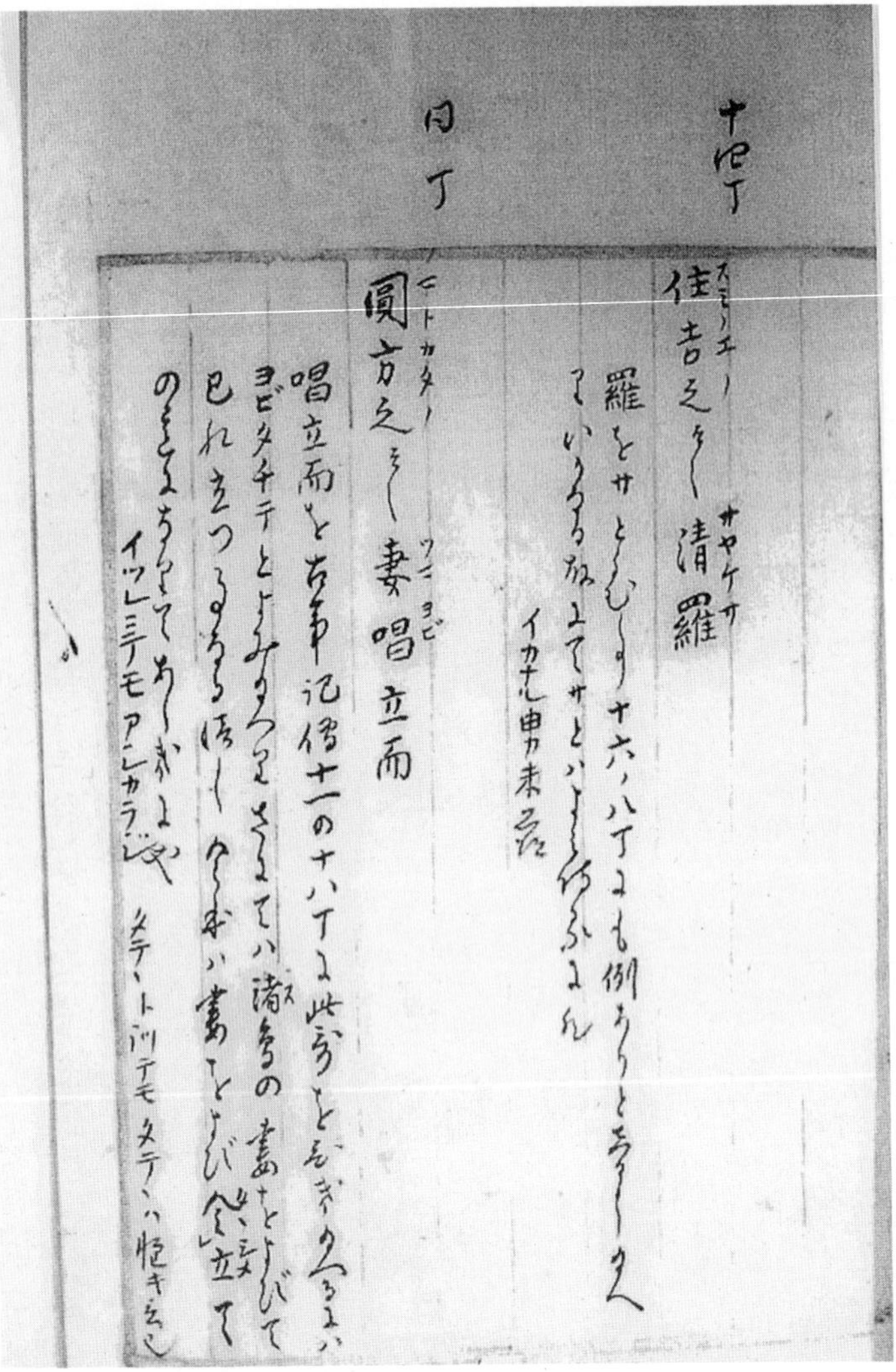
十四丁

同丁

住吉之《スミノエノ》し清羅《サヤケサ》

羅をサとよむは十六ノ八丁にも例ありとあらし文
にいろる故にてサとハよ似ふにも
イカナル由カ未詳

圓方之《ニトカタノ》し妻唱《ツマヨビ》立而

唱立而を古事記傳十一の十八丁に此字をとききかるよハ
ヨビタチテとよみつるさるてハ諸《ス》多の書をとよびて
己れ立つるるる陰しかかハ書をとよび全立て
のをよおちるてあしおよや
イツレニテモアニレカラジ　タテヽトアリテモタテヽハ憚キ云シ

(1)　十四丁　住吉之《スミノエノ》云々清羅《サヤケサ》（⑦一一五九、私に付す、以下同）

羅をサとよむ事十六ノ八丁（⑯三七九一）にも例ありとしるし給へりいかなる故にてサとはよみ侍るにか

イカナル由カ未思得

(2)　同　丁　圓方之《マトカタノ》云々妻唱《ツマヨビ》立而（⑦一一六二）

唱立而を古事記傳十一の十八丁に此哥をひき給へるにはヨビタチテと読み給へりさにては渚《ス》鳥の妻をよびて巳れ立つ事なるへし今本は妻をよび令《タタ》レ立《シメ》ての意になりてあしきにや

イツレニテモアシカラジタテ、ト訓テモタテ、ハ怪キ意也

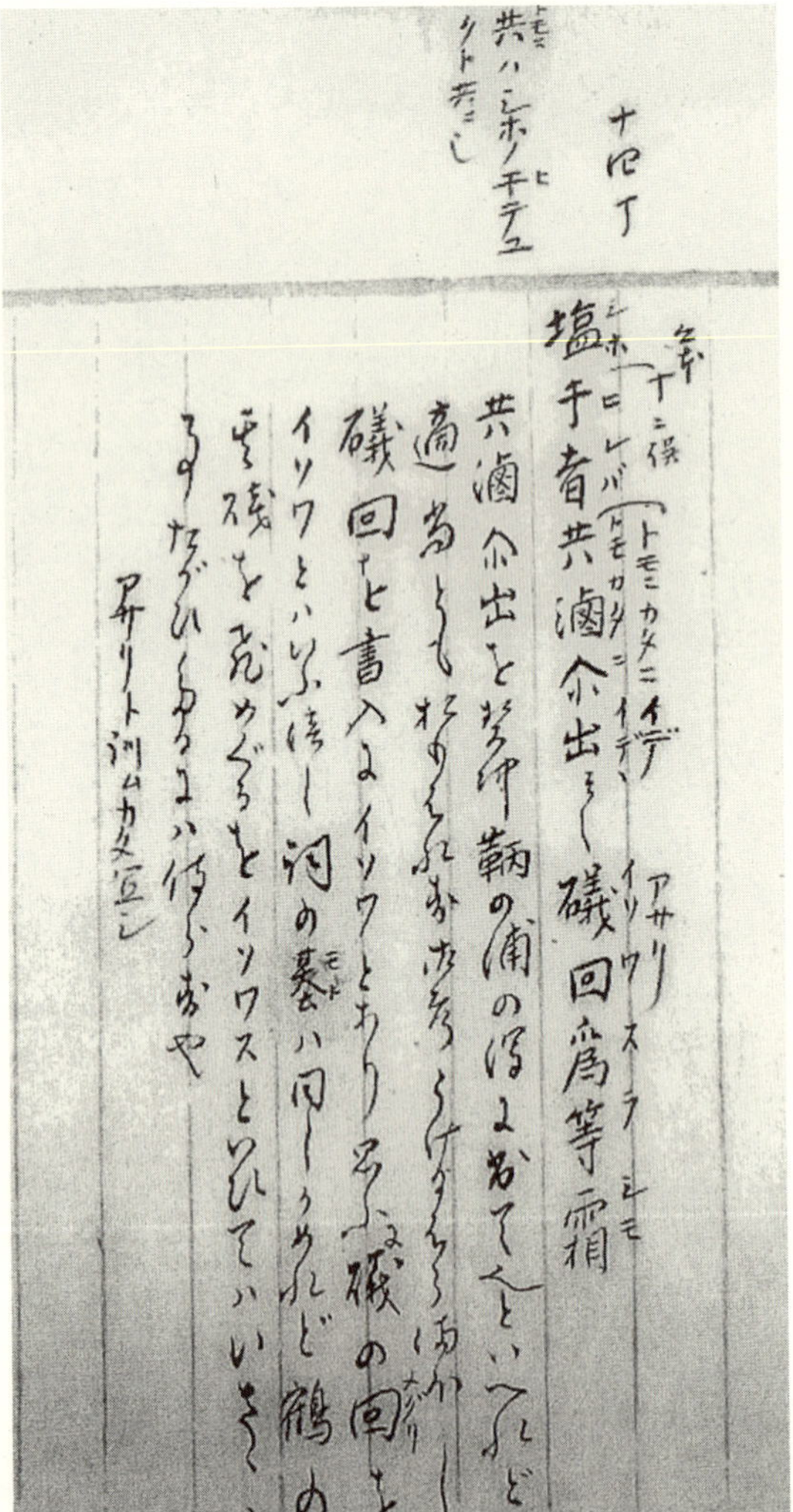
ナロ丁
共《トモニ》ハニホノチテ《ヒ》ユ
シト共ニし
第十二候
塩《シホ》干《ヒ》者《レバ》共《トモニ》滷《カタ》尓《ニ》出《イデ》〻し磯回《イソワ》爲等《スラ》霜《ミモ》
共滷尓出と芦仰鞆の浦の湯よ岩てゝといへれど
適爲とも於のふ歩ゆきける両かし
磯回ナヒと書入よイソワとあり今ふ磯の回をと
イソワとハいふ儘し詞の藻《モ》ハ用しうれど鶴の
要磯を飛めぐるをとイソワスとよびてハいきくつ
るすなびひ占もまハ佶ふ也や
アサリト訓ムカ又宜シ

(3) 十四丁 塩《シホ》干《ヒ》（今本丁ニ誤 者《レバ》共滷尒出《（トモニカタニイデ》《（トモカタニイデ、》云々磯回《アサリ》《イソワ》為《ス》等《ラ》霜《シモ》（⑦一一六四）

共《トモニ》ハシホノ干《ヒ》テユクト共《ニ》也

共滷尒出を契沖鞆の浦の浮に出て也といへれど
適当ともおもはれす御考うけ給はらまほし
礒回を書入にイソワとあり思ふに礒の回《メグリ》をイソワといふへし詞の基《モト》は同
しかめれど鶴の其礒を飛めぐるをイソワスといひてはいさゝか
事たがひたるには侍らすや

アサリト訓ムカタ宜シ

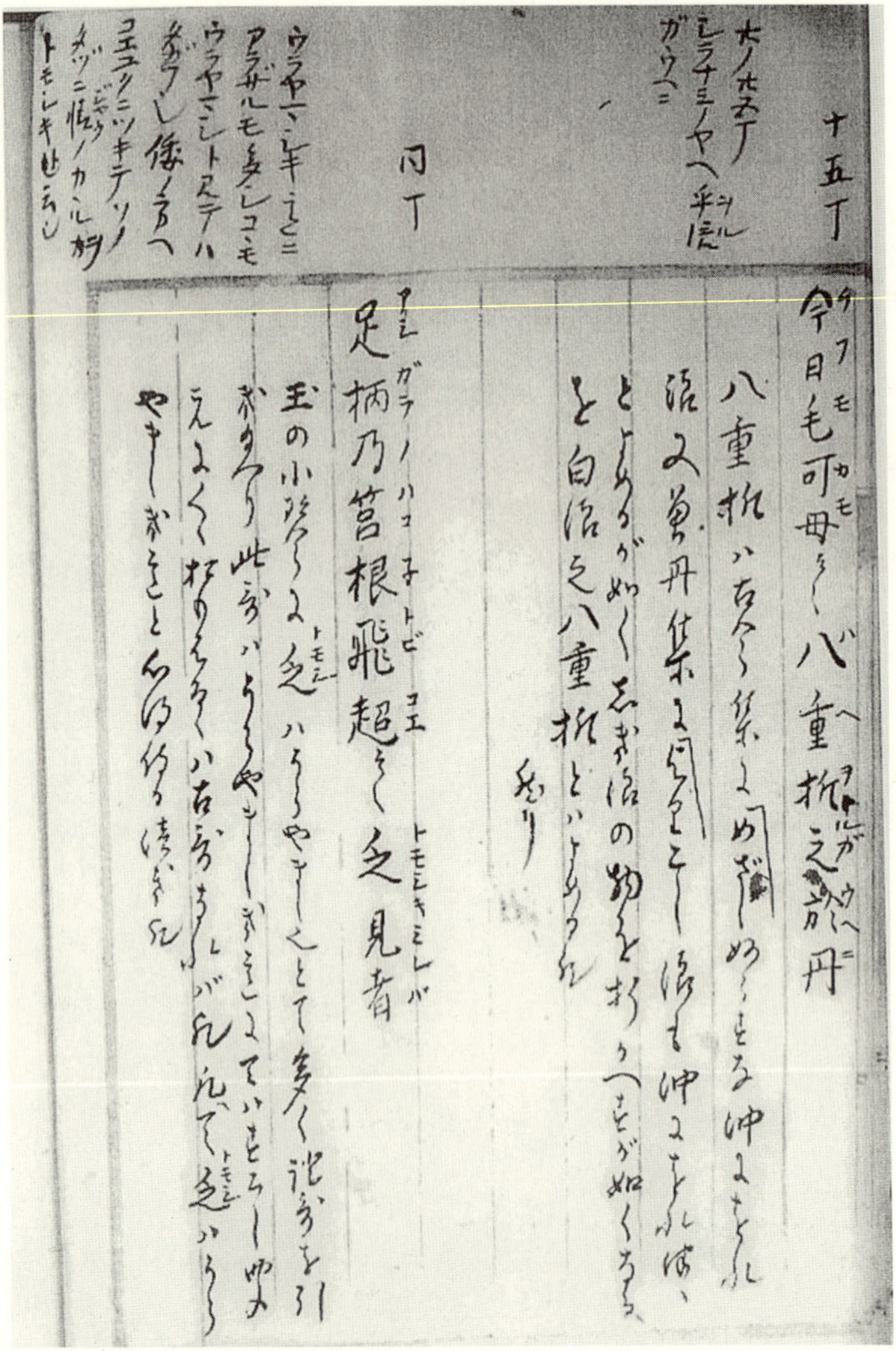
十五丁
同丁
足柄乃筥根飛超え之見者

(4)　十五丁　今日《ケフ》毛《モ》可《カ》母《モ》云々八重《ハヘ》折《ヲル》之《ガ》於《ウヘ》丹《ニ》（⑦一一六八）

（⑳四三六〇）
廾ノ廾五丁
シラナミノヤヘ乎流《ヲル》ガ
ウヘニ

八重折ハ古今集にめざしぬらすな沖にをれ
浪又曽丹集によりこし浪も沖にをれは
とよめるが如くしき浪の物を折かへすが如くなる
を白浪之八重折とはよめるか
然り

(5)　同　丁　足柄《アシガラ》乃《ノ》筥根《ハコネ》飛超《トビコエ》云々　乏見者《トモシキミレバ》（⑦一一七五）

ウラヤマシキ意ニアラ
ザルモ多シコヽモウラ
ヤマシト見テハタガフ
也倭ノ方ヘコエユクニ
ツキテソノタヅニ情《ジヤウ》ノ
カヽルヲトモシキト云
也

玉の小琴に乏《トモシ》ハうらやまし也とて多く證哥を引
き給へり此哥ハうらやましき意にてはすこし聞
えにくゝおもはなくは古哥なればか九《へ》て乏《トモシ》ハうら
やましき意と心得侍るへきか

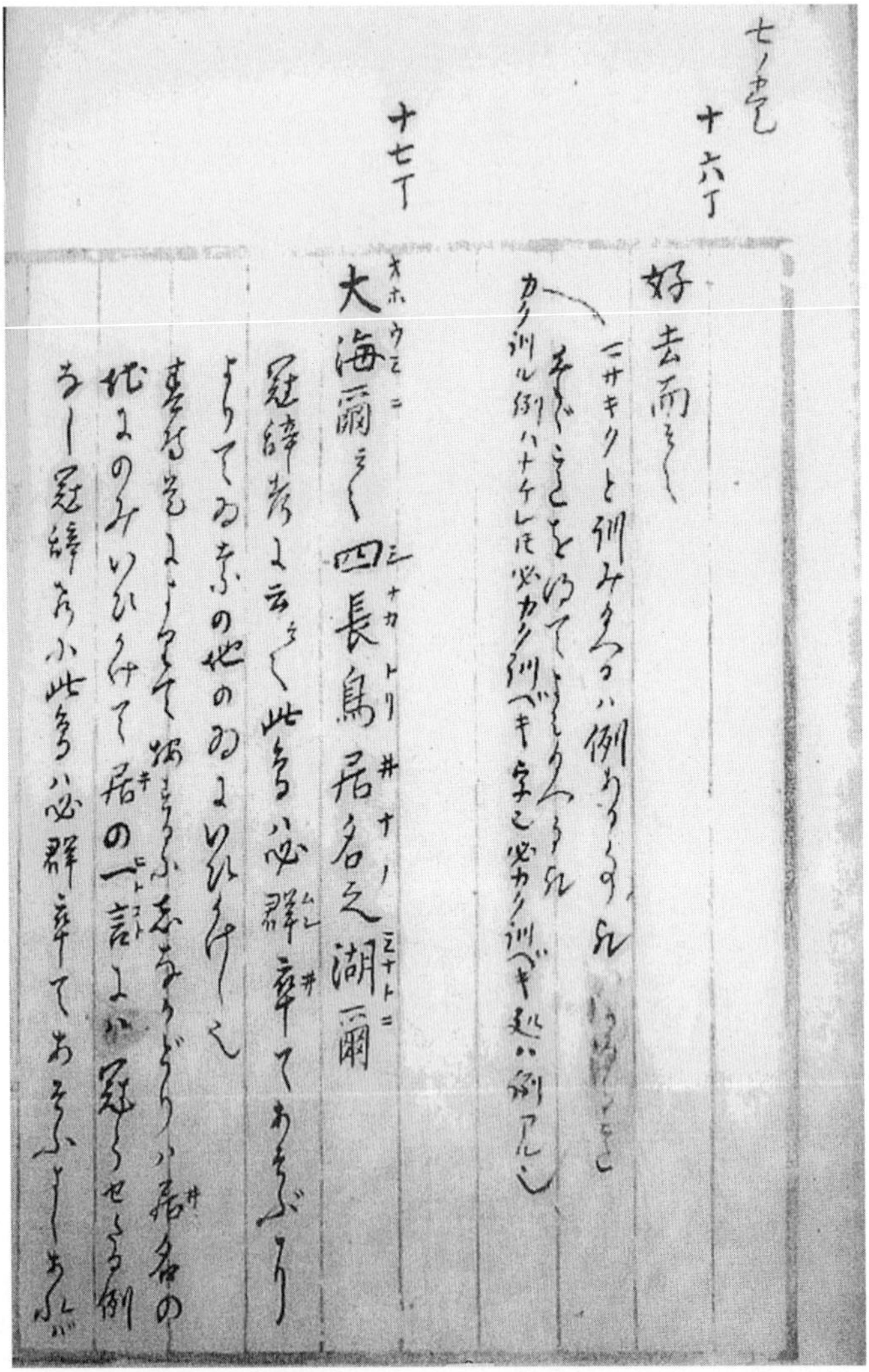
十六丁
好去而
十七丁
大海爾
四長鳥居名之湖爾

七ノ巻

(6) 十六丁　好去而云々（⑦一一八三）

マサキクと訓み給へるハ例ある事か

たゞ意を得てよみ給へるか

カク訓ル例ハナケレ𪜈必カク訓ベキ字也必カク訓へき処ハ例アル也

(7) 十七丁　大海爾《オホウミニ》云々四長鳥《シナカトリ》居《ヰ》名《ナ》之湖爾《ノミナトニ》（⑦一一八九）

冠辞考に云々此鳥ハ必群率《ムレヰ》てあそぶに

よりてゐなの地のゐにいひかけし也

春房是によりて按するにしなかどりハ居《ヰ》名の

地にのみいひかけて居《ヰ》の一言《ヒトコト》には冠らせたる例

なし冠辞考に此鳥ハ必群率てあそふよしあれバ

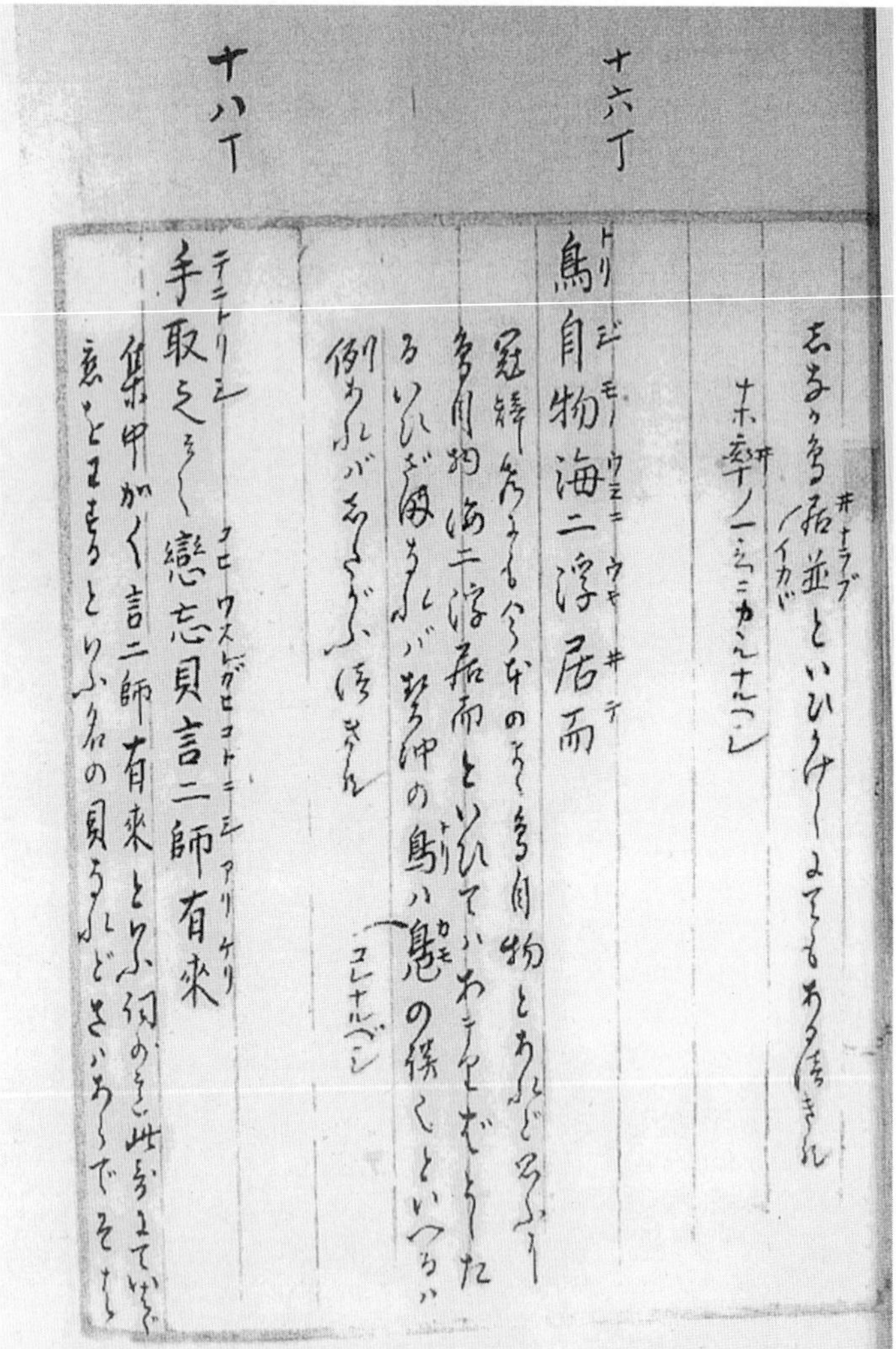

十六丁

十八丁

志ある者居並《ヰナラブ》といひけしよてもある儀きれ

未審ノ一ゝニカゝナルベシ

鳥《トリ》自《ジ》物《モノ》海二《ウミニ》浮《ウキ》居《ヰ》而《テ》

冠辞考にも今やのよく鳥自物とあれど有ふ

鳥自物海二浮居而といひてハわにたとたて

るいはれど殊あれハ沖の鳥ハ鴨《カモ》の儀くといへるハ

例あれバあるまじき儀きれ　（コレナルベシ

手取《テニトリ》之《ニ》ゝし戀忘貝言二師有來《コヒワスレガヒコトニシアリケリ》

集中かく言二師有來とかふ何の此ゝはていかど

意をとまるとりふ名の貝ならねどさいあるでそたら

しなか鳥居並《ヰナラブ》といひかけしにてもあるへきか

ナホ率《ヰ》（イカヾ ノ一意ニカ、ルナルへシ

(8) 十六丁 鳥《トリ》自《ジ》物《モノ》海《ウミ》ニ《ニ》浮《ウキ》居《ヰ》而《テ》（⑦一一八四）

冠辞考にも今本のまゝ鳥自物とあれど思ふに鳥自物海ニ浮居而といひてハあてりばとしたるいひざまなれば契沖の鳥《トリ》ハ鳧《カモ》（コレナルベシ の誤也といへるハ例あれバしたがふへきか

(9) 十八丁 手《テニ》取《トリ》之《シ》云々 戀忘貝言ニ師有來《コヒワスレガヒコトニシアリケリ》（⑦一一九七）

四

(1)は　住吉《すみのえ》の　岸の松が根　うち曝《さら》し　寄せ来《く》る波の　音《おと》の清羅《さやけさ》

第五句の「清羅」の「羅」をサとよむ例があると書かれているが、どんな理由でサとよむのですかが春房の問である。

「羅」をサとよむことは、代匠記に「羅ト紗ト物ニテ通シテ用タルカ」としサとよんでいる。これに対して、考に一本により霜の誤とし、略解はオトシキヨシモとよみ、古義もオトノキヨシモとよむ、「霜」とある書はない。十六ノ八丁（⑯三七九一「羅丹津蚊經《サニツカフ》」）の例を指摘したのは、どなたかわからないが、「サヤケサ」とよむのがよい。

新全集[7]一一五九　上欄の注に、「……『羅』はうすぎぬを表す字で、『紗』と実質的に共通するところがあるため、『紗』がサの音仮名に用いられるのと同様に、サの訓仮名と用いたとする説による。」とあり、代匠記のよみを支持しているのがよい。この問に対して宣長は思いつかないと答えている。

(2)は　的形《まとかた》の　湊《みなと》の渚鳥《すどり》　波立てや　妻唱立而《つまよびたてて》　辺《へ》に近付《ちかづ》くも　である。

宣長が記伝でこの歌を引いて「よびたちて」とよまれた。「たち」は自動詞で「妻をよびたつて」の意となる。ここは他動詞「立てて」立たせての意になり、諸本のよみもよくないのではないかの問に対して宣長は「立ちて」とよんでも「立てて」とよんでもどちらも悪くはないと答えている。ここは諸本の「よびたてて」の訓をとり、『萬葉集全注巻第七』(8)の注「立て」は、立たせの意。鳥を人間の男女に見立てた表現。に誤訳では、「……妻を盛んに呼び誘って岸の方に近づいていることだ」とされている。このよみにしたがっておく。

(3)は　潮干《ふ》れば　共潟尓出《ともにかたにいで》　鳴く鶴《たづ》の　声遠《こゑとほ》ざかる　礒廻為等霜《いそみすらしも》　である。

二句めを契沖は「鞆の浦の泻」に出てというが、適当とは思われない、お考えをお聞かせくださいと質問した。考はトモガタニデテとし「鞆浦の潟歟」とし、代匠記にしたがった。略解トモニカタニイデ、古義トモニカタニデ、新訓トモニカタニデテなどとある。澤瀉氏注釋(9)は「トモニカタニイデ」と訓み　鶴が相共に潟に出て、の意とされ、口語訳では「連れ立つて干潟に出て」とされている。春房は略解　古義あたりを見て質問したのであろうか。これに関しては宣長は答えていない。

次に「礒回」の部分、「鶴の其礒を飛めぐるわイソワス」といってはちがうのではないかとの質問である。

「礒廻」をイソミをよむことについては、澤瀉氏は③三六八で述べられている。さらに氏は⑥九四三の「玉藻刈る　辛荷の島に　嶋廻りする　鵜にしもあれや　家思はざらむ」の「嶋廻」を、旧訓のアサリと訓んでいいのではと論証され、ここも「……上に既に『潟に出で』とあるに對してまた『礒廻《いそみ》』と場所をもち出すもやゝこしく、次の作の『求食』と同じくアサリと義訓したものと見るべぎではなからうか。」とされ「礒廻」の右側に「アサリ」の訓を左に「イソミ」と訓まれている。

春房が「イソワ」と訓むのがためらわれるとしたのに対し、宣長は「アサリ」とよむ方がよいと答えている。現在「いそみすらしも」とよんでいるが、宣長の「あさり」のよみももう一度考えてみたいと思う。

(4)は　今日もかも　沖つ玉藻《たまも》は　白浪《しらなみ》之《の》　八重《やへ》折《をる》之於《がうへ》丹《に》　乱れてあるらむ　である。

春房は「しき浪の物を折りかへすが如くなる」のを「白浪之八重折」といったものかと質問する。

澤瀉氏は「浪が幾重にも折れるように重なった、その上に藻が亂れてゐる事であらう、の意。」とし、『萬葉集全注』には、「八重」は、いく重《え》にも重なって。「折る」は、波が海面に立っては崩れるさま。　としている。「白波がいく重にも海面に立って崩れるさまをいったものですか」の質問に対して宣長は、それでよろしいと答えている。

(5)は、足柄《あしがら》の　箱根《はこね》飛び越え　行《ゆ》く鶴《たづ》の　乏《ともしき》見者《みれば》　大和《やまと》し思ほゆ　である。

第四句の「ともしき」の意について、宣長が説くように「うらやましい」意に解すべきかどうかと質問する。

新全集には「足柄《あしがら》の　箱根《はこね》の山を飛び越えて　行く鶴の　羨《うらや》ましい姿を見ると　故郷の大和《やまと》が偲《しの》ばれる」と解釈している。

澤瀉氏注釋にも「この『ともし』は羨し、の意。羨しきを見れば、で『見ればともしみ』といふのと同じ心である。」

『萬葉集全注』には○羨しき「ともし」は、うらやましいの意。これから足柄峠を西へ越えようとしている作者にとって、鶴がらくらくと箱根山を越えて都の方へ飛んで行く姿が羨ましいのである　とある。

『時代別国語大辞典上代篇』[10]の「ともし」の項には　ともし〔乏〕（形　シク）①少ない。とぼしい。貧しい。（万四一二五、二九〇、一四六八、一六一一、例省略）②心が惹かれる、逢うこと、触れることが少ないために心がひきつけられる状態をいう。（万三五二三、四三六〇、一七二四、一六二一、例省略）③羨ましい。（万三九七一、八六三、五五、四八九、一二一〇　例省略）

宣長の答は「うらやましい」と見ては違う。倭の方へ越えて行くタヅに情がかかるのをいう、とある。『時代別国語大辞典上代篇』の「心が惹かれる」の意ととるのであろうか。「足柄の箱根を飛び越えてゆく鶴を見ると心ひかれることだ。私もふるさと大和のことが思われる。」とでも解釈するのであろうか。

(6)は　好去而《まさきくて》　またかへり見む　ますらをの　手に巻き持てる　鞆の浦廻を　である。

「好去而」をマサキクと訓まれたのは例があってのことか、意味をとってよんだものかの質問である。それに対する宣長の答は、「こう訓んでいる例はないが、かならずマサキクテと訓むべき文字で、好去而をマサキクテと訓むところはある」と答えている。

元ヨクスキテ、類（十三、三四）ヨクユキテ、西ヨシユキテ、略解「義を以まさきくてとも訓べし」とあるように略解に意味からマサキクテとよんだようである。古義などもこのよみに従っている。

「好去」を「サキク」とよむ例が、「奈何《イカニ》好去哉《ヤ》」（④六四八）、「好去 通牟《カヨハム》」（⑬三二二七）とあり、マサキクとよんでよい例が「好去而《テ》安《ア》礼《レ》可《カ》弊《ヘ》里《リ》許《コ》牟《ム》」（⑰三九五七）、「好去而《テ》早《ハヤ》 還來《カヘリコ》等《ト》」（⑳四三九八）とあり、⑳四三九八のよみから「眞幸《マサキク》 有者《アラバ》亦《マタ》 還見武《カヘリミム》」（②一四一）もマサキクアラバとよんでいい。こんな例などから一一八三の「好去而亦《アタ》 還見武《カヘリミム》」もマサキクテとよんでいい。

宣長のマサキクテと訓んでよいとの答は適切であると思われる。

(7)は 大《おほ》き海《うみ》に あらしな吹きそ 四長鳥《しながとり》 居名《ゐな》之湖尓《のみなとに》 船泊《は》つるまで である。

冠辞考では四長鳥はゐなのゐにかゝるとされる。春房は居並《ヰナラブ》とかけたものではないか、の質問に対し、宣長はやはりゐにかゝるのであると冠辞考の説を支持している。

なお、しなが鳥は「志長《しなが》鳥 猪名野を來れば 有間山 夕霧立ちぬ 宿は無くして 一本ニ云 浦みをこフ猪名のぎ来れば」（⑦一一四〇）にもあり、澤瀉氏注釋は「『猪名』の枕詞であるが、しなが鳥（三・四四三）の解釋には諸説がある。」『冠辞考』が諸例を引き、「雌雄ひきゐつ、ある物故に、率《ヰ》とはつゞけたる也けり」とする。古義には「尻長《しなが》鳥にて、鴨の種類《タグヒ》に尾の長きがあるを、今ノ世に尾長《ヲナガ》と呼《イヘ》り、其をいふにやあらむ」といひ、「その尾長《ヲナガ》の鴨は、雌雄《メヲ》いと親ましくして、かならず率《ヰ》て雙びゐるものなれば、率雙《ヰナミ》といふ意に、居名《ヰナ》てふ地に云繫たるなるべし」とある。

『萬葉集全注』には「○しなが鳥　水鳥のカイツブリか、雌雄が『率《ゐ》る』または『居並ぶ』の意で、地名「猪名」にかかる枕詞。」とある『萬葉集全歌講義㊃巻第七巻第八』(11)では、しなが鳥「猪名野」にかかる枕詞。……「猪名野」の井に冠する。……などとあるが、けっきょく宣長の答でよいのではないかと思われる。

(8)は　鳥自物《とりじもの》　海に浮き居《ゐ》て　沖つ波　騒《さわ》くを聞けば　あまた悲しも　である。

春房は契沖の鳥は鳧《カモ》の誤であるといっているのにしたがうべきか、の問である。一方で「かもじもの」ということばはある。『時代別国語大辞典上代篇』に、「かもじもの　鴨のように、浮クの語を引き出すために枕詞のように用いられる、（万三六四九、五　例省略）とある。

ただ「鳥自物」の部分に異伝はみられない。

新全集の上欄の注に、鳥じもの―鳥でもないのに、あたかも鳥のように。この鳥は鴨などの水鳥をさす　とある。

宣長の答の「コレナルベシ」は水鳥が鴨なのだろうか、といったもので、春房の問には答えていないのではないか。

五

本稿でとりあげた巻七の一部の春房の問、宣長の答について以下でまとめておく。

・文字のよみかたに関する質問に対して
(1)はっきりとわからないと答える。
(2)どちらでもよいと答える。
(6)自分のよみかたを示している。
・場所に関する質問に対して
(3)答えていない。
・語句の解釈に関する質問に対して
(4)春房のよみでよいと答えている。
(5)宣長自身の解釈を示している。
(8)春房の解釈をよしとする。
・枕詞のかゝりかたに関する質問に対して

(7)冠辞考の説を支持している。
以上を見ても、春房の質問を丁寧にうけとめ認めている点が多いように思われるが、自説を示している部分も一部ではあるが見られる。冠辞考説を宣長はじゅうぶんに消化し、認める面もみられる、一部分ではっきりしたことはまとめられない、今後も引き続き調査したく思っている。

注

（1）『萬葉集疑問』なる書は佐佐木信綱氏著『萬葉集事典』（一九五六、初版第1刷、一九九六、初版第一二刷平凡社刊）によるに、「自筆稿本十冊 柴田常昭問 本居宣長答 三井文庫所蔵」が存在していることが知られる。同書には本書が紹介せられていない。

（2）『続三重先賢傳』淺野儀史氏著　別所書店　昭八刊

（3）『本居宣長事典』本居宣長記念館編　東京堂　二〇〇一刊　本項は故岡本勝氏執筆。

（4）『花にむかへば―伊勢国鈴屋群像』津坂治男氏著（平七、稽古舎刊）

（5）宣長没後二〇〇年記念特別展「本居宣長と津の門人たち」平一一・一〇・五〜一一・一一（平一三・一〇　石水博物館編集発行）

（6）同書は故岡本勝氏が平成一一年一月一九日に以下のような調査を行なっておられる。
○表紙　共紙　○見返し　白　○題簽　なし　○外題「万葉集疑問」「万葉集六七之巻疑問」
○とじかた　袋綴（仮綴）　○紙質　楮紙　○寸法　縦二四・七センチ　横十六・六センチ・行数　一〇
○丁数⑥二八⑦二一（裏表紙含）　○内題　萬葉集六七之巻疑問　○奥書「七の巻」寛政八辰

ノ十一月下旬

(7)『萬葉集②』〈全四冊〉新編日本古典文学全集7、小島憲之氏・木下正俊氏・東野治氏校注・訳（一九九五　小学館刊）

(8)『萬葉集全注巻第七』渡瀬昌忠氏著（昭六〇　有斐閣刊）

(9)『萬葉集注釋巻第七』澤瀉久孝氏著（昭三五　初版、昭四九、十六版、中央公論社刊）

(10)『時代別国語大辞典上代篇』上代語編集委員会編（昭四二　三省堂刊）

(11)『萬葉集全歌講義(四)巻第七巻第八』阿蘇瑞枝氏著（二〇〇八　笠間書院刊）

近代文学における〈人形〉表象序説

——江戸川乱歩「芋虫」とH・ベルメールの〈人形〉

藤井　貴志

〈人形〉あるいは記号表象の自律

「人間に恋は出来なくとも、人形には恋ができる。人間はうつし世の影、人形こそ永遠の生物。といふ妙な考へが、昔から私の空想世界に巣食つてゐる。バクの様に夢ばかりたべて生きてゐる時代はづれな人間には、ふさはしいあこがれであらう。」——江戸川乱歩の随筆「人形」[1]、その劈頭の一節である。生前、ことあるごとに「うつし世は夢、よるの夢こそまこと」と記した乱歩であってみれば、現実世界を空無化し、「人間（現世）／人形（夢）」の位階序列をかくも見事に転倒させるレトリックの裡に、そのテクストを横断的に貫く本質的な論理構造を看取することも許される筈だ。彼の徹底した自然主義リアリズム嫌悪は夙に知られるところであるが、乱歩は『探偵小説四十年』（昭和36、桃源社）の「処女作発表まで」と題された章の中で、自らの文学的閲歴を以下のように辿っている。

> 谷崎氏の小説を機縁として、あのころの日本文壇には反自然主義運動ともいうべきものが起っていたことに、やっと気づき、そういう新文学に対して興味を持つようになった。芥川、久米、菊池など、いずれもその意味で面白かったが、中にも佐藤春夫と宇野浩二に傾倒した。しかし、殆んど同時代の白樺派のヒューマニズムというものは、読むことは読んだけれども、傾倒することは出来なかった。これは現世のリアルを愛せず、架空幻想のリアルを愛する、私の少年時代からの性癖によるもののようである。見方によれば、私は現実逃避の文学を愛したわけだが、逃避の文学というものは、世上謂われるように軽蔑すべきものではないと、今でも信じている。

反自然主義、反ヒューマニズム、そして現実逃避の文学——。むろんここに羅列された固有名には〈探偵小説〉へとコード化されたジャンル内での取捨選択が施されているだろう。周知のように佐藤春夫には『中央公論』「秘密と開放号」（大正7・7）に所載された探偵小説「指紋」があり、同号には芥川の「開化の殺人」ならびに谷崎の「二人の芸術家の話」が掲載されている。久米にさえ「新探偵小説」と銘打って『時事新報』に連載された「冷火」（大正13・1～6）があるのだから、この一文が自らを培養した文学的土壌への適切なコメンタリーであることは確かだ。だが、ここで拘泥してみたいのは探偵小説との直截的な相関であるよりも、むしろ引用の後半部「現世のリアルを愛せず、架空幻想のリアルを愛する」という一節が随筆「人形」との間に切り結ぶロジックに他ならない。乱歩のいう「架空幻想のリアル」について思考する場合、たとえば芥川の「僻見」(『女性改造』大正13・3)における次のような言葉が参考になるだろう。

「人生は芸術を模倣す」と云ふ、名高いワイルドのアフオリズムはこの間の消息を語るものである。人生?——自然でも勿論差支へない。ワイルドは印象派の生まれぬ前にはロンドンの市街に立ち罩める、美しい鳶色の霧などは存在しなかつたと云つてゐる。青あをと燃え輝いた糸杉もやはりゴツホの生まれぬ前には存在しなかつたのに違ひない。少くとも水水しい耳隠しのかげに薄赤い頬を光らせた少女の銀座通りを歩み出したのは確かにルノアルの生まれた後、——つひ近頃の出来事である。

「人生」や「自然」がまず先立って存在し、「芸術」がそれを模倣する——と通常考えられるであろう関係性は、ひとたび芸術によって生産された記号表象が自律を始めると、そのベクトルを逆転し、芸術は現実(オリジナル)の模像(コピー)であることを止める。指示対象から自律した記号表象は現実——それはもはや所謂「現実」ではない——へと逆流し、オリジナルのモデルを欠いた人工的なシミュラークルを無数に蔓延させていくだろう。ついには、自然(人生）が芸術を模倣し始めるのである。

「人生は一行のボオドレエルにも若かない[2]」と断言してみせた芥川の人工礼讃は、乱歩において「人間はうつし世の影、人形こそ永遠の生物」というテーゼへと姿を変える。それはもはや人間や現実の分身（影）であるのではない。ワイルドの「ドリアン・グレイの肖像」（一八九一）がそうであるように、あるいはポーの「楕円形の肖像」（一八四二）がそうであるように、芸術によって「肖像」という人工的な構築物が創造され、まさしく「実在」として永遠の生を生き始めると、逆にモデルの側が時間の有限の拘束の中でその生を漸減させていくという倒錯と逆説――。乱歩は随筆「人形」において、三人の武家に恋慕された遊女・小式部太夫が彼らに贈るため人形師に自らの身代わりの人形を三体製作させたところ、モデルをしている間に次第に病み衰え、最後の人形の完成と同時に息を引き取ったという「人形実話」を紹介し、やはりポーの「楕円形の肖像」を想起している。乱歩における〈人形〉の形象は、かかる〈芸術至上主義〉の系譜をことさら、極端な形で際立たせるものとして黙過できない。

「私は仏像からあやつり人形に至るまでの、あらゆる人形に、限りなきみ［魅］力を感じる」と乱歩はいう。そして「逃避かも知れない。軽微なる死姦、偶像姦の心理が混つてゐないとはいへぬ」と控えめに記す。そもそも、《人形愛》の始源ともいうべきピュグマリオン神話では、現世の女性に絶望したキプロスの彫刻家・ピュグマリオンが、真っ白な象牙で理想の処女像を創造し、今にも動き出しそうなその魅惑の彫像に恋をするところから始まる。想いが昂じたピユグマリオンはウェヌスの女神に祈り、その乙女の像に生命を付与してもらい、やがて両者は結婚し、ついには一子までもうける、というのがオウィディウス『変身物語』に拠るその梗概であった。

屡々「今一つの世界(3)」といった言葉でナイーヴに夢想される乱歩のユートピア志向は、この彫像-人形に仮託された現実を転倒せしめる強靱な意思と通底する。だが、忘れてはならないのは、乱歩自身がその架空凝視の孕む超時代性＝反時代性の積極的側面を顕揚しつつ、と同時に、現実的・社会的文脈を空無化し宙吊りにするその身振り自体のイデオロギー性、換言すれば非政治的なものの政治性についてある程度明瞭に認識していたことだ。さて、さしあたりそのイデオロギー効果を具体的に分析する際の対象となるのは、数ある乱歩テクストの中でも最もスキャンダラスかつポレミカルといってよい奇妙な作品――原題「悪夢」（『新青年』昭和4・1）として発表された「芋虫」である。

「芋虫」における《人形愛》

「乱歩と人形」ということでいえば、まずは「人でなしの恋」（『サンデー毎日』大正15・10）をその高峰として俎上に載せねばならぬであろうし、続けて「押絵と旅する男」（『新青年』昭和

4・6）から「魔法人形」（『少女クラブ』昭和32・1～12）に至る作品群が数珠繋ぎのように連想されるだろう。ことさらその中心に位置付けられずとも、ガジェットとして作品の隅々に挿入される〈人形〉——活人形・蠟人形・マネキン——のエピソードまで含めればそれこそ枚挙に遑がない。だが、ここで取り上げられるのが、一見〈人形〉小説の系譜とは無縁であるかに思われる「芋虫」であるのは何故か。むろん、「芋虫」も一つの人形小説に他ならないからである——。

この様な姿になつて、どうして命をとり止めることが出来たかと、当時医界を騒がせ、新聞が未曾有の奇談として書き立てた通り、須永癈中尉の身体は、まるで手足のもげた人形みたいに、これ以上毀れ様がない程、無残に、不気味に傷けられてゐた。両手両足は、殆ど根元から切断され、僅かにふくれ上つた肉塊となつて、その痕跡を留めてゐるに過ぎないし、その胴体ばかりの化物の様な全身にも、顔面を始めとして大小無数の傷跡が光つてゐるのだ。

誤解を恐れずにいえば、「芋虫」とは戦争によって「手足のもげた人形みたい」にされた須永癈中尉が、さらに妻・時子によって全き「人形」へと彫琢されていく小説である、といってよい。「二人にとって唯一の世界」となる二階の六畳に存在するのは、「耳も聞えず、口も利けず、起居も全く不自由な土人形の様な人間」なのであり、時子は「ぢつと彼女の胸を抱きしめながら、詠嘆ともうめきともつかぬ声を立てて、毀れかかつた人形の様な、夫の寝姿を眺める」のである。そもそも、負傷して内地に送り返された夫を衛戍病院で初めて目撃する際の感慨にしてから次のようなものであった――「そこには、悪夢の中のお化けみたいに、手のあるべき所に手が、足のあるべき所に足が、全く見えないで、繃帯の為に丸くなつた胴体ばかりが不気味に横はつてゐた。それはまるで生命のない、石膏細工の胸像をベツドに横へた感じであつた」。

こうして執拗に繰返される〈人形〉の形容は果たして何を意味するのだろうか。谷川渥に拠れば、《人形愛》には二面があり、生命のない人形を人間のように愛するピュグマリオニズムと、逆に生命のある人間をあたかも人形のように愛する逆ピュグマリオニズムとに分類される[4]。谷川は前者の典型に「人でなしの恋」や「押絵と旅する男」を、後者にネクロフィリア（屍体愛）をモティーフとした「白昼夢」（『新青年』大正14・7）や「蟲」（『改造』昭和4・9、10）を例示しているが、昭和四年に発表された乱歩の三つの短篇のうち「押絵と旅する男」と「蟲」が含まれているのは興味深い。同じく昭和四年の残る一篇「芋虫」もまた逆ピュグマリオニズムに数え入れられるべきテクストに違いないからだ[5]。

「そんな風であつたから、時子が彼女の夫を、彼女の思ふがまゝに、自由自在に弄ぶことの出来る、一個の大きな玩具と見做すに至つたのは、誠に当然であつた」という一節が「芋虫」

にある。そこに存在するのは主体と主体の間の他者性を伴った相互作用の中の葛藤、軋轢などではむろんない。他者を無限に客体化し、「生命のない石膏細工」のような〈人形〉と化すこと、そしてその〈人形〉との間に決して眼差し返されることのない一方通行の眼差しを実現すること。その所有-玩具化によって初めて時子は現実の世界では得ることのなかった《人形愛》の欲望を、たとえ一時の幻視としてであれ獲得することが可能となるのだ。

そのように考える時、天井の虚空を見つめ続ける夫の眼差し——それは自らを眼差し返すことによって最後まで時子の「自由自在」にならない眼差しでもある——に苛立ち、全身の中で唯一「僅かに人間のおもかげを留めてゐた」その「物云ふ両眼」を「それが残つてゐては、何かしら完全でない様な気がし」たという理由で無惨にも奪い、たった一つの「外界との窓」を塞ぐことで「本当の生きた屍」「静止の肉塊」へと化し去る時子の発作的身振りは、まさしく逆ピュグマリオニズムの完成として捉え返すことができるだろう。

変態性欲や性的倒錯を連想させる文脈での《人形愛》(6)というと男性の女性に対する客体化の欲望として了解されることが一般的であろうが、ここでは女性から男性へとジェンダーが反転しており、それが「戦争」というコンテクスト——それこそが身体を無惨に寸断し人間の〈人形〉化を開始する端緒となる——と相俟って、この作品に重層的な厚みを齎している。つまり「芋虫」には、①戦争は人間を人形のような存在と化す、②人間は人間をあたかも人形のように愛する、という形で、何れも他者の自由を剥奪し、客体‐玩具化するという意味では相同的であるけれども、経験的／存在論的レベルにおいて水準の異なる二つの物語が錯綜して共存しているのだ。(7)

だが、「芋虫」の受容に関する乱歩自身の言説は、①と②を交錯させた豊穣な読解可能性を縦横に展開するどころか、むしろ①に顕著な同時代的文脈への回収を頑なに拒絶するものであった。「芋虫」は初出時に「一般には好評」をもって迎えられた作品であるが、以下に前掲『探偵小説四十年』より「芋虫」についての回想を掲げる。

一方左翼方面から激励の手紙が幾通か来た。反戦小説としてなかなか効果的である。今後もああいうイディオロギーのあるものを書けというのである。／ところが、私はあの小説を左翼イディオロギーで書いたわけではない。私はむろん戦争は嫌いだが、そんなことよりも、もっと強いレジスタンスが私の心中にはウヨウヨしている。例えば「なぜ神は人間を作ったか」というレジスタンスの方が、戦争や平和や左翼よりも、百倍も根本的で、百倍も強烈だ。それは抛っておいて、政治が人間最大の問題であるかの如く動いている文学者の気が知れない。文学はそれよりもっと深いところにこそ領分があったのではないか。

周知のように「芋虫」は発表から十年後の昭和十四年三月、警視庁検閲課により全篇削除を命じられる。初出時の原題「悪夢」の段階から伏せ字が多く、その経緯については、当初改造社からの依頼によって執筆したものの、左傾雑誌として当局から睨まれていた『改造』がその「反軍国的」な内容を憂慮したため、やむなく「娯楽雑誌」である『新青年』へ掲載誌を移したことを乱歩自身が度々述懐している。たとえば武野藤介は「悪夢」発表直後の段階で、「怪奇小説と云へばそれまでゞあるが、作者がこゝに取扱つてゐるものは、アンチ・ミリタリズムである」と明確に記し、作品全体に滲むのは「反軍国主義であり、戦争と云ふものに対する呪詛であり反逆である」として「何故にこの作品が検閲官権の眼をのがれたのか」といち早く疑問を呈していた(8)。やがて、時局の深まりと共に「廃兵」の表象をめぐるこの文脈が、「不穏」として当局の忌避する事態となったのである(9)。

見逃せないのは、作品が被ったこのような同時代的な受難と乱歩自身の執筆意図との徹底した齟齬だろう。「芋虫」発表から三年後の「探偵小説十年(10)」において既に乱歩は「別にイデオロギーがあつた訳ではなく、ただ怪奇と戦慄の興味のみで書いた」と反戦的意図の先験的不在を記しているし、戦後刊行された『芋虫』(昭和25、岩谷書店)の「あとがき」でも「一種の恐怖を現わす為の手段として、便宜上軍人を使ったまで」であり、「決して左翼思想や反軍国主義のために書いたのではない」ことを重ねて確認している。

初出時にあった左翼からの賞賛の声は、先に挙げた①のコードを前景化した上で同時代的文脈へ接続したものに他ならない。乱歩自身記すように、後に顕著になる「右翼」からの「芋虫」忌避も実は左翼的受容と表裏であり、やはり何れも①の〈戦争は人間を人形のような存在と化す〉という寓意――乱歩の嫌悪したヒューマニズム的な反戦のメッセージ――に基づく受容だということが出来るだろう。どちらにしても置き去りにされているのは②に連なるコード、乱歩の言葉を借りれば「もっと強いレジスタンス」であるところの「なぜ神は人間を作ったか」という〈問い〉に違いない。そして乱歩自身は逆に、この②の要素のみを過剰に前景化し、①の側を徹底して無化していく。たとえば、桃源社版『江戸川乱歩全集』第十三巻（昭和37）の「あとがき」に次のようにある。

　太平洋戦争にはいる直前に、私の多くの作は一部削除を命じられたが、全文発売禁止となったのはこの「芋虫」だけであった。左翼に気に入られたものが、右翼にきらわれるのは至極もっともな話で、私は左翼に認められたときも喜ばなかったように、右翼にきらわれたときも別に無理とは思わなかった。夢を語る私の性格は、現実世界からどんな取り扱いを受けようとも、一向痛痒を感じないのである。

〈政治と文学〉を過度に二項対立化し、その都度「政治」の側を抑圧‐抹消すること――。「現世のリアルを愛せず、架空幻想のリアルを愛する」というあの一節が想起されるだろう。「時代はづれな人間」（前掲「人形」）を自認する乱歩によって、かかる形で繰返される脱歴史性、脱イデオロギー性の言説が、それ自体極めてイデオロギー的な危うさを孕むことは言うまでもない。[11]「文学はそれよりもっと深いところにこそ領分」（前掲『探偵小説四十年』）がある等として「芋虫」を②の側にのみ収斂していく美学化の身振りの背後にあるのは、「今一つの世界」へ行きっぱなしとなり、現実の社会的・倫理的軋轢に「一向痛痒を感じない」鈍感さだけなのかもしれない。だが一方で、「戦争」という特定の政治的コンテクストを宙吊りにし続けることで浮上する②の超歴史的な問いが、①の系と無縁であるはずもまたないだろう。読み取られるべきは政治①と文学②が激しく共振するような稀有な瞬間であるはずだが、「芋虫」にそのような強度と批評性を見出すことは可能だろうか。

しかし、それにしても「なぜ神は人間を作ったか」という問いは考えられる限り最も巨大で抽象的な問いに違いない。乱歩はその困難な問いを「芋虫」の中で、我々が自明のものとして予め前提としている〈人間〉らしきものを寸断し、異形化し、謂わば次第に〈人形〉化していくことによって推し進める。〈人間〉がもはや〈人間〉でなくなる境界線は何処にあるのか。その問いの試金石として〈人形〉は格好の素材であり、〈人間／人形〉の境界を《人形愛》を通じて見極めることが即ち「なぜ神は人間を作ったか」という形而上学的な問いへの応答となる。そしてその行き着く先には、「なぜ我々は人形を作るのか」という問いが待ち受けているだろう。なぜ人は自らの似姿である人形（ヒトガタ）を作るのか――古代から現代に至るあらゆる人形製作の根源に、この問いが存在するのであってみれば。

乱歩とベルメール――無用者の政治学

平林初之輔は「芋虫」についての同時代評[12]の中で、「四し［肢］も耳も口もつぶれて、肉魂のやうな存在となつてゐる廃中尉とその細君との変態的性生活を描いたもの」と位置づけ、「氏の旧作「白昼夢」などとともにグロテスクをねらつた作品」と指摘している。「変態」や「グロテスク」など同時代に流通したセクシャルな記号を散りばめて展開されるこの論は教条主義的な左翼批評とは異質であり注目に値する。平林は続けて次のように記している――「江戸川氏の想像力の怪異さはある意味で、世界の文学にも類例のない程のもので、この作品でも、さういふ人間を性的きやう楽の対象に考へだしたいふことは私たちを驚嘆させる」と。

平林の言説は、受苦の極みにおいて「享楽」を見出す乱歩の「想像力」に「驚嘆」を示すと同時に、それを描写する「説明的な文章」の「常識」性に嘆息を漏らすものでもあるのだが、ここで「世界の文学にも類例のない」という過褒の一節は重要である。果たして実際に「世界」に「類例」がないのかどうか。「文学」に限定しなければ、たとえば第一次大戦における負傷兵の残虐写真を満載したE・フリードリッヒ『戦争に反対する戦争』（一九二四）や、「かの女らのサディズム」といった章を設け廃兵との異常性愛まで含めて戦争の裏面を暴露するM・ヒルシュフェルト『戦争と性』（一九三〇）等々、「芋虫」的「想像力」との直截的同時代性を見出すことは容易い。[13] 四肢や顔を破壊され異形化したその残虐写真は、「芋虫」を「現実」の優れたミメーシスとして評価する文脈を用意するだろう。しかしその水準はこのテクストの片面を覆うに過ぎない。「芋虫」を「架空幻想のリアル」として人形小説の系譜の中で捉えるという場合、より喚起的なのはたとえば以下のようなイメージを傍らに並べてみることで浮上する世界的共時性の側ではないだろうか。澁澤龍彦「ハンス・ベルメール、肉体の迷宮」(『みづゑ』昭和43・11)の一節である。

肉体に対するベルメールの仮借なき探究は、ちょうど好奇心の強い子供が、時計や玩具や人形をこわして、その内部のメカニズムをあばき出そうとする熱意に似たものを感じさせるではないか。肉体の迷宮とは、まことにいい得て妙である。/あえていうならば、ベルメールが三十一歳当時から製作を開始した、あのスキャンダラスな人形は、現実生活では殺人のみが実現してくれるであろうようなものを、想像の世界で実現せんとする試みにほかならなかったのである。子供の破壊の対象たる時計や玩具が、ここでは生身の人間、少女と同一化される。

「現実生活では殺人のみが実現してくれるであろうようなものを」――我々はこれを「芋虫」の文脈で、現実生活では「戦争」のみが実現してくれるであろうようなものを、と書き換えねばなるまい。肉体に対する乱歩の仮借なき探求――まさしくそれを「戦争」が実現してくれるのだ。ベルメールの製作した球体関節人形について記された澁澤のこの一節は、人形小説として「芋虫」を思考する際に多くの示唆を与える。そもそも乱歩作品における《人形愛》の系譜を初めて剔抉した者こそ澁澤ではなかったか。「玩具愛好とユートピア」[14]と題された澁澤の乱歩論に拠れば、「彼の気質のなかには、たしかにピグマリオニズムと呼んでよいような人形愛の趣味があったにちがいない」のであり、「人でなしの恋」はまさしく「ピグマリオン伝説の現代版」に他ならないのである。

半年違いで発表されたベルメール／乱歩についてのこの二つの批評は、「女の王国——ポール・デルヴォオとハンス・ベルメエル」（『新婦人』昭和40・3）に始まり、後に『人形愛序説』（昭和49、第三文明社）として纏められる昭和四十年代の澁澤の一連の人形論の中に位置付られるものである。澁澤の存在を媒介とすることによって、《人形愛》をモティーフに一九三〇年代をある種の共時性をもって通過した二つの奇妙な存在を、二重写しにして現在に召還することが可能となるだろう[15]。

ここでベルメールと彼の製作した球体関節人形について簡単に素描しておかねばなるまい。一九〇二年、ドイツ領カトヴィツェに生を享けたベルメールの青年期を彩ったのは、優秀な技師であると同時に家庭では暴君として君臨した、後にナチス党員となる父親への徹底した憎悪と反抗であった。種村季弘「〝反自然の苦痛〟ハンス・ベルメール」（『美術手帖』昭和45・12）

に拠れば、「ブルジョア社会において父に一定の社会的権威を付与している悪しき元凶」である工学技術の有用性への嫌悪がベルメールのその後を決定付ける。その技術を逆に「無意味」なものの象徴である玩具と結びつけ、「有用な目的には必ずついてまわるあの不快の感情[16]」を追い払うこと——権威を形骸化して崩壊させるというその企図においてベルメールの人形製作が始まる。種村は言う。

> 父親にたいする憎悪とナチスにたいする憎悪とは一体であり、両者は相俟って憎しみの念を倍加せしめた。一九三三年、ヒトラーの勝利が決定的になった年、ベルメールはついに国家の機能にたいして「有用な労働」はいかなるものであれ一切拒絶することを決意して、職業上の活動を全面的に停止する。(……)こうして一九三三年秋に突如はじまった人形制作は、ベルメール家にあって一種暴動の様相を呈した。父の権威を支えた技術は、いまこそ有用性と現実とから切り離され、優越の根拠を失って遊戯と無意味に奉仕するのである。これほど完璧な権威の失墜、有用なものへのこれほど無慈悲な嘲笑があろうか。

ベルメールはこの翌年、自ら製作した少女の人形の写真十葉を収録した『Die Puppe(人形)』(昭和9・10)を自費出版で刊行する。そこには、木枠が剝き出しとなり片脚と両腕の脱落した、不気味という他ない少女が虚ろな眼差しで佇んでいる(図1)。さらに、アンドレ・ブルトンらシュルレアリスムの機関誌『Minotaure(ミノトール)』第6号(昭和9・12)に転載された十八点の写真の中には、まさしく「両手両足は、殆ど根元から切断され、僅かにふくれ上つた肉塊となつて、その痕跡を留めてゐる」（「芋虫」）という描写が相応しい、かろうじて頭部だけが胴体に傾いで接続され床に横たわる「手足のもげた人形」を見出すことができるだろう（図2）。もはや有用な目的には如何なる意味でも奉仕しない無用者として四肢の切断されたバラバラの〈人形〉――ベルメールは「健康」で「健全」な身体以外を許容しないナチス的優生学（＝身体の全体主義）に対して、何の役にも立たない、不完全な断片としてしかあり得ない異形の身体を静かに突きつけるのだ(17)。

このような人形製作の背後に極めて強い政治的な意味合いがあったこと、にもかかわらずその「異様な解剖学的畸形」（澁澤）が単なる政治的メッセージに収斂し尽くすことのない、ある強烈な存在論的強度を胚胎していたこと、これら二つの位相は矛盾し合うものではない。ベルメールが本格的に球体関節人形を製作するのは一九三五（昭和10）年以降であるが、球体の関節によって如何様にも解体と接合が可能なその人形は、ある場合には巨大な腹部の球体関節を間に挟み下肢と下肢がジョイントされた、もはや〈人間〉の似姿にすらみえない奇妙なオブジェであり、様々に置換‐転位《シャッフル》されるその〈人形〉の異形の身体が、体制の要請するイデオロギーの中で歴史的に固定化された〈人間〉という概念の狭隘な同一性に揺さぶりをかけるだろう。

実はベルメールの日本への紹介は澁澤が嚆矢というわけではない。球体関節人形の製作から二年後の昭和十二年六月には早くも瀧口修造・山中散生によって「海外超現実主義作品展」が企画され、東京銀座の日本サロンを皮切りに七月にかけて京都・大阪・名古屋を巡回、四十数名のシュルレアリストと共にベルメールが紹介されている。それを記念して刊行された『みづゑ臨時増刊　海外超現実主義作品集』（昭和12・5）では、巻末の「作家録」に「ドイツの画家であり写真師である。最近ではシュルレアリスムのオブジエ《人形》の製作者として有名」とベルメールの略歴が記され、「最後に近い黒女神の青春」「隠れたる待望」「人形」（図1と同一のもの）とキャプションの付されたベルメールによる三点の人形写真と、球体関節人形を描いた幻想的なデッサン「魔法島」が掲載されていた。

「芋虫」が削除処分を受ける昭和十四年には山中散生「ベルメエルの人形幻想」（『アトリヱ』昭和14・10）が執筆され本格的な紹介が開始されているが、このようなベルメール受容が乱歩的「想像力の怪異」（平林）との間に浮き上がらせる共時性に驚かざるを得ない。(18) ベルメールの解体された人形が観る者に与える衝撃は、「芋虫」の中で「いとも奇しき、畸形な肉独楽」が我々に投げ掛ける不安と当惑、目を背けざるを得ないグロテスクな表象が「正常」な世界に穿つ亀裂と無縁ではないだろう。それは「悪夢」のような超現実の頽廃世界であり、一見「現実」から切断された「幻想」への全き「逃避」に見える。だがベルメールにあっては「幻想」

が「現実」と激しく拮抗し、重ね合わされ、不協和音《ノイズ》を奏でることで、他のようにもあり得たであろう存在の無数のざわめきをこの世界に開示するだろう。そこでは乱歩のいう「現世のリアル」と「架空幻想のリアル」が二項対立ではない形で二重化し、突発的で偶然性に充ちたオルタナティヴな〈別のリアル〉が現出するのだ。

このように考える時、乱歩テクストの、というよりもテクストを取り巻く乱歩自身の言説のあまりに二項対立的な在り方——政治の美学化——が奇異に思われるのは必然である。それは「芋虫」全篇削除を契機とする体制からの弾圧に屈していく戦時下の乱歩のなし崩しの後退と、断固としてナチスへの妥協を許さなかったベルメールの芸術的抵抗との差異として帰結するだろう。だが屢々テクストは作家自身の「意図」を裏切り浮遊する。とりわけ「芋虫」はそのような強度を潜在させたテクストであるに違いない。たとえば時子が「毀れかかつた人形の様な、夫の寝姿」を眺める次のような場面はどうだ——。

『又考へて居るのだわ。』

眼の外には、何の意思を発表する器官をも持たない一人の人間が、ぢつと一つ所を見据ゑてゐる様子は、こんな真夜半などには、ふと彼女に不気味な感じを与へた。どうせ鈍くなつた頭だとは思ひながらも、この様な極端な不具者の頭の中には、彼女達とは違つた、もつと別の世界が開けて来てゐるのかも知れない。彼は今その別世界を、あゝしてさまよつてゐるのかも知れない。など、と考へると、ゾッとした。

ここには〈人間／人形〉の境界を極限まで突詰めることで初めて垣間見える「別の世界」がある。有用性を徹底的に剝奪され、その軛から解放された一個のオブジェが、無用者であり無意味であるというまさにそのことによって「現実」に対して投射する無言の「否」、「もっと強いレジスタンス」がある。〈戦争は人間を人形のような存在と化す〉ということの根源に潜む破壊への衝動が、〈人間は人間をあたかも人形のように愛する〉という《人形愛》の衝動と共振し、「永遠の静止であり、不断の沈黙であり、果てしなき暗闇である」世界の中で「なぜ神は人間を作ったか」という存在論的問いを呟く時、我々は「芋虫」が紛れもない〈人形〉小説であることを知るのである。

注

（1）江戸川乱歩「人形」（『東京朝日新聞』昭和6・1・14〜17、19）
（2）芥川龍之介「或阿呆の一生」（『改造』昭和2・10）
（3）江戸川乱歩「今一つの世界」（『大阪朝日新聞』大正15・8・15）
（4）谷川渥『肉体の迷宮』（平成21、東京書籍）
（5）おなじく昭和四年の長篇「蜘蛛男」（『講談倶楽部』昭和4・8〜昭和5・6）にも石膏像となったバラバラ死体や替え玉の人形、四十九体のパノラマ人形などが登場する。

(6) たとえば「死姦Nekrophilieに類似する一種の猥褻行為に、彫刻立像を汚瀆する変態性慾がある」として様々な《人形愛》の実例を紹介する田中香涯「偶像汚瀆症――『ピグマリオニスムス』」（『變態性慾』大正12・3）を参照されたい。

(7) 補足すれば、②は同時代に支配的なジェンダー規範の反転を含意しており、「彼女の犠牲的精神、彼女の稀なる貞節」（「芋虫」）といった「美名」の背後に抑圧された銃後の女性の欲望と主体性の発露（あるいは復讐）と読解することも可能だろう。

(8) 武野藤介「文芸時評（3）」（『福岡日日新聞』昭和4・3・2）

(9) 「芋虫」全篇削除に至る詳細な経緯については水沢不二夫「佐藤春夫「律儀者」、江戸川乱歩「芋虫」の検閲」（『日本近代文学』平成22・11）を参照されたい。実際に削除処分を受けたのは「芋虫」所収の『鏡地獄』（昭和11・2、春陽堂日本小説文庫）である。

(10) 江戸川乱歩「探偵小説十年」（平凡社版『江戸川乱歩全集』第十三巻所収、昭和7・5）。なお、「悪夢」が「芋虫」と改題されるのはこの平凡社版全集の第八巻（昭和6・5）以降である。

(11) たとえば、乱歩作品を「時代的脈絡からも社会的背景からも切り離され」た「生活」も「場所」も不在の文学に過ぎないという橋爪健「江戸川乱歩論」（『新小説』大正15・4）の批判に対し、乱歩は後年『探偵小説四十年』の中で、「私は「昨日」も「明日」もないだけでなく、「今日」すらもない、時間を超越した永遠の人間心理を描きたいと思った」と切り返し、「私が復員軍人の出る小説が嫌い」なのも同じ理由に因るとしている。

(12) 平林初之輔「文芸時評―4―乱歩氏の諸作」（『東京朝日新聞』昭和4・1・5）

(13) 秋田昌美「残虐のグラフィズム」（『別冊太陽　乱歩の時代』所収、平成7・1、平凡社）が両書と乱歩的「エロ・グロ」の無意識の同時代性を析出しており参照した。なお『戦争に反対する戦争』の残虐写真四点は梅原北明個人編集の雑誌『変態・資料』創刊号（大正15・9）に転載されている。

（14）澁澤龍彦「玩具愛好とユートピア――乱歩文学の本質」（『江戸川乱歩全集』第二巻「解説」、昭和44・5、講談社）

（15）田口律男は「『孤島の鬼』論――〈人間にはいろいろなかたちがあるのだ〉」（『国文学　解釈と鑑賞』（平成6・12）の中で「芋虫」や「孤島の鬼」（『朝日』昭和4・1〜昭和5・2）における「欠損させられた身体」に着目し「乱歩のテクストは、異化された身体（感官）を導入することによって、意図的に安定した制度的システムに亀裂を走らせようとしていた」として「この試みは、同時代コンテクストとしてのアヴァンギャルド芸術の志向性と深いところで手を結びあっていたのではあるまいか」と記している。重要な指摘であるが具体的な「アヴァンギャルド芸術」は示されていない。本論はその同時代的な一例としてベルメールの〈人形〉を乱歩的身体と交錯させるものである。

（16）ハンス・ベルメール「人形のテーマのための回想」（『イマージュの解剖学』所収、種村季弘・瀧口修造訳、昭和50、河出書房新社）

（17）安智史「江戸川乱歩における感覚と身体性の世紀――アヴァンギャルドな身体」（藤井淑禎編『国文学解釈と鑑賞』別冊　江戸川乱歩と大衆の二十世紀』所収、平成16、至文堂）は「近代における有用な身体（の規律・訓練）を逸脱してしまう身体性」の中に「「芋虫」的身体」を位置付け、広く乱歩作品の「異和する身体」を析出して示唆的である。

（18）そうした共時性を増幅するものとして、須永癈中尉を「手足のもげた人形」として描き出す竹中英太郎による奇怪な挿絵――「芋虫」の『新青年』初出時に併せて掲載された――の重要性は言うまでもない。

※ 本稿は平成二十三年六月十九日に開催された「愛知大学国文学会」における講演「近代文学における〈人形〉表象――江戸川乱歩から澁澤龍彦へ」を基に活字化したものである。「芋虫」の引用は初出に拠り、適宜旧字体は新字体に改めた。引用文に付した傍点および［ ］内の補足、省略記号（……）は引用者による。

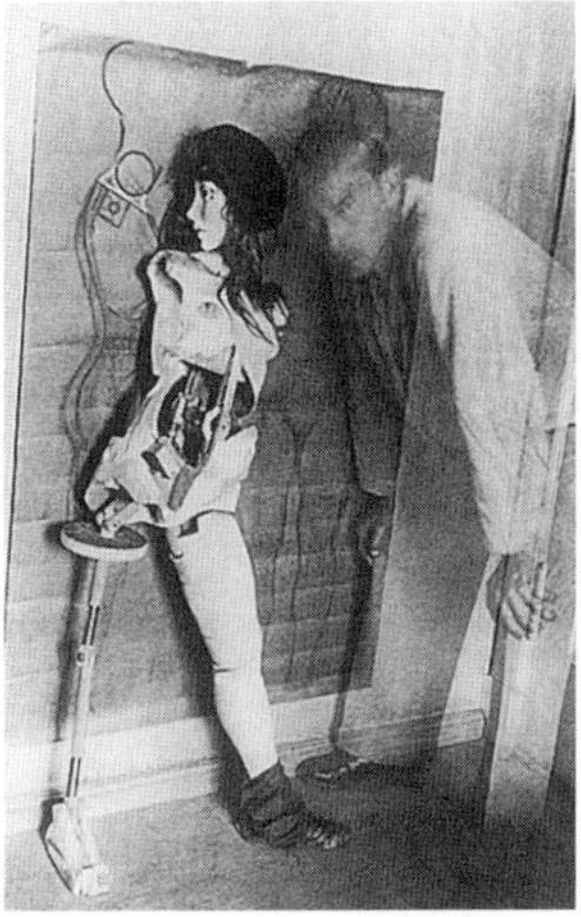

図1 『Die Puppe』収録

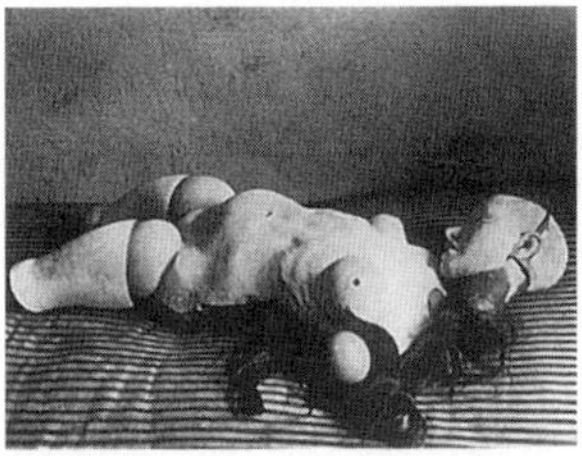

図2 『Minotaure』掲載

出典：『ハンス・ベルメール写真集』（アラン・サヤグ編著、佐藤悦子翻訳、1984年、リブロポート）

丸山薫の詩世界——擬人化される〈物象〉の来歴

権田浩美

新たな〈うたう〉詩、主知的抒情詩をもって、昭和初期に一時代を築いた雑誌『四季』。その中核として活躍した丸山薫（図版①）は、戦後、母方の父祖の地豊橋に戻り、後半生を当地で過ごすこととなった。旺盛な創作意欲は終生衰えず、また戦後間もなく豊橋に創立された愛知大学で教鞭をとる等、その後半生の活動は多彩だ。豊橋市には平成六年「丸山薫賞」が創設され、愛知大学にも縁の品々（図版②・③）が残されている。

① 丸山　薫

詩友神保光太郎をして《丸山薫に於ては、詩とは先づ視得べきものとしてとらへられてゐる》《眼を以てとらへ表現してゐる》（「覚え書」「「帆・ランプ・鷗」に就いて―現代の詩集研究II」『四季』三六号　昭和一三年四月）と言わしめるほど、エコールの中では

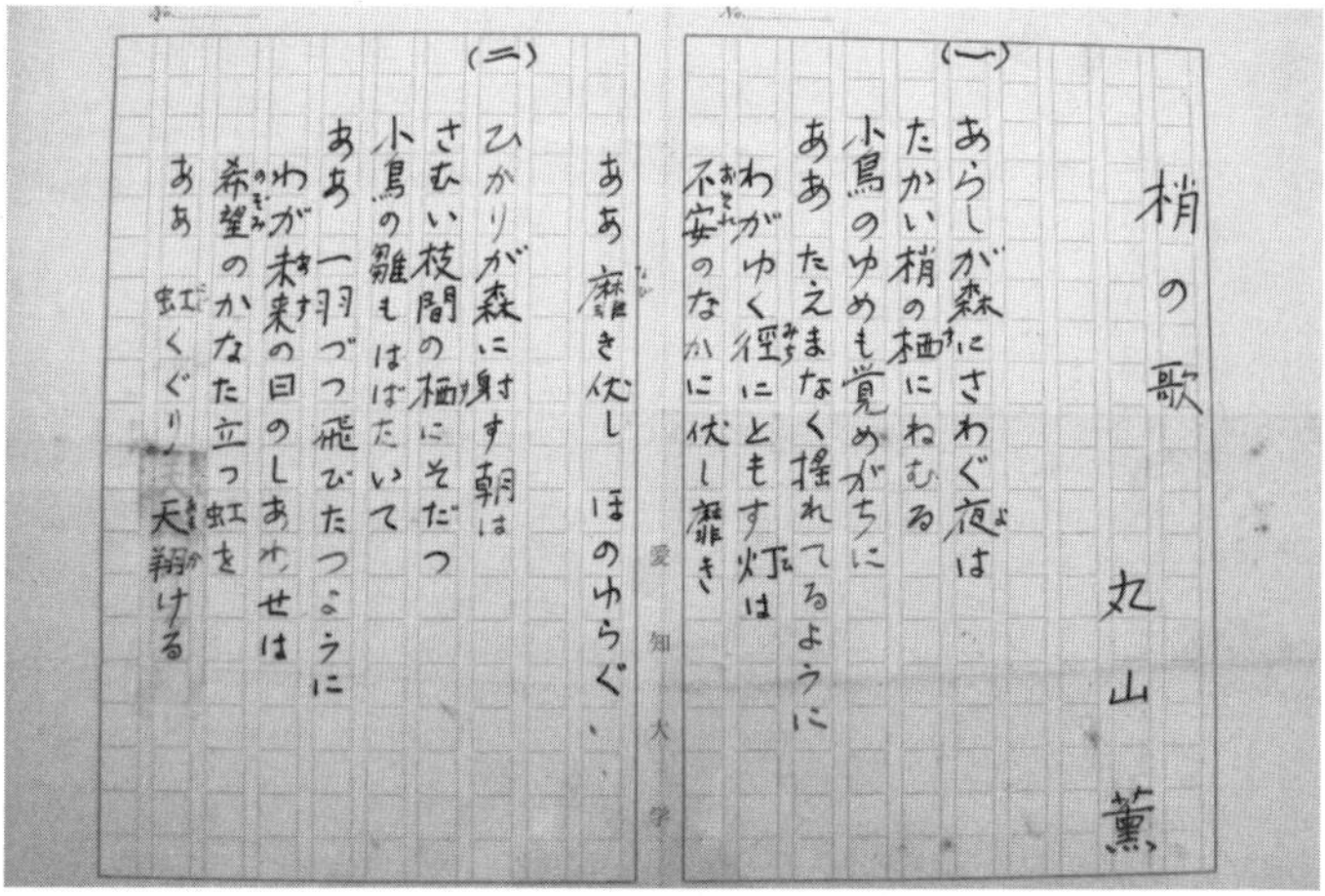

梢の歌

丸山薫

(一)

あらしが森にさわぐ夜《よ》は
たかい梢の栖《す》にねむる
小鳥のゆめも覚めがちに
ああ たえまなく揺れてるように
わがゆく径《みち》にともす灯《ひ》は
不安《おそれ》のなかに伏し靡き
ああ 靡き伏し ほのゆらぐ、

(二)

ひかりが森に射す朝は
さむい枝間の栖にそだつ
小鳥の雛もはばたいて
ああ 一羽づつ飛びたつように
わが未来《あす》の日のしあわせは
希望《のぞみ》のかなた立つ虹を
ああ 虹くぐり 天翔《あまか》ける

② 愛知大学短期大学部学生歌「梢の歌」直筆原稿

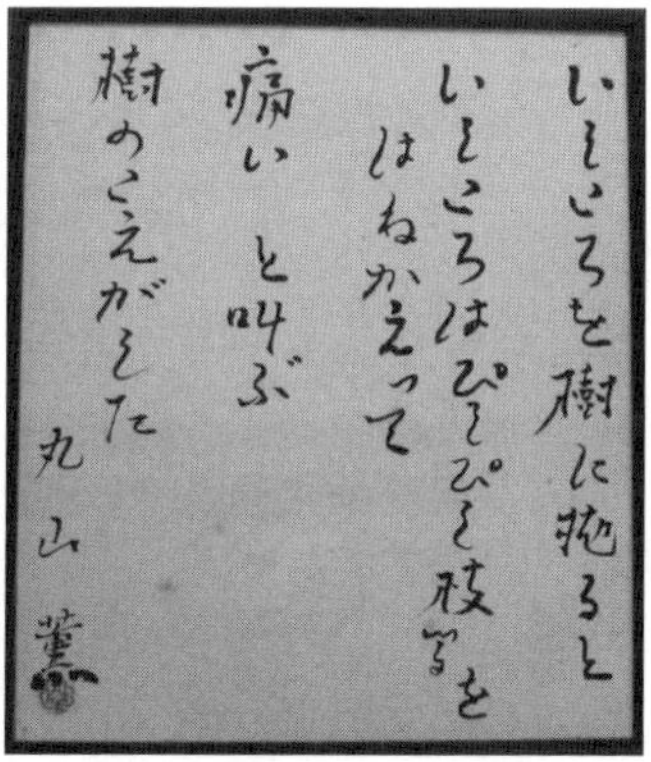

こころを樹に抛ると
こころはぴこぴこ枝々を
はねかえって
痛い と叫ぶ
樹のこえがした
丸山薫

③ 色紙

異質の視覚に拘泥する詩情を指摘されたが、そこには詩的出発時より並行する散文への志向とも響きあうような物語性や絵画性とあわせて、所謂〈物象詩〉という特異なスタイルの印象が強いのだろう。《「物」の中に没入して血肉と化し、それを発動させて感情の高低に沿うて繰り出させる流儀》（竹中郁『新編丸山薫全集』第一巻　解説　平成二一年八月　角川書店）と評された〈物象詩〉は、愛知大学豊橋図書館が所蔵する色紙（図版③）に書かれた、晩年の『月渡る』（昭和四七年九月　潮流社）所収の「心痛んで……」にも認められ、正しく終生変わらぬ《流儀》として、詩情の核心に在り続けた。

擬人化された〈物象〉の〈独白〉。それは、処女詩集『帆・ランプ・鷗』（昭和七年一二月　第一書房）の表題でもある三つの〈物象〉たちに代表され、丸山の存在感を詩壇に強く印象付けた。然しながら、〈物象〉たちが語る舞台は深い闇に包まれた夜の海。神保に視覚性を指摘され、何より形を有する〈物象〉であるにもかかわらず、彼らは盲目のランプの放射する仄暗い光の中で陰翳を纏い、みえない夜の海に不安げに揺られながら、視覚では自己も他者も認識できぬ嘆きを〈独白〉しているのだ。海の詩人とも、視覚の詩人とも称されながら、これは如何なることであろうか。

　この集成を編むに当つて、私は自分の作品に一貫して流れてゐる一つのつよい傾向を看取することが出来る。それは物象への或るもどかしい追求欲とそれへの郷愁の情緒である。

それこそ私に詩を書かせる動機となり、また自分の詩をそれらしく特色づけてゐるものだらう。（中略）しかも詩を企てるとき、心にたたみかかつてくるものは物象の放射するあの不思議な陰翳である。河口ひそかに泊つてゐる船のランプ。夕映えに照る松の枝から離れてゆく鶴のごとき雲、黙々として旅人のやうにわれとともに路を歩いてくる電柱のつらなり、さうしたものがいつも私の詩の世界に住んでゐる。

（『物象詩集』自序）

既刊四詩集からの再録に〈日本の空〉セクション等の新作を加えた八四詩篇を収める、丸山の戦前期の詩業の集大成『物象詩集』（昭和一六年二月　河出書房）の自序には、〈物象詩〉の詩法が仄めかされている。《物象への或るもどかしい追求欲とそれへの郷愁の情緒》をモティーフとしての制作の際、たたみかかる《物象の放射するあの不思議な陰翳》。その《不思議な陰翳》を放射する〈物象〉の例として、擬人化された〈物象〉を丸山はあげるが、彼等はみな儚げな光を投げかける発光体である。

それにしても何故、《不思議な陰翳》を放射する〈物象〉は擬人化されるのだろう。また、擬人化を含めた〈物象詩〉の詩法が《物象への或るもどかしい追求欲》に端を発しているのだとしたら、《もどかしい追求欲》によってかきたてられる《郷愁の情緒》とは如何なるものなのだろうか。

一

こうした丸山薫の詩法における核心ともいえる問題を考えるとき、丸山と同じく視覚という知覚に拘泥した一人の芸術家の言説を、東西の時空を超えて響きあうかのように筆者は想起する。

　暗示の芸術とは、夢に向かって事物が光を放射するようなものだ。思考もまた夢に向かって歩む。退廃的であるにせよ、ないにせよ、そういうものなのだ。別のいい方をすれば、それは、私たち自身の生の最高の飛躍に向かって芸術が進歩することであり、成長することである。その拡張、その最も高い支点、あるいは必然的な、心の高揚が作り出す心の状態の維持なのだ。（藤田尊潮訳編『オディロン・ルドン【自作を語る画文集】夢のなかで』平成二〇年五月　八坂書房。傍点筆者）

自身の芸術を《暗示の芸術》とし、それを《夢に向かって事物が光を放射するようなもの》、即ち光を放射する〈物象〉のさまに喩えたのは、フランスの画家オディロン・ルドン（一八四〇―一九一六）である。後半生の色彩の繚乱するパステル画の世界とは対蹠的に、画業の原点を銅版画等の黒と白のモノクロームの表現に有するルドンの、所謂〈黒の時代〉の作品群（『夢の中で』『エドガー・ポーに』『起源』等）には眼球や生首といった身体を断片化した〈物象〉、動物とも植物とも分かたれぬ異形が、あたかも人間のように闇の中で蠢く。視覚という〈近代〉における最も重要な知覚への着目に加え、時に想像力の跳躍をも示唆する浮遊する眼球の表象等、断片化された身体が一個の〈物象〉として、また生あるもののように表現される芸術世界は、丸山の〈物象詩〉と通底するところがあろう。ルドンの闇の中に蠢く奇体な〈物象〉が登場する作品群をいち早く評価したのが、ユイスマンスやマラルメ等、デカダンスから象徴主義に連なる文学者であったことも興味深い。

何故なら〈物象〉という語自体が、日本においては元々上田敏の翻訳詩集『海潮音』中、サンボリストのマラルメの言説からの翻訳語であったからだ。こうした〈物象〉の語の日本における来歴をも認識していたのか、《丸山薫君の本質してゐる詩境は、始めから象徴派の系統に属してゐる》（「狼言」『四季』二三号　昭和一一年一二月）という萩原朔太郎の言をはじめ、《彼の追究する非人情の世界はサンボリスムに裏打ちされたレアリテの実験であつて、物質の裡に虜はれた人間の純潔さに対する高雅なノスタルジイこそ、彼が探り当てた詩の法》（無署名　詩集の広告文『セルパン』二三号　昭和八年一月）、という評言等、丸山の詩境に象徴主義の影響を指摘する論者は少なくない。ルドンもオマージュを捧げていたポーやボードレール等サンボリスト周縁の文学世界への親近を、丸山自身も口にし、『蝙蝠館』をはじめ掌編小説には実際にその影響も認められる。象徴主義との親近性は否定し難い。この系譜からの影響を踏まえれば、擬人化される〈物象〉の来歴も自ずと見えてくるのではないか。

例えば、サンボリストであるボードレールは美術評論「外国の諷刺画家たち数人」（一八五七年）中、ゴヤの版画における《幻想性《ファンタスティク》》に着目し、ゴヤの《奇妙に動物化された人間の顔貌》《人間らしさがしみこんでいる》怪物たちが、《現実的なものと幻想的なものの縫合線、接点が、把捉不可能》である界においてのみ、《真実らしい怪物性》（『ボードレール全集』Ⅲ　美術批評　上　一九八五年七月　筑摩書房）を獲得できることを記している。これは芸術における虚構のリアリティが現実《リアル》と隣接することで補完されるという成り立ちの指摘である。精神《こころ》を持たぬ獣や〈物象〉という存在は、精神《こころ》を有する人間をはじめ現実《リアル》と巧みに混淆することによって、《人間らしさがしみこん》だリアリティのある存在になり得る。こうした異形の創出は〈物象〉の擬人化の前段階ともいえるだろう。《幻想性《ファンタスティク》》という人間の創り出す虚構のリアリティについては、《地上にもわれ〳〵の住む世界の裏に未だ〳〵眼に見えない面白い世界が何枚となく重つてゐる》として、荒唐無稽な《オトギバナシ文学》（「オトギバナシ文学の台頭」『文藝時代』四巻五号　五月）を丸山も提起していた。これについては、拙著『空の歌―中原中也と富永太郎の現代性《モダニティ》―』（平成二三年一〇月　翰林書房）第二部において詳しく論じたので繰り返さないが、両者が主張した虚構のリアリティが現実《リアル》という対置すべきものの存在に依拠するという、撞着を孕んだ成り立ちには注意が必要であろう。

命をもたぬ〈物象〉が動くはずは無い、精神《こころ》などもっているはずは無い。そうした既成の概念を打ち破ること。あるいは人間と人間以外の動物や〈物象〉間に存在する、西洋のキリスト教的世界観に基いた知のヒエラルヒーを突き崩すこと。〈物象〉が擬人化される背後にはそうした既存のものへの反逆精神が含まれているのかもしれない。更に、こうした身近な動物や〈物象〉が人間のように振舞う荒唐無稽な発想や出来事は、幼子が親しむ〈オトギバナシ〉に通じるあどけない思いつきにも似て、どこかなつかしい感じを抱かせる。〈物象詩〉と共に散文も創作していた丸山が、自らの文学的主張に〈オトギバナシ文学〉と命名したのは、そうしたことにも由来しよう。幼子の思い描く、人間以外のもの、〈物象〉が歌い踊る情景。そこには幼子の無垢な感受性の中では世界の万象は等しく命を有し、自らもその一部であるというごく素朴で自在なイマジネーションが反映されている。〈物象詩〉に丸山が〈郷愁〉をからめる理由の一端はこうしたところにも由来するのかもしれない。

二

終夜《よもすがら》　カンテラが揺れてゐた葭《よし》の茂みから／雁が一羽飛び立つた／嘴を黒く燻《いぶ》らし／油
の燃えつきた儚《はかな》い顔つきをして

（「暁」、『鶴の葬式』所収）

登場する人物が〈メタモルフォーゼ〉（変身、変態）するのは〈オトギバナシ〉ではお馴染みの展開だが、〈オトギバナシ文学〉を標榜した丸山の詩世界にも、同じく〈物象〉が〈メタモルフォーゼ〉する特異な発想と展開がみられる。ところで、或る〈物象〉が他の〈物象〉に〈メタモルフォーゼ〉する現象は、属性の〈置換〉作用とも考えられるのではないか。そうであるならば、〈物象〉の擬人化とは、人間とは全く異なる〈物象〉という存在に、人間の属性が〈置換〉されることを意味する。こうした〈物象〉の〈メタモルフォーゼ〉が内包する〈置換〉作用には、〈万物照応〉という五官の〈置換〉をはじめ〈暗示〉という詩法を用いた、象徴主義の所謂〈象徴〉の本義と深く通底するところがあるのではないか。

　近代日本の象徴主義の受容には、「暗示」という方法を単なる技法上のこととしてうけとる傾向があり、結果的に、せまく象徴主義をとらえることになってしまった。日常言語を疑い、現実世界のかなたに真実を見出そうとする態度が、「暗示」という方法を生み出したのである。したがって、「暗示」は、既定の技法ではなく、指示すること以外に言葉の本質を求めようとする態度から生れたものである。それは、表層の現象の奥に隠された真実を探求し、人間の内面と宇宙の普遍性の照応を表現しようとする象徴主義の思想性にかかわっている。　（木股知史編『近代日本の象徴主義』平成一六年三月　おうふう）

木股知史氏はマラルメの言説から〈物象〉という翻訳語を用いつつ象徴主義を紹介した上田敏の、象徴主義を《類似する多義的な観念の暗示という技法》（前掲書三三頁）とする狭義の解釈による偏向が、日本における象徴主義から《表層の現象の奥に隠された真実を探求し、人間の内面と宇宙の普遍性の照応を表現しようとする》思想性という奥行きを奪ってしまったことを指摘しているが、元来象徴主義の世界観は錬金術や神秘主義との密接なかかわりからも分かるように、東方《オリエント》の大きな一元論的世界内での〈照応〉を基とする。大いなる一者に還元される円環する世界では、人間であろうと動物であろうと果ては〈物象〉であろうと差異は無く、万象は〈置換〉可能となる。何より、全てが大いなる一者へと還ってゆくのだとすれば、その原初なるもの、原形への〈郷愁〉は全ての存在の根幹に刻み込まれているといえよう。

ルドンには、ユイスマンスから勧められ制作した、フローベールの著作「聖アントワーヌの誘惑」の挿絵版画がある。一五・六世紀においてはポピュラーな画題のひとつでもあった〈聖アントワーヌの誘惑〉。沙漠に住まう隠者アントワーヌが、夢や幻影の中で女や悪魔、そして擬人化された異形のものから誘惑されるという逸話に基いたフローベールの著作の最後は、様々な動物や植物、果ては鉱物の一部が〈グロテスク〉に結合し、動物とも植物とも鉱物とも分かたれぬ異形が跳梁跋扈する饗宴が描出される。そして、その饗宴の最後は生命の誕生とも運動の始まりともいえる現象を見出すアントワーヌの狂喜の叫びで結ばれるのだ。

身体をよじり、いたるところに身体をわかち、あらゆるものの中にはいり、匂いとともに発散し、植物のように成長し、水のようにながれ、音のようにふるえ、光のようにかがやき、あらゆる形体のうえにひそみ、あらゆる原子のなかにはいり、物質の奥底にまでくだり、――物質になってしまいたいのだ！

（「聖アントワーヌの誘惑」『フローベール全集』四巻　昭和四一年三月　筑摩書房）

動物とも植物とも鉱物とも分かたれぬもの、それは固有の形や属性を解体された、形をなさぬ物質の原子あるいは本性の如きものであり、それゆえ《あらゆる形体》に溶け込むことが可能だ。アントワーヌの望みは、そうした全ての〈物象〉の原形、全ての存在の原質への回帰なのである。ここにこそ〈メタモルフォーゼ〉し擬人化される〈物象〉、そしてそこから喚起される〈郷愁〉の由来があるのではないか。日本のモダニズム詩にも擬人化された〈物象〉はたびたび登場する。しかし、〈物象〉の本性及び原形原質をも追求するかのような〈郷愁〉を喚起する丸山の〈物象詩〉は、それらとは一線を画すものであろう。象徴主義とのかかわりを指摘される丸山の〈物象詩〉の背後に、こうした擬人化される〈物象〉の来歴と、そこにこめられた深い意義を私たちは見出すべきではないか。

三

ところで、形ある〈物象〉が擬人化される〈物象詩〉からは、自ずとファンタジックな映像が喚起される。丸山詩における視覚性の指摘はそうしたところにもあるのだろう。また、丸山も直截に内面を吐露するような抒情の方法を避け、〈物象〉や外界の描出や展開を通じて、〈物象〉に仮託された内面を滲ませる表現をとっているため、そうした印象も致し方ないところがある。然しながら筆者には、丸山にとって〈みる〉ということ、即ち視覚という知覚は、必ずしも明瞭な認識につながる知覚として受け取られていなかったように思われるのだが。

私の眼のとどかない闇深く海面に消えてゐる錨鎖《べうさ》。／私の眼のとどかない闇高くマストに逃げてゐる帆索《ほづな》。／私の光は乏しい。盲目《めくら》の私の顔を照らしてゐるばかりだ。／私に見えない闇の遠くで私を瞶《みつ》めてゐる鷗が啼いた。

（「ランプの歌」、『帆・ランプ・鷗』所収）

処女詩集の表題にもなった三つの〈物象〉が〈独白〉する詩世界の舞台は、深い闇に包まれる夜の海である。それぞれの存在を感知しながらも、闇の中で絶えず揺れ続ける〈物象〉たちは、自己も他者も視覚によって認識することが出来ぬ孤独の嘆きを〈独白〉する。確かに鷗だけは帆やランプを視覚で認識しているが、肝心の自己の存在を確信出来ず、また帆やランプにも認識されないことも知っており、その孤独の深さは他と変わるところはない。こうした丸山の詩世界における視覚について考えるとき、三詩篇の内とりわけ「ランプの歌」は興味深い。視覚という認識に必要不可欠な光、その光源であるはずのランプが《盲目《めくら》》であるというアイロニー。何より、最終行に登場する鷗の《瞶《みつ》め》るという動作にあてられた〈瞶〉という漢字を、私たちは看過すべきではないだろう。『大漢語林』（平成四年四月　大修館書店）では《目をこらして見る》《めやみ。眼病》と説明されるこの〈矆〉は、『字通』（平成八年一〇月　平凡社）によれば《目がくらく、見えがたいこと》を表す漢字とされ、古辞書『類聚名義抄』では《メホロシ・メシヒ》という訓がうたれるものなのだが、丸山はこの漢字を企図して用いているように思われる。

水槽の石畳が腹に侘しいのか、アシカよ。落葉の一とひらに片眼をふさがれて、うらぶれた風景のセツトの隅に鰭《ひれ》ついてゐる。／（中略）／アシカの瞳が僕を矆る——と僕の瞳にアシカの瞳よりも黒い夜が暮れる。その夜の星空にたちまち吹きつのる郷愁の風と波のひびき。波に消され風に尾を引いて胸打つ難破したアシカの遠い汽笛。

（「アシカ」、初出『文科』第四冊　昭和七年三月）

／そうだ　嘘のないところ／ただ異様な思いだったというほかはない／野獣の　あどけない／だが　底に燃えている瞳がおれを矆《み》たとき／たちまちにおれの現実が褪《あ》せるのを感じた／いや　いや　まずい　こう言おう／おれの生きてきた　生きてゆく時間を／いまひとつの次元のちがう時間が横切った／風のように荒く呼吸し動悸《どうき》する未知の時間が——／不意に　まったく不意に／おれはその交叉する一點に佇《たたず》んだのだ／／一瞬　谿《たに》の流は止った／沈黙に応えて　森が　草が　土が　石くれが／短い絶叫の木霊《こだま》を反した／いまもそ

れが耳に鳴る
（「熊に遭った人」、『月渡る』所収）

二詩篇とも、動物という〈物象〉から、語り手は〈瞶〉られている。こうした〈物象〉から〈瞶〉られる詩篇は他にもあるが、〈物象〉の眼球が鏡面と化し、まなざしが〈瞶〉られる側に跳ね返り、〈瞶〉る側と〈瞶〉られる側の孤独な内面が響きあうかのように描出されている点は特徴的であろう。この主客混同の状態は、「熊に逢った人」で語り手が述べるように、主体の今ここで生きているという実感を希薄化させると同時に、風や波、森や草や石くれといった自然をまざまざと五官で感受することにつながってゆく。やがては自己滅却にも突き詰められるような、こうした自然や世界との共振につながる感受の在り方は、時に戦争詩の問題も孕みながら、丸山薫という詩人が終生意識し続けた遍満する〈神〉、あるいは虚無に行き着いてしまうのかもしれない。

夜更けの気配の刻々はなんと生き生きと人のやうに懐かしいのだらう。私は疲れて、花の花粉のこぼれるベンチにゐた。夜目にも白く一羽の鶴は近寄つて来たのだが、さう思つただけでたぶん私の感情が凭《もた》れかかるのを避けたのだらう。不意に足どりを早めて遠退いて行つた。その迹に暗がりが濃く鶴の形に残つてゐるやうに思へる。だが瞶《みつ》めるにつれて暗がりは波紋のやうに薄らいで散つて行つた。／水面の朧《おぼろ》な一部分が網膜の一角に映つてゐて、魚の跳ね上がる音が鮮明にそこへ結び附いた、と同時にそれは全く異つた見当の繁みの中で弾《はじ》き合つた二枚の葉の音のやうにも思ひ返された。／眼に見えない何物もが私に感じられ始めてゐた。

（「公園」、『詩・現実』五冊　昭和六年六月）

地平から噴き上げている森の緑。蒼穹《あおぞら》めざして、盛りあがり跳ねあがり、いくえにも光の輪と毬《まり》をかさね合つている梢の緑。／かゞやくそれら立体の奥ふかく、おのずからに形造られている一つの陰翳《かげ》。幹でもない、枝でもない、その陰翳《かげ》の中に浮んでくるなつかしい姿――。／なつかしい姿は生きている。息している。僕を瞶めている。おお、永遠にまばたきしない瞳で、僕を瞶めている。飛びゆく時間の羽ばたきさえ釘付けにする、あのやり切れぬ眼差しで、じつと僕を瞶めている。

（「緑」、『青い花』九号　昭和二七年六月）

「公園」では、闇夜に残存する《鶴の形》を語り手の《私》が〈瞶〉め続けていると、その《形》が拡散し、公園内の池の《魚の跳ね上がる音》や《繁みの中で弾き合つた二枚の葉の音》という、《全く異つた見当の》知覚である聴覚に〈置換〉され、語り手の五官の裡で〈照応〉する。その途端に、《眼に見えない何物もが私に感じられ始め》るという内容だ。この五官の〈照応〉する感受性そのものと化した《私》は、《生き生きと人のやうに懐かしい》《夜更けの気配》に包まれている。一方「緑」では、語り手の《僕》は〈瞶〉められる側となる。〈瞶〉める主体は、地上の刻々と移り変わる時間に合わせて変容する、生命力の象徴のような《緑》、その《立体の奥ふかく、おのずからに形造られている一つの陰翳《かげ》》の中に潜む《なつかしい姿》だという。
制作された年代も、詩世界の舞台も夜更けと真昼と異なり、〈瞶〉める《私》と〈瞶〉められる《僕》、それぞれの語り手の立場も真逆でありながら、二詩篇で語り手が感受するのは《生き生きと人のやうに懐かしい》、あるいは《生きている》と表現されるなつかしい何ものかなのである。しかもそのなつかしいものは定かな形をもたない。否、形をもたないからこそ様々なものに遍満することも可能なのだろう。〈瞶〉めるものと〈瞶〉められるものが重なり合い、語り手はその主客混同の中で感受性そのものと化すことが可能となる。

闇の中で、しかも《眼に見えない何物》（傍点筆者）かを〈瞶〉めることは、もはや〈みている〉ことにはならない、ただ感じているだけだ。また、《立体の奥ふかく、おのずからに形造られている一つの陰翳《かげ》》の中に《浮んでくる》存在に〈瞶〉められることも、視覚によって認識されているわけではなく、《僕》の内面が跳ね返ってきているだけだ。丸山にとって、〈瞶〉ること〈瞶〉られることは、眼前に在るものを知覚する視覚の限界に思いを致すこと、〈瞶〉という漢字の原義のように、視覚の不能をアイロニックにしめしているのではないか。つまり〈瞶〉ることとは、視覚という最も知と結びつく知覚の限界及び不能を認識して初めて成される、逆説的な〈視覚／知覚〉の在り様なのであろう。そして視覚の枠内に限定される形を超える何ものか、〈万物照応〉する感受性を会得し、さらにはそれを超克したとき、なつかしいものは感受され、それに伴い〈郷愁〉がわきあがるのである。

夜空に星が煌《きら》めくやうに／真昼の空にも星があると／さうおもふ想念ほど／奇異に美しいものはない。／／私は山に住んで　なぜか度々《たびたび》／そのかんがへに囚はれる／そして　山ふかく行つて／沼の面を凝《じつ》と瞶《み》つめる／すると　じつさいに／森閑と太陽のしづんだ水底から／無数の星がきらきら輝き出すのが／瞳に見えてくるのだ

（「美しい想念」、『仙境』昭和二三年三月　札幌青磁社　所収）

豊橋の高師公園内に詩碑は在るものの、この詩篇は戦中疎開していた岩根沢が舞台であろう。正しく仙境と呼ぶにふさわしい山中に在った詩人が描き出す《奇異に美しい》《想念》は、森深く陽の光も沈む暗い沼の面を《凝《じつ》と瞶《み》つめる》ことによって《見えてくる》。無論、眼前に在る沼には何も無い。そこから何も《見えてくる》はずは無い。しかし、視覚という知覚の限界を認識する〈瞶〉める行為、そこに何も無いという虚無を認識するという逆説によって、丸山にはみえるはずもないもの、形をもたないゆえに《美しい》《想念》が鮮やかに息づき存在し始めるのである。

丸山薫という詩人は終生自身を〈エトランゼエ〉、即ち異邦人であると規定し続けた。過ごした年月でいえば、少年期に加え、戦後の後半生を過ごした豊橋こそが丸山の〈故郷〉であったに相違ないのだが、そう認めることはなかった。それは、丸山の言う〈郷愁〉が一般的な意

味での〈郷愁〉とは異なるものであったことも影響していよう。形なきもの、しかし確かに息づき万象に遍満するもの、丸山自身のうちにも在り、それゆえ丸山自身も時に自己滅却に傾いてしまうもの。そうしたなつかしいものへの〈郷愁〉を、丸山薫の〈物象詩〉は内包しているのだ。〈物象〉を息づかせ、〈想念〉を煌めかせること、そのこと自体が《奇異に美しい》のだと信じることを詩法の核心として。

神保光太郎に視覚への拘泥を指摘された丸山の詩世界は、実は〈瞶〉つめ尽くして盲目と化し、虚無を認識することから生れ出るものなのである。虚無の深い闇に包まれた虚空から、深い陰翳を刻みつつ放射される〈物象〉のあえかな光。不安げに揺れ続けるランプの放射する光。その光の揺らめきの中に普遍的な〈郷愁〉を見出した丸山薫の〈物象詩〉の世界に、私たちもまた知らず知らずのうちになつかしいものを感知し、魅了されるのだ。

＊論中の、丸山薫の肖像写真については豊橋市役所市民文化部文化課、愛知大学所蔵の縁の品々の画像については愛知大学豊橋図書館から提供していただき、その掲載許可にあたっては潮流社の八木憲爾氏に格別の配慮を賜りました。ここに明記して深謝申し上げます。

歴史編

古代の朝廷と蒲郡

――三河国形原郷で見えた慶雲と公卿の祥瑞賀表

廣瀬憲雄

はじめに

蒲郡の古代を語る史料は決して多くない。試みに『蒲郡市史』（二〇〇六年三月刊行）をひもとけば、現在の蒲郡市域が三河国宝飫《ほお》（宝飯）郡の美養《みや》郷・赤孫《あかひこ》郷・形原《かたはら》郷の三郷に相当することを知ることができるが、この三郷に関わる文献史料は概して乏しく、『蒲郡市史』の原始古代編で取り上げられている木簡についても、蒲郡市域に関係する出土点数は現在のところ五点程度である。そのため、蒲郡の古代を復元するには、なお多くの困難が残されているといわねばならない。

ただし、数少ない文献史料の中でも、六国史の第四番目である『続日本後紀』の、承和六年

（八三九）十二月丙辰（八日）条は面白い記事である。この条文は、形原郷の六国史での初見記事であるとともに、形原郷で見えた慶雲（祥瑞）をめぐる中央政界の様相を示してくれる。本稿ではこの条文から、古代の朝廷と蒲郡との関係を追っていきたい。

『続日本後紀』承和六年十二月丙辰条

まず初めに、『続日本後紀』承和六年（八三九）十二月丙辰（八日）条を提示する。原文は漢文であるが、ここでは理解の便宜を図るため、書き下し文に直して、難解な語句には注を施した。また、原文は非常に長いため、適宜改行して、内容ごとに丸数字を付した。長文ではあるが、しばらく史料の世界にお付き合いいただきたい。

① 太政官、左大臣正二位臣藤原朝臣緒嗣・右大臣従二位兼皇太子傅《こうたいしふ》臣藤原朝臣三守・大納言正三位兼左近衛大将《さこのえたいしょう》臣源朝臣常《ときわ》・中納言正三位臣藤原朝臣吉野・中納言従三位臣藤原朝臣愛発《あらち》・中納言従三位兼右近衛大将《うこのえたいしょう》臣橘朝臣氏公・権中納言従三位兼行左兵衛督《さひょうえのかみ》陸奥出羽按察使《あぜち》臣藤原朝臣良房・参議正三位行左衛門督《さえもんのかみ》臣源朝臣信《まこと》・参議従三位行中務卿《なかつかさきょう》兼播磨守臣源朝臣定《さだむ》・参議大宰権帥《だざいのごんのそち》従三位兼行左大弁《さだいべん》臣藤原朝臣常嗣・参議正四位下行伊勢守臣三原朝臣春上・参議従四位上守民部卿《みんぶきょう》勲六等臣朝野宿祢鹿取・参議従四位上行

春宮大夫《しゅんぐうだいぶ》兼右衛門督《うえもんのかみ》臣文室朝臣秋津・参議従四位下守刑部卿《ぎょうぶきょう》臣安倍朝臣安仁等、奏して言《もう》さく、

②「臣聞く。惟《おもんみ》るに天《てん》は玄黙《げんもく》（静かで何も言わない）にして、徳に匪《あら》（＝非）ざれば動かず。惟《おもんみ》るに神《しん》は著明《ちょめい》（感応が明らか）にして、誠《せい》有らば必ず感ず。故《ゆえ》に人君孝治《こうち》（孝の道に則り政治を行う）せば、昊穹《こうきゅう》（上帝）は其の霊貺《れいきょう》（神霊が賜う幸い）を愛《お》（＝惜）しむこと能《あた》わず。至徳《しとく》（最高の徳）潜通《せんつう》（密かに通じる）せば、岳瀆《がくとく》（霊山名川）は之《これ》を以《もっ》て其の禎祥《ていしょう》（めでたいしるし）を効《いた》す。伏して惟《おもんみ》るに皇帝陛下（仁明天皇）、徇斉《じゅんせい》（若く聡明）にして徳を伴い、允恭《いんきょう》（恭しく信を守る）にして美を配し、洪基《こうき》（皇位）を累聖《るいせい》に纂《う》（＝継）け、前烈《ぜんれつ》（先帝の偉業）を重光《じゅうこう》（代々の盛徳）に弘《ひろ》め、浹宇《しょうう》（天下）は和を湌《さん》（賞賛）し、環瀛《かんえい》（世界中）は道《どう》を楽しむ。凡《およ》そ厥《そ》の群生《ぐんせい》（民衆）、孰《たれ》か仁に霑《うるお》わざらんや（仁政の恵みを受けていない者はいない）。伏して参河国の守、従五位下橘朝臣本継《もとつぐ》等の奏を見るに称《い》わく、去年十一月三日、五色の雲、宝飯郡の形原郷に見ゆ。又た越中国の介、従五位下興世《おきよの》朝臣高世《たかよ》等の奏に称《い》わく、去《さん》ぬる六月廿八日、慶雲新川《にいかわ》郡の若佐野村（現富山県立山町？）に見ゆ。並びに皆、彩色は奇麗にして、形象《けいしょう》は常には非《あら》ず。臣等謹《つつし》んで検ずるに、孫子瑞応図《そんしずいおうず》に曰《い》わく、『慶雲は太平の応なり。』と。礼斗威儀《れいといぎ》に曰《い》わく、『政、和平なれば則ち慶雲至る。』と。又た孝経援神契《こうきょうえんしんけい》に曰《い》わく、『徳、山陵に至らば、則ち慶雲出ず。』と。普《あまね》く曩篇《のうへん》（先人の書

物）を閲《えっ》し、緬《はるか》（＝遥）に敻牒《けいちょう》（過去の文書）を尋《たず》ぬるに、両国の上奏、事は古典に叶《かな》えり。夫《そ》れ道《どう》の区宇《くう》（世界）に格《いた》（＝至）り、仁の海隅《かいぐう》（遥か遠く）に覃《およ》ぶ（＝延）に非《あら》ざるよりは、何ぞ亦《ま》た斯《こ》の玄符《げんぷ》（天の瑞祥）を降《くだ》し、彼の景福《けいふく》（非常な幸福）を錫《たま》わんや。臣等幸《さいわい》に生涯に属し、栄《まど》（＝営）いて簪紱《しんふつ》（高位高官）を叨《むさぼ》（＝貪）る。未だ見ざるを今日に見、未だ遇《あ》わざるを茲晨《じしん》（今朝）に遇《あ》う。抃躍《べんやく》（手を打ち踊り喜ぶこと）の至《いたり》に任《た》えず。謹《つつし》んで表を拝して賀を陳《の》べて以《もっ》て聞《き》こしめす。」と。

③　勅すらく、「上霊《じょうれい》（上帝）の貺《きょう》（賜物）を施すは、允《まこと》に神功《しんこう》（神霊の功績）に帰し、玄鑑《げんかん》（賢人の洞察）の休《きゅう》（幸い）を降《くだ》すは、必ず茂烈《もれつ》（偉業）を佇《ま》つ。是《こ》を以《もっ》て、徳は就日《しゅうじつ》（太陽のような偉大さ）を佩《は》く（身につける）も、猶《な》お克譲《こくじょう》の謙光《けんこう》（謙遜の美徳）を揚《かか》げ、化《け》（帝王の徳による教化）は仁風《じんぷう》（恩沢）を揮《あらわ》すも、逾《いよい》よ靡記《びき》の挹損《ゆうそん》（草がなびくようにへりくだること）を発す。朕祗《つつし》んで丕緒《ひしょ》（国家の大業）を承《う》け、宗祧《そうちょう》（宗廟）を嗣守《ししゅ》す。履薄《りはく》（薄氷を踏むような国家統治の困難さ）は以《もっ》て邕熙《ようき》（和らぎ広まること）を想い、馭朽《ぎょきゅう》（腐った綱で動かす馬車のような国家統治の困難さ）は以《もっ》て至道《しどう》（最高の道徳）を求む。而して誠《まこと》に遠《えん》を経《ふ》るを慙《は》じ、明らかに天《てん》を動かすを謝す。何ぞ景雲《けいうん》（＝慶雲）の禎祥《ていしょう》の致すを以《もっ》て、槐棘《かいきょく》（高位の官僚）の奏賀に当らんや。嘉穀《かこく》（特異に生長した稲。瑞祥）の畝《せ》に栖《す》み、穜稑《とうりく》（早稲と晩稲）の原《げん》に亘《わた》るが若《ごと》きは、郁々《いくいく》（文化の高いさま）の非烟《ひえん》（＝慶雲。後掲『延喜式部式』参照）に匪《あら》

ずと雖《いえど》も、朕の往寧《おうねい》（かつての願い）なり。古人《こじん》云《い》わざるや、『祥《しょう》を見て戒《かい》を増さば、則ち休徴《きゅうちょう》（めでたいしるし）は応機《おうき》（時宜に適う）に至るなり。』と。人の忠誠を貢するは、以《もっ》て不逮《ふたい》（不足）を輔《たす》く。重賀の事は、都《すべ》て允《ゆる》さざる所なり。」と。

この『続日本後紀』承和六年（八三九）十二月丙辰（八日）条は、大きく二つの部分に分かれる。前半部では、公卿が天皇に「表」とよばれる様式の上申文書を奉り、天皇の徳の高さを賞賛している（①・②）。後半部ではこれに対する天皇の返答が勅という形で示され、慶賀の事は全て不許可とされている（③）。したがって、この日の出来事により何か新しいことが行われたわけではないのだが、①の部分に注目すると、天皇に表を奉った公卿として、左大臣藤原緒嗣以下十四人の名前が見えている。これは、承和六年（八三九）当時の参議以上の官人全員であり、その中には後に清和天皇の摂政となる藤原良房（承和六年当時三十六歳、権中納言）も含まれている。そのため、この日の出来事は、当時の朝廷の重要事であったと考えられる。では、この日の出来事の背景に、どのような歴史的な問題が隠れているのであろうか。続いて、②の部分に注目したい。

祥瑞について

②の部分は、公卿十四人が天皇に奉った表の文面である。この文章は、四六駢儷体《しろくべんれいたい》とよばれる優雅な、しかし難解な漢文で綴られており、ほとんどの語句が中国の故事（典故《てんこ》）をふまえているために、読解には熟練を要する。筆者の書き下しも、当然ながら「正解」として提示しているわけではなく、あくまで一案としてお考えいただきたい。

さて、②の部分には古代の蒲郡に関する記述が見えている。傍線を施した「伏して参河国の守、従五位下橘朝臣本継《もとつぐ》等の奏を見るに称《い》わく、去年十一月三日、五色の雲、宝飯郡の形原郷に見ゆ」という部分である。これによれば、去年（承和五年、八三八）十一月三日（現行暦では十一月二十三日）に、三河国宝飯郡形原郷（現蒲郡市西浦町・形原町・金平《かねひら》町・一色《いしき》町・鹿島《かしま》町・拾石《ひろいし》町一帯）において五色の雲が見えたということを、三河守であった橘本継らが朝廷に奏上したことが判明する。

この時に形原郷で見えた五色の雲は、「祥瑞《しょうずい》」とよばれる。祥瑞とは、天が時の王者の善政を賞めて下す徴《しるし》であり、中国では漢代以降、王者の正当性（正統性）を象徴するものとして盛んに利用されてきた。日本律令国家においても祥瑞の制度は継受されており、『養老儀制令』8祥瑞条や、『延喜治部省式』1大瑞条・2上瑞条・3中瑞条・4下瑞条が主な規定として残存している。このうち、『延喜治部省式』1大瑞条の冒頭部を示す。

景星《けいせい》〈徳星なり。或いは半月の如く、或いは大星の如くにして、中空にあり。〉。慶雲〈状《かたち》は烟《けむり》の若《ごと》くして烟《けむり》に非《あら》ず、雲の若《ごと》くして雲に非《あら》ず。〉……

このように、大瑞、すなわち最上級の祥瑞として「慶雲」が挙げられており、しかもその説明にある「烟《けむり》に非《あら》ず（非烟）」という表現は、前掲『続日本後紀』の③部分でも使用されていることが注目される。他の大瑞としては「麟」（麒麟）・「鳳」（鳳凰）・「龍」（龍馬）・「一角獣」などが見えており、慶雲はこれらの霊獣と同等の慶事として扱われていた（なお、日本律令国家での祥瑞の分類は、中国の制度の引き写しである）。

また、『養老儀制令』8祥瑞条の関係部分を示す。

凡《およ》そ祥瑞応見《おうけん》するは、若《も》し麟鳳亀竜《りんほうきりゅう》の類、図書に依るに大瑞に合《かな》わば、随いて即ち表奏せよ。……若《も》し獲《う》べからざること有る、及び木連理《もくれんり》の類の、送るべからざるは、所在の官司、案験《あんけん》して虚に非《あら》ずは、具《とも》に図を画《か》きて上《たてまつ》れ。其の賞すべくは、臨時に勅を聴《き》け。

このように、もし祥瑞が大瑞であった場合、その都度奏上することになっている。形原郷の慶雲も大瑞であるので、発見後すぐに奏上されたのであろう。また、祥瑞は京に運ばれることになっているのだが、後半部の規定では、慶雲のように入手できないものや、木連理《もくれんり》（木の枝が他の木の枝とつながっているもの。下瑞相当）のように動かせないものは、絵を描いて上奏し、発見者への褒賞は臨時の勅で決定することになっている。形原郷の慶雲もこの規定に従い、絵のみが京に運ばれたのであろう。発見者への褒賞が何であったかは、残念ながらうかがい知ることはできない。

公卿の賀表(上表儀)について

以上のようにして京に伝えられた形原郷の慶雲は、承和六年(八三九)十二月八日の表の中で取り上げられ、参議以上の官人全員が天皇の徳を称賛した。このような儀礼は、「上表儀《じょうひょうのぎ》」とよばれる。上表儀とは、官人個人、ないし官人集団が天皇に「表」様式の上申文書を奉り、天皇が「批答《ひとう》」とよばれる返答の詔勅を返す儀式である。

今回取り上げた『続日本後紀』の条文では、①・②が表を上《たてまつ》る(上表)部分、③が批答の部分に相当している。今回は官人集団(公卿)による上表であるが、個人の上表では官職の辞任を請うもの(いわゆる「辞表」)が多数である。

この上表儀に関する研究は、黒須利夫氏のもの(「平安初期の上表儀」〈虎尾俊哉編『日本古代の法と社会』吉川弘文館、一九九五〉)が代表的であるが、黒須氏の研究には、いくつか修正すべき点が存在している。筆者もかつて上表儀の研究を行ったことがある(「九世紀の君臣秩序と辞官・致仕の上表 ―状と批答の視点から―」〈『ヒストリア』二一三、二〇〇九〉)ので、その際の知見も紹

慶賀上表一覧

年月日	慶賀事由	上表者	場	参考	出典
神亀4・11・2	立太子・冬至	太政官・八省	中宮		続紀
神亀4・11・3	同上	僧綱			続紀
天平宝字1・4・4	立太子・祥瑞	百官	朝堂		続紀
延暦4・6・18	祥瑞（赤雀）	右大臣等・百官	朝堂		続紀
延暦11・1・14	祥瑞（薬物）	公卿	闕		紀略
延暦15・10・15	渤海国王上書	群臣	闕		後紀
延暦21・7・25	蝦夷平定	百官	―		紀略
延暦22・11・1	朔旦冬至	百官	闕		類史
天長2・11・30	算賀（嵯峨）	皇太子	―		類史
天長3・12・27	祥瑞（慶雲）	右大臣等	―		類史
天長3・12・29	同上	右大臣等	―		類史
承和1・1・16	祥瑞（慶雲）	【公卿13名】	闕		続後
承和1・4・2	同上		―		続後
承和8・11・1	朔旦冬至	公卿	―		続後
承和15・6・3	祥瑞（白亀）	【公卿13名】	闕庭		続後
承和15・6・8	同上	左大臣以下式部省・僧綱	朝堂		続後
嘉祥2・11・22	算賀（仁明）	皇太子	―	紫宸殿出御、賜宴	続後
嘉祥3・8・11	祥瑞（白亀等）	公卿	闕庭		文徳
嘉祥3・8・21	同上	公卿	―		文徳
貞観2・11・1	朔旦冬至	公卿	―	前殿出御、賜宴	三代
貞観6・1・7	天皇元服	【公卿10名】	―		三代
貞観18・9・9	祥瑞（白亀）	公卿	―	宜陽殿にて賜宴	三代
元慶3・11・1	朔旦冬至	右大臣以下参議以上	闕	宜陽殿出御、賜宴	三代
元慶6・1・7	天皇元服	【公卿10名】	闕（内裏）	西宮臨七（760頁）参照	三代

※上表者欄には、基本的に史料上の表記をそのまま引用した。ただし【　】は、史料では公卿の官位姓名が人数分、列記されていることを表す。

（黒須利夫「平安初期の上表儀」一七三頁より）

介しながら、今回の祥瑞上表を分析していきたい。

まず初めに、黒須氏は八～九世紀の上表の事例を検索して、一覧表（前掲「慶賀上表一覧」）を作成されているが、この中には今回の承和六年（八三九）のものは収録されていない。その理由はおそらく、今回の史料の①部分末尾に「奏して言《もう》さく」とある一方で、「慶賀上表一覧」に収録されている承和元年（八三四）や承和十五年（八四八）の事例では、同じ部分に「表を上《たてまつ》りて言《もう》さく」と、表を奉った旨が明記されているからであろうが、今回の史料の②末尾に注目すると、「謹《つつし》んで表を拝して賀を陳《の》べて以《もっ》て聞《き》こしめす」と、やはり表を奉った旨が明記されている。そのため、今回の事例も「慶賀上表」の中に含めて考えるべきであろう（なお、類似の様式としては「状」が存在するが、その場合は「状を修《おさ》めて以《もっ》て聞《き》こしめす」（『菅家文草』巻九、源相公《げんしょうこう》が為に右衛門督《うえもんのかみ》を罷《まか》らんことを請うの状）のように、「状」である旨が明記されることがあるので、表とは区別が可能）。

では、今回の承和六年（八三九）の事例も慶賀上表に含めるならば、上表儀の理解はどのように変わるのであろうか。この点に関しては、儀礼の参加人数と会場に注目したい。一般に儀式・儀礼というものは、参加者にある種の一体感を与えた上で、その社会・国家の秩序（ここでは天皇を中心とする律令国家の秩序）を再確認する場であるので、誰が参加しているのか、またどこでどのように行われるのかということは重要な問題である。

この点に関して黒須氏は、前掲「慶賀上表一覧」などを論拠として、A　八世紀には太政官や八省が上表を行っていた、B　延暦年間には上表儀が整備され、官人全体が参加して朝堂で上表を行う形式に変化した、C　大同年間から承和年間にかけて参加者が公卿に限定され、それに伴い会場も朝堂から内裏へと変化した、との三点を指摘している。以上の理解は、儀式や政務全体の参加者が限定され、会場も内裏の中に入っていくという平安初期の傾向とも一致しているのだが、C部分の理解には問題もある。

まず参加者に関しては、今回の承和六年（八三九）の事例においても、先に確認したように参議以上の官人全員であることは疑いないのだが、前掲①部分の冒頭には、公卿十四人を列挙する前に「太政官」の三文字が入っていることに注意すべきである。このような事例としては、他に承和元年（八三四）正月十六日のものも指摘できる。『続日本後紀』の同日条（丁卯条）を示す。

是《これ》より先、大宰府上言すらく、「慶雲、筑前国に見ゆ。」と。是《ここ》に到りて、太政官左大臣正二位臣藤原朝臣緒嗣……（公卿十一人省略）……参議従四位上右大弁兼行下野守藤原朝臣常嗣等、表を上《たてまつ》りて言《もう》さく、「……謹《つつし》んで闕《けつ》に詣《もう》で表を奉りて賀を陳《の》ぶ。」と。勅報に曰《い》わく、「……瑞を賀すの言、閉じて聴《ゆる》さず。」と。

ここに見える「太政官」とは、言うまでもなく左右大臣や大中納言・参議を含んでいるのだが、この点は黒須氏の理解のA、すなわち八世紀には太政官や八省が上表を行っていたこととも関係してくる。黒須氏は、八世紀の太政官や八省の上表を、平安時代の上表とは異なるものととらえているが、承和十五年（八四八）には式部省・僧綱《そうごう》の上表も見えている（前掲「慶賀上表一覧」参照）ため、両者を単純に切り離すことは難しい。平安時代に見える公卿の上表は、むしろ八世紀の上表儀の流れを汲むものと考えるべきであろう。

続いて会場に関しては、今回の承和六年（八三九）の事例では、残念ながら明記されていない。しかし前掲「慶賀上表一覧」には、承和十五年（八四八）に朝堂で行われた例が収録されている。『続日本後紀』の該当条文（同年六月乙未（八日）条）を示す。

左大臣以下、重ねて朝堂に詣《もう》で、表を上《たてまつ》りて曰《い》わく、「……重ねて詣《もう》で表を拝して以《もっ》て聞《き》こしめす。」と。復《ま》た式部省及び僧綱《そうごう》等、表を抗《こう》じて白亀の瑞を賀す。

ここで注目したいのは、「重ねて朝堂に詣《もう》で」という部分である。「重ねて朝堂に」とあるからには、これ以前にも朝堂で上表が行われているはずであるが、実際、同年同月庚寅（三日）条には同内容の上表のことが記されている（前掲「慶賀上表一覧」参照）。すなわち、承和十五年（八四八）六月には公卿からの上表が二度行われたが、いずれも朝堂で儀礼が行われたものと判断できる。

さらに、六月三日に上《たてまつ》られた表の末尾には「謹《つつし》んで闕庭《けってい》に詣《もう》で、表を奉りて賀し聞《き》こしめす」とあり、上表場所である朝堂のことを「闕庭《けってい》」と表現している。そのため、前掲「慶賀上表一覧」に「闕《けつ》」・「闕庭《けってい》」と見える場所は、全て朝堂であるという可能性が生じてしまい、黒須氏が想定するような、参加者の変化（百官→太政官〈公卿〉）と会場の変化（朝堂→内裏）との連動に疑問が発生してしまう。これらの点からすれば、今回の承和六年（八三九）の上表儀も、内裏ではなく朝堂で行われたと考えるべきであろう。

賀表への対応について

以上検討してきたように、形原郷の慶雲に伴う公卿の慶賀上表は、八世紀の上表儀の流れを汲み、朝堂で挙行されたものと考えられるのだが、形原郷で慶雲が発見されたのは承和五年（八三八）十一月三日なのに対し、慶賀上表が行われたのは翌承和六年（八三九）十二月八日であり、一年以上の開きがある。前述のように、慶雲は大瑞であるので、発見後すぐに京に報告されたはずであるから、形原郷の慶雲は最大級の慶事でありながら、一年以上も対応がなされないままであったことになる。これはなぜであろうか。

この点は、今回は行われることのなかった「慶賀の事」から類推できる。代表的な事例を挙げると、天長三年（八二六）十二月には、宮中の豊楽殿《ぶらくでん》・紀伊国海部《あま》郡・筑前国那賀《なか》郡での慶雲により大赦を行い、承和元年（八三四）十月には、佐渡国での慶雲により叙位・賑恤《しんじゅつ》（穀物の配給）などを行い、承和十五年（八四八）六月には、豊後国大分郡での白亀出現により「嘉祥」と改元し、大赦・賑恤《しんじゅつ》・当年の租の半減を行っている。

これらの施策は、時を選ばずに行われたものではない。天長三年（八二六）の大赦に関しては、令制下では立春から秋分までは死刑の奏上と執行ができない（春夏は陽の季節に当たるため。『養老獄令』8五位以上条参照）ので、死刑囚の拘留期間の長期化を避けることを目的に釈放したものと考えられ、承和元年（八三四）の叙位・賑恤《しんじゅつ》は、仁明天皇の即位に関係するものであろうし、承和十五年（八四八）に行われた当年の租の半減などは、同年五～六月の長雨による不作への対応と考えることができる。

このように、祥瑞賀表を受けて行われる慶賀は、単なる慶事の祝いではなく、その時々における政治課題を解決するための政策という側面を有していた。その意味では、形原郷の慶雲は、発見当初では特段の政治課題が見当たらなかったためか利用されず、約一年を経過した承和六年（八三九）十二月の時点で初めて、何らかの政治的課題を解決するために利用された、ということになろう（もっとも、天皇の返答は「都《すべ》て允《ゆる》さざる」であるから、天皇は祥瑞を契機とした政策発動を不要と判断しているのだが）。

おわりに

以上が、承和六年（八三九）に行われた、形原郷の慶雲に伴う公卿の慶賀上表の一件である。この時代には、このような慶賀上表は盛んに行われていたのだが、それは天皇の徳の高さを強調することにより、天皇を中心とする律令国家の正当性（正統性）を確認・強化していくという意味が、上表儀の中に含まれていたためであろう。

最後に、形原郷の「慶雲」＝五色の雲の正体について述べておきたい。気象学に詳しい方ならばある程度の推測がつくとは思うのだが、これは「彩雲《さいうん》」とよばれる気象現象である。原理としては、太陽の光が上層の雲に含まれる氷の結晶に当たると、各色の光は屈折率が異なるため、氷の結晶を通過する際に分離して、雲中に彩色が発生する（虹と同様）というものである。大変綺麗な気象現象であり、形原郷に限らず全国で発生するので、たまには空を見上げて祥瑞を探してみるのもよいかもしれない。ただし、現在の日本国は律令国家ではないので、祥瑞を発見しても褒賞は出ないのであるが。

西郡という地名——中世の文献史料から探る

山田邦明

はじめに

ずっと昔からあったようにみえる「蒲郡」という地名が、実は「蒲形」と「西郡」をあわせて作られた、比較的新しい地名だということを知ったときには、正直いって意外な思いがした。調べてみると、明治九年（一八七六）に「蒲形村」と「西郡村」が合併して「蒲郡村」が誕生したのが、「蒲郡」という地名ができた瞬間らしい。そのあと蒲郡村・小江村・府相村・新井形村が合併して、新たな「蒲郡村」が生まれ、これが「蒲郡町」となり、さらに「蒲郡町」の範囲が広がっていって、昭和二十九年（一九五四）に「蒲郡市」が誕生、大塚村・形原町・西浦町を合併して、現在の市域になったということである。(1)

「蒲郡」の語源となった「蒲形」は、中世の荘園「蒲形庄」からきたもので、その由来はわかりやすいが、一方の「西郡」のほうは、よくわからないことが多い。とりあえず平凡社の『愛知県の地名』の「西郡村」の項を見ると、次のように説明されている。

西郡村　現、蒲郡市蒲郡町

蒲形村と西郡村とは村域の区別がつけがたい。慶長九年（一六〇四）の検地帳には蒲形村とあり、寛永年間（一六二四～四四）の三河国村々高附、元禄郷帳、天保郷帳とも西郡村の記載がない。

康正二年（一四五六）の「造内裏段銭弁国役引付」に「四百文　同日　同　岩堀修理亮殿　三川国西郡中村段銭」とあり、西郡中村の地名がみえる。また「松平記」の永禄五年（一五六二）三月の項に「三河国西郡の城に鵜殿長助籠り候。岡崎衆松平左近しきりに攻、云々」とある「西郡の城」とは、同年に落失した上之郷城をさすとすれば、西郡の呼称は、現神ノ郷町辺りまでをも含む地域をさすものとみられる。

天保期（一八三〇～四四）までは、蒲形村と単に「町」と称する地とは行政を別とし、嘉永（一八四八～五四）頃に西郡町と蒲形村とに書分けられたとされている（蒲形村誌）。「蒲郡町誌」に、西郡市として「毎月五・十ヲ市日トス。往昔ハ神之郷村ニ市場ト称スルトコロ在リシヲ、年号不詳市神ヲ当所ニ移シ、以来今ニ絶エズ」とあるので、蒲形村内の市場が設けられた地を「町」と称していたものか。明治二年（一八六九）には「町」を西郡村と称している。あるいは長存寺に眠る西郡君にちなみ西郡村としたものか。明治九年蒲形村と合併して蒲郡村となる。(2)

「蒲形村」と「西郡村」は本来一体のもので、かつては「蒲形村」と呼ばれていた。ところが天保の頃に「町」という地域が生まれ、やがて「西郡町」といわれるようになる。そして明治二年には「西郡村」となり、明治九年に蒲形村と合併したということらしい。

このように「西郡村」という村は近年のものらしいが、この地名のもとになった「西郡」という呼称は中世に遡る。ここには室町時代後期の康正二年の史料に「西郡中村」とみえることと、『松平記』に「西郡の城」（上之郷城）があらわれること、さらに「西郡君」（この地の出身で徳川家康の側室となった「西郡局」）のことが示されており、『松平記』の記述から、「西郡」の中には現神ノ郷町あたりも含まれるという推測がなされている。

『愛知県の地名』が刊行された昭和五十六年（一九八一）段階の研究現状はこのようなものだったと思われる。その後の平成元年（一九八九）刊行の『角川日本地名大辞典　愛知県』にも「西郡」の項があり、その中世部分には次のように記されている。

南北朝期から見える地名。三河国宝飯郡のうち、康永四年三月十七日の足利尊氏下文案に「参河国西郡内平田村白鬚・沢河・恒吉」を勲功の賞として多度元利房に宛行うと見える。平田村を含む宝飯郡西部三河湾沿岸の西田川・落合川流域一帯を西郡と称した。この多度氏（多度元氏か—筆者注）知行地はその後沢川の慈恩寺領となり、その管領者足利満詮が応永二十二年六月三日に正育首座に譲り、永享四年八月十七日に正育から中慶上座へと譲られ、慈恩寺は西山地蔵院の末寺となった。「康正二年造内裏段銭幷国役引付」に岩堀修理亮が「三川国西郡中村段銭」四百文を納入したことが見える。幕府奉公衆岩堀氏一族の知行地が西郡にあった。

十五世紀後半に鵜殿氏が西郡に勢力を伸ばし、宗家の上ノ郷城を中核として下ノ郷・柏原・不相などに一族が分布した。戦国期には西郡といえばこの鵜殿氏ないし鵜殿氏の支配領域を指すようになる。大永七年に連歌師宗長は深溝を発って「西の郡、鵜殿三郎宿所、ひるとをり、ゆづけなど有て」伊奈へ至っている。また連歌師宗牧は天文十三年十一月、東国へ赴く途中に「西郡」へ立ち寄り、鵜殿長持・玄長らの歓待をうけて二十三日間も逗留し、その間十一月二十五日に彼ら国人と「西郡千句」を張行している。

今川氏の進出によって鵜殿氏はその縁戚となって今川部将の地位を確立したが、義元の死によって事態は大きく変化した。西郡防衛のため永禄四年七月今川氏真は牛久保の牧野成定に西郡への移住を命じたが、牧野氏はこれを拒否した。翌五年二月松平元康はついに西郡に攻め入り、上ノ郷の鵜殿長照を討った。同年六月十一日の日扇書状に「就西郡落城、鵜殿藤太郎殿御傷害」とある。上ノ郷鵜殿氏没落後は久松佐渡守俊勝が西郡を与えられて入部した。「家忠日記」天正十五年三月十四日条に俊勝が「西郡」で死去した記事がある。

なお江戸期には、広義では旗本松平清昌知行の十一か村（蒲形村・三谷村・牧山村・平田村・五井村・西迫村・不相村・清田村・坂本村・小江村・水竹村）を総称して西郡領あるいはたんに西郡と呼び、狭義には蒲形村内の旗本松平氏の陣屋・家中屋敷およびその町場を西郡町と称して農村部と区別した。また、この旗本松平氏を西郡松平氏とも呼ぶ。(3)

ここでは「西郡」にかかわるあらたな史料もとりあげながら、「西郡」の場所や領域についていくつかの言及がなされている。まず南北朝期の康永四年の足利尊氏下文案から、「平田村を含む宝飯郡西部三河湾沿岸の西田川・落合川流域一帯を西郡と称した」とされ、また戦国期になると、西郡といえば鵜殿氏の支配領域を指すようになるとも述べられているが、地名辞典という書物の性格上、詳しい論証は示されていない。

そして平成十八年（二〇〇六）、『蒲郡市史』本文編Ⅰ（原始古代編・中世編）が刊行されて、研究状況は大きく進んだ。本書は中世の蒲郡市域のありさまを詳細に解明した画期的なもので、

「西郡」の記載のある史料も多く紹介されている。ただ一読した限り、「西郡」という地名そのものについて本格的に分析を加えたところはなく、「西郡」の範囲などについての言及が数か所ある程度だった。たとえば前述した康正二年の史料にみえる「西郡中村」の場所についてふれたところに、次のような記述がみえる。

ここにいう「西郡中村」は、小字の中村から類推すれば、牧山村中村（現蒲郡市豊岡町）か形原村中村（現蒲郡市形原町）のいずれかであろう。岩堀氏は、形原に隣接する幸田に本貫地をもつ奉公衆であり、形原の中村とすれば、地理的な位置からは了解しやすい。しかし、「西郡」というのは一般的には蒲郡・三谷・竹谷辺り一帯とされるので形原の中村とするには無理があり、やはり牧山の中村とするのがよいように思われる。(4)

ここでは「西郡」の範囲について、「一般的には蒲郡・三谷・竹谷辺り一帯とされる」と述べられているが、その根拠は示されていない。また、下って永禄五年（一五六二）の上之郷落城後の情勢について記した部分にも「西郡」についての記述がみえる。

久松俊勝が与えられた領地は上ノ郷鵜殿氏の領地といわれているが、その領域は分かっていない。『寛政重修諸家譜』では、「三河国西郡の城を父俊勝に賜う」と俊勝の二男康元（於大の第一子）の項に記されている。康元は、松平姓を与えられ、松平因幡守を名乗っていた。そのため、深溝松平家忠の日記（『家忠日記』）には、康元が「西郡因幡」「西郡松平因幡」などの名で何度も出てくる。江戸時代に西郡領主となった竹谷松平清昌の屋敷は、下ノ郷鵜殿氏の居城であった下ノ郷城址付近に作られているが、上ノ郷城落城の時には、下ノ郷鵜殿長竜は、上ノ郷鵜殿氏と袂を分かち、本領を安堵されていたので、江戸時代の西郡の意味ではない。

また、『家忠日記』には、天正五年（一五七七）十二月に「西郡五井太郎左衛門へ挨拶に来た」とある。「五井太郎左衛門」は五井松平景忠のことで、「西郡」を付して書いたのである。西郡は広い範囲で旧蒲郡町・旧三谷町あたりを示す言葉として使われることもあり、「西郡の城」は現在でいえば「蒲郡の城」ということであると思われる。

上ノ郷城は、落城後廃城ともいわれていたが、上ノ郷鵜殿氏の領地だった地域には、上ノ郷城以外に城はなく、久松俊勝及び久松松平康元は、上ノ郷城を与えられたと考えられる。(5)

上ノ郷城の鵜殿氏が滅亡したあと、徳川家康（当時は松平元康）は母の夫にあたる久松俊勝

（長家）を跡地に入れ、俊勝の子の松平康元は『家忠日記』に「西郡因幡」という名であらわれる。俊勝と康元がいた「西郡」の城は、竹谷松平氏（江戸時代の西郡領主）の屋敷ではなく、上ノ郷城にあたると考えられる、というのが全体の論旨で、あわせて『家忠日記』の中に「西郡五井太郎左衛門」という表記があることにふれ、「西郡は広い範囲で旧蒲郡町・旧三谷町あたりを示す言葉として使われることもあり」と述べられている。上ノ郷からやや離れた五井も広い地域を指す「西郡」に含まれる、ということであろう。

このように「西郡」の範囲に関する言及がないわけではなく、旧蒲郡町を中心に、三谷や竹谷を含む一帯のように理解されているようであるが、その論拠は詳しく述べられていない。自身の調査不足かもしれないが、中世の「西郡」の範囲や由来、歴史的変遷などについて全面的に検討したものはないような気がする。現段階ではとりあえず、「西郡」という記載のある史料を詳しく分析して、いろいろ考えてみることが必要であろう。

康永四年の文書について

「西郡」の名がみえる早い時期の史料としてまず注目されるのが、『蒲郡市史』でも紹介されている、南北朝時代前期、康永四年（一三四五）の二通の文書である。

【史料一】将軍足利尊氏下文案

等持院殿御判

下　多度元利房

可令早領知参河国西郡内平田村・白鬚・沢河・恒吉事

右、為勲功之賞所宛行也者、守先例可致沙汰之状如件、

康永四年三月十七日(6)

【史料二】執事高師直施行状案

参河国西郡内平田・白鬚・沢河・恒吉事、任今年三月十七日御下文之旨、可被沙汰付多度元利房代之状、依仰執達如件、

康永四年七月廿二日　　武蔵守在判

高尾張守殿(7)

これは京都大学総合博物館で所蔵している、京都の地蔵院にあった文書で、室町幕府が多度元利房という武士に三河の所領を与えたことにかかわるものである。【史料一】は将軍足利尊氏の下文、【史料二】は執事の高師直が三河守護の高尾張守（師兼）にあてて、当該地を利房の代官に渡し付けるように命じた施行状である。

このとき多度元に与えられた所領は、【史料一】では「参河国西郡内平田村・白鬚・沢河・恒吉」、【史料二】では「参河国西郡内平田・白鬚・沢河・恒吉」と記載されていて、「西郡」の中の土地だったことがわかるが、この所領記載をどう理解するかについては検討すべき点がある。この史料は平成十三年（二〇〇一）に刊行された『愛知県史』資料編8（中世1）に収録されているが、そこでは【史料一】の該当箇所について「参河国西郡内平田村白鬚・沢河・恒吉」というように並列点を施しており、「平田村」の中に「白鬚・沢河・恒吉」があったと編者が理解していたことがうかがえる。さらに『蒲郡市史』でも「康永四年三月に、足利尊氏から、勲功の恩賞として西郡内平田村の白鬚・沢河（川）・恒吉が多度元利房に与えられており」と書かれてあり[8]、同じように理解されているようである。

ただ【史料一】にも「平田村内」とは書かれておらず、また【史料二】には「平田」とあって「村」記載がない。【史料二】の表記についても『愛知県史』は「平田白鬚・沢河・恒吉」と並列点を付しているが、「平田・白鬚・沢河・恒吉」というふうに、四つの地名を並べたものとみるのが自然であろう。さらに「平田」「白鬚」「沢河」の場所を検討してみても、この四か所が並んでいたと考えるほうがうまく理解できるのである。

「平田村」「平田」は現在の平田町のあたりとみてまちがいなかろう。「白鬚」という地名はないが、『蒲郡市史』が指摘するように、現在の清田町間堰に白髭神社があるから[9]、中世の

「白鬚」はこの付近と推測できる。続く「沢河」については、応永二十二年（一四一五）六月三日の足利満詮の譲状写に「参河国西郡内沢川慈恩寺事」とみえることが参考になる。[10]現在清田町の陣の山の山麓に慈恩寺という寺があるので、[11]「沢川」はこのあたりを指す地名とみられる。このようにみていくと、「平田」「白鬚」「沢河」の故地は西田川に沿って南から北へ（下流から上流へ）、きれいに並んでいることがわかる。「恒吉」については史料がないが、地名の並び方からみて、沢河より北、西田川のもっとも上流のあたりにあった集落ではないかと思われる。

「村」というのは「郷」よりやや小さめの集落の単位なので、「平田村」はそれなりの規模を持ち、「村」といえるようなものだったのだろう。「白鬚」「沢河」「恒吉」はもっと小規模の集落だったので、「村」をつけずに表記されたと考えられる。このように平田・白鬚・沢河・恒吉とつながる西田川流域一帯が、まとめて多度元利房に与えられたということになるが、「西郡内平田村・白鬚・沢河。恒吉」という記載から、この一帯が「西郡」に含まれていたことが判明する（応永二十二年の文書にも「西郡内沢川」とみえる）。

時代が下って戦国時代のはじめの史料にも、この地域と「西郡」のかかわりを示すものがある。岡崎の満性寺にある「沙石集抄」という書物の奥書にみえる、「于時永正四年丁卯五月二十六日、於三川国宝飯郡西郡楠之安楽寺方丈書之」という記述である。[12]永正四年（一五〇七）の五月に舜禎という僧侶が「三川国宝飯郡西郡楠の安楽寺の方丈」でこの書物を筆写したというのである。ここにみえる安楽寺は現在の清田町にあり、「白鬚」の故地と考えられる白髭神社と隣接している。この地域は楠の産地で、安楽寺の山号も「楠林寺」である。[13] こうした事情から「楠の安楽寺」と表記したのだろうが、この奥書からこの地が「三川国宝飯郡西郡」に含まれていたことが確認できるのである。

「西郡中村」をめぐって

康永四年の文書は、「西郡」について多くのことを語ってくれるが、これは「西郡」の初見史料ではなく、『南狩遺文』に収められている、興国四年（一三四三）二月三日の後村上天皇綸旨写[14]が、「西郡」の名がみえる最初のものであろう。これは久留栖二郎左衛門尉にあてて出された、「参川国西郡猷覚一慎跡四分一」を勲功の賞として宛行うという文書で、三河国の「西郡」に猷覚一慎という僧侶の所領があったことがわかる。後村上天皇は吉野にいた南朝の天皇で、興国四年も南朝の年号である。先に見た康永四年の文書は北朝方（足利方）によるもので、興国四年の二年後にあたる。南北朝のはじめごろには「西郡」という地域呼称があり、北朝方か南朝方かを問わずに用いられていたことがわかるのである。

南北朝から室町時代にかけて、「西郡」がみえる史料がいくつか存在する。尾張の津賀田神社（名古屋市瑞穂区）にある大般若波羅蜜多経の一巻に、「応安四年辛亥七月廿六日、三川国西郡長尾寺礼達書写了」という奥書があり[15]、応安四年（一三七一）当時「西郡」に「長尾寺」という寺があったことがわかる（ただ長尾寺については他に所見がなく詳細は不明）。さらに先にみた応永二十二年（一四一五）の足利満詮譲状写に「参河国西郡内沢川慈恩寺事」とみえ、関連史料である永享四年（一四三二）の僧正育譲状[16]には「参河国西郡内沢川慈恩寺事」、永享五年の地蔵院補任状案[17]には「三河国西郡内慈恩寺住持職事」とある。そのあとに「西郡」がみえるのが、前記した康正二年（一四五六）の「造内裏段銭并国役引付」である[18]。

この史料は室町幕府が内裏などの造営費用として段銭などを賦課したときの帳簿で、幕府に段銭を納入した武士や寺社の名前とその知行地、納めた銭の額を書き上げたものである。三河の領主も多くあらわれるが、その中に「四百文　同日、同、岩堀修理亮殿、三川国西郡中村段銭」という記載があるのである。「四百文」は上納額で、「同日」は納めた日付（ここでは五月二十九日）、「同」は送状や請取があることを示す。そして「岩堀修理亮殿」が納めた領主の名で、「三川国西郡中村段銭」は、岩堀の所領であった「三河国西郡中村」の分の段銭として納められたことを示している。

この史料から当時「西郡中村」とよばれるところがあり、岩堀修理亮が領主であったことが知られる。この「中村」の場所について、昭和四十九年（一九七四）刊行の『蒲郡市誌』には「ちなみに「西郡中村」は小字名から類推するに、現在の豊岡町（旧牧山村）中村地区か、形原町中村地区がそれに当ると思われる。岩堀修理亮は隣接する幸田町に本願（本貫か―筆者注）領地を持つ幕府奉公衆の一員であることがはっきりしているので、ここにいう「西郡中村」は地理的位置や開発の歴史から見て、おそらく形原町中村地区をさすものであろう」という記述がある。(19) さらに前に引用したように、『蒲郡市史』では同様にこの二ケ所を候補地としてあげ、牧山村（今の豊岡町）の中村にあたるのではないかと推定されている。「中村」という地名が牧山村と形原村にあるが、「西郡」は一般には蒲郡・三谷・竹谷あたり一帯をさすので、形原ではなく牧山の中村のほうがいいのではないかということである。

たしかに形原は「西郡」の中心部分から離れており、また「形原」は古代以来の由緒ある地名なので、もしもこの地をさすならば「形原中村」と表記するのが自然であろう。従って牧山村の中村のほうが可能性が高いとみてよかろう。ただこの「西郡中村」の場所を、現在「中村」の小字の残っているところに限定して考えなくてもいいのではないかとも思う。そもそも「中村」というのは、ある地域の中心地という意味だから、「西郡中村」は上ノ郷城や下ノ郷城のある、現在の蒲郡の中心部分にあったという可能性も捨てきれないのである。

このとき「西郡中村」の分として納められた段銭は四百文だが、この金額から所領の規模を推測することもできよう。近くの地名を探してみると、たとえば「朝倉左京助」が納めている「三河国宝飯郡為任郷段銭」は一貫文である。この「為任郷」は現在の為当町（豊川市）のことだろうが、「西郡中村」の所領規模は「為任郷」の半分弱ということになる。「為任郷」は「郷」で「中村」は「村」なので、「中村」のほうが「為任郷」より小さいことは自然であるが、それでも狭小の土地ではなく、「村」と名乗れるだけの広さを持っていたとみてよかろう。「西郡中村」がどこにあたるかはわからないが、牧山村の中の「中村」では規模が小さすぎるように思えるのである。

戦国時代の史料にみえる「西郡」

戦国時代前期の永正九年（一五一二）、越後三条の本成寺の住持日現が三河の長応寺に逗留しているが、この過程で遺されたいくつかの記事に「西郡」の記載がみえる。一つ目は永正十年十二月二十八日に本照寺日澄が記した「同異決私聞書」上巻の奥書で、日現の行程を記した部分に「七月廿二日三河国西郡長応寺ニ着」という一文がある。[20] 二つ目は永正九年九月十三日に日現が遠江本興寺の日勝に示した「伊巻当門深秘五箇」という巻子の奥書で、「本成寺日現上人三州西郡長応寺御逗留之御時参詣申、奉伝授候也、日勝」と記載されている。[21] そして三つ目は永正十年六月二十六日に日現が日尋に示した「祈禱経袖書」の奥書で、「三州西郡蒲形庄於長応寺書之、現聖人御滞留之時有御免也、三位公日尋」と記されている。[22] 三つの史料にはそれぞれ「三河国西郡長応寺」「三州西郡長応寺」「三河国西郡蒲形庄於長応寺書之」とあり、長応寺が三河の「西郡」にある寺と認識されていたことがわかる。ことに三つ目の史料には「西郡蒲形庄」と見え、長応寺が「蒲形庄」の中にあったこと、「蒲形庄」が「西郡」に含まれると認識されていたことがわかるのである。

これから五年ほどあとの大永七年（一五二七）、連歌師の宗長が伊勢・尾張を経て三河を通ることになる。このときのことは宗長の著した『宗長手記』に記されているが、その中に「西の郡」が登場する。宗長は深溝の松平大炊助の宿所に泊って連歌会を興行するが、そのあと「西の郡、鵜殿三郎宿所、ひるとをり、ゆつけなと有て、井奈といふ牧野平三郎家城一日逗留、又興行」というように行程を記している。(23) 深溝を出発した宗長は「西の郡」の「鵜殿三郎宿所」に昼ごろ赴き、ここで湯漬などをいただいたあと、また出発して「井奈」（伊奈）に赴いたというのである。ここにみえる「鵜殿三郎」は上ノ郷城主の鵜殿長持で、宗長は「西の郡」にある鵜殿長持の宿所で休憩したというわけだが、この記事から長持のいた上ノ郷城のあたりが「西の郡」と認識されていたことがわかる。

下って天文十三年（一五四四）、宗長の弟子にあたる連歌師の宗牧が「西郡」の地にあらわれ、しばらく逗留する。そのありさまは宗牧が著した『東国紀行』に詳しく書かれている。岡崎を出発して「西郡」に入るところの記事は以下のようなものである。

【史料三】『東国紀行』

明日深溝まて送の事申たれハ、西郡より孝清きむかはれたり、金剛軒にて一夜閑談しつゝ、みな〳〵同心して岡崎を立たり、松平又八舎弟路次まてむかひ、うちつれて深溝に着たり、むかひの小寺に旅宿いひつけられ、小野田雅楽入道所、石風呂よしとて休息して、又八見参、数年のをこたりなと申侍り、父大炊助時より無等閑事なれハ、心やすく両日遊覧して、

　花かともいふまて雪のまかきかな

柴垣新敷しわたして、なにとかなおもへる気色を謝したる様なり、此会へは鵜殿光義、そのほか見翁坊・藤介・元心なと、更行ほとも忘たり、西郡へはほとも近けれハとて、又中酒事過ぬ程に立侍り、藤太郎道までむかひ、うちハへて先常顕院へつきたり、長持より使同道して、しつかに城の山々里々見し、世にかハらぬ年をへて、繁昌所からにや年からにや、当国数度の忩劇をものかれし城なり、去々年尾州まて下りし時も、此次音信すへしとて、千句の用意、旅宿ことしことあたらしくかまへられけるとなん、難去子細ありて上洛、今度の下国もおほくは左様の礼かなと存よる事なり、先応寺(長応寺カ)興行あるへしとて、

　鐘の音も半はゆきのみやかな

雪山童子半偈と思ひよれるはかりなり、此会已後、於城千句有増あり、俄なる事にて一向無調法なから、先年の無念はかりをとあれハ、不及辞[24]、

岡崎にいた宗牧が、明日は深溝に行くという連絡を聞いて、「西郡」にいた弟子の孝清が、わざわざ迎えに来てくれた。明くる日宗牧は岡崎を出発して深溝に着き（松平好景・伊忠父子の館）、両日遊覧して連歌会も開いた。この会には鵜殿光義（長持）や鵜殿藤介（長持の次男長忠）、松平元心（五井城主）も参加していた。「西郡」まではそう遠くないから今日中に行ってしまおうというわけで、やおら出発したところ、鵜殿藤太郎（長持の長男長照）が道まで迎えに来てくれて、いっしょに進んで、まずは常顕院に着いた。ここからは鵜殿長持の使いも同道して、ゆっくりと城山や里を見ながら進み、長応寺に入って連歌会を開き、(25)このあと城で千句の連歌会を開いた。記事の内容はこのようなものである。

ここにみえる「西郡」は鵜殿長持の居城の上ノ郷城のあたりのようにも思えるが、上ノ郷城にいくまでの盆地もひとつながりの地域と認識されていたようにみえる。常顕院についてはほかに所見がないが、深溝を出て宝飯郡内に入ったばかり、今の塩津あたりにあった寺ではないかと思われる。ここから東に進んで見た城山というのは、竹谷城などのことだろう。

「西郡」にしばらく逗留した宗牧は、十二月十日にようやく東に向かって出発する。

【史料四】『東国紀行』

十二月十日、西郡を立侍るに、百人はかりうちをくり、みや・こしこえといふおもしろき海つらより別れたり、

さする人なくて別れし旅寝にも名残ハさそなおいのこしこえ

ほしこえを、こしこえとき、たかへて、若衆たちへのされ事なり、又申なをして、

立帰り又も逢まくほしこえやかす〳〵あかぬ老のさか哉

うしくほよりむかひの人に逢まてと、藤太郎・又三郎以下駒なへてゆくに、大塚といふ里あり、この所にむかしとうりうせし事なと思ひ出て、岩瀬式部方(26)へ案内しつゝ、行ハ、ほとなくうしくほのむかひ来り、さらハ是よりとて西郡の衆はかへしつゝ、

「西郡」を出発するにあたって、百人ばかりの人が来て、いっしょに「打ち送り」をしてくれた。そして「みや・こしこえ」という「おもしろき海つら」でこの人たちと別れたと、ここには記されている。そのあとの記述にみえるように、「こしこえ」は「ほしこえ」の聞きまちがいだったというから、今の星越峠か星越海岸のあたりとみてよかろう。「おもしろき海つら」で別れたとあるから、送ってきた人々と別れたのは、現在の三谷町と大塚町の境にあたる、山の迫った海岸沿いの道ということになろう。現在の地形をみてもわかるように、この地は東西

を区切る境界の地にあたっていたと思われるのである。

その後宗牧は鵜殿藤太郎らとともに進んで、「大塚の里」に入り、牛久保からの迎えが来たところで「西郡の衆」を帰した。多くの人々が戻ったあとも、三谷と大塚の境を越えて同行してくれた藤太郎らの「西郡の衆」はここで引き返すことになったのである。ここで宗牧が「大塚の里」と書いていることからも、大塚の地が「西郡」とは異なる空間であったことがうかがえるが、このことはほかの史料からも確認できる。

大塚の北の相楽町にある相楽神社の文明二年（一四七〇）三月の棟札に「御津庄多野村」とみえ、[27]相楽神社のあった「多野村」が「御津庄」に含まれていたことがわかる。相楽町は大塚町とともに現在は蒲郡市に属しているが、本来は「御津庄」の一部で、豊川市の御津と一帯の地域だったのである。大塚については史料がないが、その地形から考えても、三谷以西の地域よりも、東の御津とのつながりが深い地域とみるべきであろう。

宗長は「西郡」の鵜殿長持の宿所に泊っており、宗牧も同じく長持の城で連歌会を開いている。こうしたことからみて、鵜殿長持・長照のいた上ノ郷城が「西郡」の中心であり、「西郡」といえばまずはこの地域のことが思い浮かぶという状況になっていたことは確かだろう。ただ宗牧の『東国紀行』の記述を追ってみると、竹谷から五井、あるいは三谷に至る一帯もひとつづきの地域と認識されていたようにも思えるのである。ここにみえる「西郡の衆」のなかには、上ノ郷のあたりの人だけでなく、もう少し広い地域の人々も加わっていたのではないだろうか。広い地域を指す「西郡」と、その中心部分を指す「西郡」とがともに存在していたというのが実情なのだろう。

永禄五年（一五六二）二月四日、徳川家康（当時は松平元康）の軍勢に攻められて上ノ郷城が陥落、城主の鵜殿長照は討死する。しらせを聞いた越後本成寺の日扇は、長応寺にあてて見舞いの書状を出すが、そこには「仍就西郡落城、鵜殿藤太郎殿傷害（生害）」と書かれていた(28)。日扇は上ノ郷城を「西郡」の城として認識していたのである。このあと上ノ郷城には家康の母の夫にあたる久松俊勝（長家）が入り、その子の松平康元があとを継ぐが、前述のように、深溝の松平家忠の日記（『家忠日記』）のなかで、康元は「西郡因幡」「西郡松平因幡守」と呼ばれており(29)、このことからも上ノ郷城のあたりが「西郡」の中心だったことがうかがえる。ただ同じ家忠の日記の天正五年（一五七七）十二月の条には「西郡五井太郎左衛門所へ礼ニ越候」という記述もみえ(30)、五井も「西郡」の内と認識されていたことがわかる。広域の「西郡」と狭い「西郡」が共存していたことが、ここからもうかがえるのである。

おわりに

今に遺されたわずかな手がかりをたぐりながら、「西郡」という地名についてあれこれ考えてみた。南北朝のはじめごろから「三河国西郡」という形で史料に顔を出すが、「三河国宝飯郡西郡」という表記がなされることもあり（前記した永正四年の安楽寺にかかわる史料）、とりあえずは「宝飯郡」の一部と認識されていたらしいふしもある。「西郡」の範囲については、確証をもてる材料がないが、康永四年の文書などから、現在の西田川流域一帯が「西郡」に含まれていたことがわかり、また「西郡蒲形庄」という記載から、かつての蒲形庄も「西郡」の中だったことが確認できる。さらに戦国末期には「五井」が「西郡」の中にあることをうかがわせる記事もある。戦国時代になると、鵜殿氏の居城となった上ノ郷城が「西郡」の城と呼ばれたように、とくにこの地域を指して「西郡」と呼ぶ用例が多くなるが、より広い地域を「西郡」ということも同時に存在したようである。

そもそも「西郡」とはどういう地名か。直接このことを示す史料はないが、「宝飯郡」のうちの西の部分が「西郡」と呼ばれるようになったと考えるのが自然であろう。もともと宝飯郡は豊川の右岸一帯を占める広大な郡で、延喜三年（九〇三）に山間地の一帯が「設楽郡」として分立したために、今の一宮以南に限定されることになる。それでも郡域はかなり広く、国府のある一帯と、山を越えた西南部（今の蒲郡地域）とは違う世界だという認識がいつしか広がり、西南部分を「西郡」と呼ぶようになったのだろう。あくまで想像にすぎないが、国府のあたりに住んでいる人々が、山の向こうの地域を「西」とか「西郡」といったのが始めで、そのうち当該地域の人々も、自分たちの生活空間を「西郡」と呼ぶようになったということなのではなかろうか。

そう考えると、「西郡」の範囲は現在の三谷から西の一帯で、形原や西浦も含むと考えていいのかもしれない。形原や西浦については史料がないのでなんともいえないが、理論的にみればこのあたりも「西郡」の一部とみていいように思えるのである。

宝飯郡の一部が区分されて「西郡」と呼ばれるようになったと、とりあえずは考えたいが、同じようなことは隣の渥美郡でも見られる。渥美郡もかなり広大な郡だが、このうち半島部分が「奥郡」と呼ばれるようになっていくのである。(31) 国府から遠江に向かう道(東海道)が通っているところは渥美郡の中心としての位置を保ち続け、東海道からはずれた半島部分は「奥」として認識されて、「奥郡」という呼称が一般化していったのだろう。

古代の郡が二分されるというのは、中世にはよくみられた現象である。たとえば尾張の海部郡は、東西に二分されて「海東郡」「海西郡」という二つの郡になった。このように東西または南北に二分されて、新たな郡が編成されるという形が一般的だが、「西郡」の場合は様相が異なる。「宝飯郡」が二分されて、たとえば「宝東郡」と「宝西郡」になる、というわけではなく、「西郡」はあくまで「宝飯郡」の一部で、「宝飯郡」と対等な地域名称ではない。同じように「奥郡」も「渥美郡」の一部で、郡が対等に分割されたわけではないのである。東海道の通るところが東三河の中心で、この道からはずれる「西郡」や「奥郡」は中心地域と対等にはなりえなかった、ということなのかもしれない。

しかし、海に面した「西郡」には国府や豊川あたりとは違う世界が開けていたと、前向きにとらえることも可能だろう。「西郡」は海を通じて渥美半島（奥郡）や知多半島とつながる表玄関にあたり、また西に進めば深溝、さらには岡崎とも関係を持つ、きわめて豊かな地域だったともいえるのである。三河という国を考えるとき、どうしても「東三河」と「西三河」という区分をしてしまうが、蒲郡の地はどちらになるのかわからない感じもする。行政区画でいえば宝飯郡の中だから「東三河」になるのだろうが、深溝や幡豆とも交流があって、西三河の一部ともいえなくもないからである（松平氏の一門がこの地域に出てきたのも、こうした環境による）。むしろ東とか西とかいわず、「三河のまんなか」といったほうが地域の特性をよく示せるのかもしれない。一応は宝飯郡に属しながら、国府や豊川のあたりとは異なる独自の地域として、蒲郡は展開を遂げてきたのである。「西郡」という地名は、こうした地域の特性と歴史をよく物語る遺産だといえるかもしれない。

注

（1）『愛知県の地名』（日本歴史地名大系23、平凡社）一〇三二頁。

(2)『愛知県の地名』一〇三三頁。
(3)『角川日本地名大辞典　愛知県』一〇一一頁。
(4)『蒲郡市史』本文編Ⅰ（原始古代編・中世編）二六五～六頁（田中幹規氏執筆分）。
(5)『蒲郡市史』本文編Ⅰ、四八二頁（松下悦男氏執筆分）。
(6)「地蔵院文書」将軍足利尊氏下文案（『愛知県史』資料編8〈中世1〉一一七九号、『蒲郡市史』本文編Ⅰ、二四七頁）。
(7)「地蔵院文書」執事高師直施行状案（『愛知県史』資料編8〈中世1〉一一八〇号、『蒲郡市史』本文編Ⅰ、二四七頁）。
(8)『蒲郡市史』本文編Ⅰ、二四六頁。
(9)『蒲郡市史』本文編Ⅰ、二四六頁。
(10)「地蔵院文書」足利満詮譲状写（『愛知県史』資料編9〈中世2〉一〇五四号、『蒲郡市史』本文編Ⅰ、二六八頁）。
(11)『蒲郡市史』本文編Ⅰ、二八六～九三頁参照。
(12)「満性寺文書」沙石集抄奥書（『愛知県史』資料編10〈中世3〉七〇六号、『蒲郡市史』本文編Ⅰ、三六四頁）。
(13)『蒲郡市史』本文編Ⅰ、三六〇～五頁参照。
(14)「南狩遺文」後村上天皇綸旨写（『愛知県史』資料編8〈中世1〉一一五五号）。
(15)「津賀田神社文書」大般若波羅蜜多経奥書（『愛知県史』資料編9〈中世2〉一六四号）。
(16)「地蔵院文書」僧正育譲状（『愛知県史』資料編9〈中世2〉一四一五号、『蒲郡市史』本文編Ⅰ、二八七頁）。
(17)「地蔵院文書」地蔵院補任状案（『愛知県史』資料編9〈中世2〉一四三六号、『蒲郡市史』

本文編Ⅰ、二八七頁)。
(18)「造内裏段銭幷国役引付」(『愛知県史』資料編9〈中世2〉一九七六号)。
(19)『蒲郡市誌』一六六頁。
(20)「本興寺文書」同異決私聞書上奥書(『愛知県史』資料編10〈中世3〉七八〇号、『蒲郡市史』本文編Ⅰ、三七七頁)。
(21)「本興寺文書」伊巻当門深秘五箇(『愛知県史』資料編10〈中世3〉七八一号)。
(22)「本興寺文書」祈禱経袖書(『愛知県史』資料編10〈中世3〉七八五号、『蒲郡市史』本文編Ⅰ、三七七頁)。
(23)「宗長手記」(『愛知県史』資料編10〈中世3〉一〇四八号)。
(24)「東国紀行」(『愛知県史』資料編10〈中世3〉一五三五号、六二八~九頁)。
(25)史料の原文には「先応寺」とあるが、原田耕治氏が指摘されたように「先長応寺」の誤りとみてよかろう(「「東国紀行」西の郡の先応寺について」『西の郡』第八号、一九八三年)。
(26)「東国紀行」(『愛知県史』資料編10〈中世3〉一五三五号、六三〇頁)。
(27)「相楽神社棟札写」(『愛知県史』資料編10〈中世3〉二一六七号)。
(28)「長存寺文書」日扇書状(『愛知県史』資料編11〈織豊1〉三一七号)。
(29)「家忠日記」(続史料大成『家忠日記』二)天正十六年閏五月十九日・二十四日条ほか。
(30)「家忠日記」(続史料大成『家忠日記』一)天正五年十二月十三日条。
(31)たとえば「宗長手記」に朝比奈泰以が田原の戸田氏を討つために「奥郡」に向かったという記事があり(『愛知県史』資料編10〈中世3〉八八〇号)、天文二十年(一五五一)の今川義元判物にも「参河国奥郡神戸郷南方名職事」とみえる(『同』一七八四号)。

『蒲郡市誌　資料編』の近世村落史料を読む

神谷　智

はじめに

『蒲郡市誌　資料編』[1]（以下「資料編」と略記）には、多くの近世村落史料が所収されている。所収史料については『蒲郡市誌』[2]（本文編、以下「本文編」と略記）で詳しく説明されているものもあるが、本文編での説明のない史料も多くある。しかし、資料編の「序」に「資料それ自体は不変で、世の動きとは無関係に存在価値があります」と書かれているように、本文編での説明のない史料であっても、その史料的価値に変わりはない。また同じく資料編の「序」に「個々の資料についての解釈や評価は、時とともに変ることもありうる」ともあるように、本文編の解釈、評価とはまったく違う視点からこれらの所収史料をみることもできよう。そこでここでは、多くの近世村落史料で一般的に散見される史料のうち、宗門手形・村送り一札と村高家数人数馬数改帳をとりあげ、これまでとは異なる評価ができる可能性のある史料が、この資料編に所収されていることを指摘しておきたいと思う。

宗門手形・村送り一札

資料編の近世の項目には、「宗門手形」として、三点の史料が所収されている。[3] 最初の史料は次の通りである。

宗門手形之事

三州宝飯郡拾石村甚五兵衛、代々法花宗ニ而同国同郡蒲形村長存寺旦那ニ而御座候、先祖親類縁者至迄御法度之切支丹者不及申、類族又者邪宗門ニ而無御座候、右甚五兵衛娘はつ義者御元様御領分蒲形村三十方へ縁付遣し申候、若疑敷宗門与申者御座候ハヽ、加判之者共罷出急度申訳可仕候、為後日証文如件

辺(逸)見源三郎知行所
拾石村□
甚五兵衛（印）
伯父
甚太郎（印）

兄弟　武右衛門（印）
従弟　次　助（印）
組頭　善四郎（印）
名主　文　六（印）

享和弐年
壬戌三月日
松平潤之助様御内
平田右源次殿
浅岡良助殿

この史料は表題が「宗門手形之事」、享和二年（一八〇二）三月日付で拾石村親甚五兵衛ほか親族および村役人も含めて計六名から、松平潤之助御内の平田右源次と浅岡良助へ差し出されている。甚五兵衛の娘「はつ」が蒲形村三十の女房となるによる引越の際のものである。この史料の次に掲載されている史料も同様で、表題が同じく「宗門手形之事」、文政十年（一八二七）二月付で西浦村親武兵衛ほか親族および村役人も含めて計五名から、松平主水御内の小田右沖と小田弥四郎へ差し出されている。これも武兵衛の娘「かの」が蒲形村長七の女房となるによるものである。三つめの最後の史料は、表題が「送一札之事」、文政十三年（一八三〇）二月日付で宮廻村庄屋与右衛門から、平地村御役人衆中宛へ差し出されている。宮廻村重郎右衛門の娘「なか」が平地村新平の妻となるによるものである。

また別に、本文編に所収されている写真史料にも、表題が「宗門手形之事」、延享二年（一七四五）三月日付で西浦村親為右衛門ほか親族および村役人も含めて計四名から、松平主水御内の小田重助と小田惣蔵へ差し出されている史料がある。[4] これは為右衛門の息子松之助が西之郡町清七へ養子となるによるものである。

文政十三年の一点を除き、他の三点の表題は「宗門手形之事」である。宗門手形とは寺請証文ともいい、「寺院が檀家に対し、その寺院の檀家であることを証明するため発行した文書」[5]である。この史料にも「代々法花宗ニ而同国同郡蒲形村長存寺旦那ニ而御座候」と書かれており、寺院の檀家であることが証明されてはいる。また宗門手形は「キリシタンでないこと」[6]も証明しているという。これについても前記史料には確かに「先祖親類縁者至迄御法度之切支丹者不及申、類族又者邪宗門ニ而無御座候」とある。これは他の二点も同様である。

しかし、これらの史料は寺院が発行してはいない。その意味でこの史料は、表題が「宗門手形」でありながら、内容としては宗門手形の要件をなしていないことになるが、当時はこれらも「宗門手形」と呼ばれていたのはたしかである。となると当時は、「寺院の檀家であること」と「キリシタンではないこと」を証明していればそれはすべて宗門手形とよばれており、寺院が発行していることは宗門手形の要件として考えられていないといえるのではないか。

また、これら三点の史料は村送り状の一種あるいは村送り状の変形とも考えられる。村送りとは、「近世社会において、町人や農民などの被支配者が、婚姻・養子縁組・奉公などによって他村へ行く場合の送籍をいう」(7)。今日でいう引越などの際の転出入手続きのようなものである。その際は、村から村へ送られる「村送り一札(村送り状)」と、別にその当該者が「寺院の檀家であること」と「キリシタンではないこと」を証明する、寺から寺へ送られる「宗門送り一札(寺送り一札、寺送り状、宗門送り状)」の二種類が作成されるのが一般的で、両者を総称して「送り一札(送り状)」ということもある。前記の文政十三年の「送一札之事」は村送り一札の典型例である。なお、宗門送り一札も「寺院の檀家であること」と「キリシタンではないこと」を証明しているので、その意味では宗門手形であり、多くの辞書も宗門手形に宗門送り一札を含めている(8)。

しかし、村送り一札にも「寺院の檀家であること」と「キリシタンではないこと」を証明する文言が書かれていることが多い。宗門送り一札も前述したように同様である。「寺院の檀家であること」と「キリシタンではないこと」を証明するものが宗門手形であり、寺院が発行しているか否かは、その要件にならないとすれば、村送り一札も宗門送り一札と同じく、宗門手形の中に含まれる一種といえるかもしれない。

三点の本文中に書かれている、婚姻・養子先の蒲形・西郡はともに、この時期は旗本である西郡松平家の所領であり、陣屋が置かれていた。すなわち三つの史料の宛所にある「松平潤之助御内」「松平主水御内」はともに西郡松平家中を意味する。その六名のうち、平田右源次については、同じく資料編に所収されている史料で、陣屋の仕事向きが書かれている文化八年（一八一一）「年中勤向行事覚帳」[9]の中にその名前がみえる。また小田孫四郎という名もみえるが、これは文書宛所の六名の内の一人、小田弥四郎である可能性がある。また本文編の松平家臣団の表には小田惣蔵の名も見える[10]。とするとこの三人は西郡松平家の家中の者とみてよいであろう。このほか資料編に所収されている西郡松平家関係の史料[11]をみると、家中の者に小田姓が多いことがわかる。となると、この三つの宗門手形は、本人の親等親族および村役人から領主役人へ宛てられた文書であることがわかる。

通常の引越・縁付の手続きとしては、本人が移動先の村人と連絡をとり、移動先の村役人の内諾を得る。次に居村の村役人に許可を得、時には居村の村役人は領主へ届け出る。そして本人や親・請人・証人（親類・縁者等）・村役人等が移動先の村役人へ村送り一札を出して完了する。ただし、引越先村役人から引越先村の支配領主へ届け出る場合もあるという[12]。ところが、この西郡松平家領内への移動・引越の場合は、村役人等から村役人へ送り状が出されるのではなく、村役人等から直接領主役人宛に送り一札が出されているのである。

この理由として、いまのところは次の二つが考えられる。一つは、西郡松平家の陣屋があり所領の中心地であった蒲形・西郡については送り状は村役人宛ではなく、陣屋役人宛に出されていたのではないかということである。近世も後期になると陣屋役人は、江戸から派遣されるのではなく、地元の有力百姓を武士身分に取り立てて採用することが多くなる。となると村役人クラスが事実上陣屋役人となるので、このような送り状が作成されるようになったとも推測できる。もう一つは、近世後期になると無宿者などが多数往来し、地域の治安も悪くなってくるので、その対策として、人の移動に際しては領主が、村役人を介してではなく、直接把握するようになったのではないかということである。しかしどちらにしてもまだ単なる推測であり、今後の課題である。

村高家数人数馬数書上帳

村高家数人数馬数書上帳とは「近世を通じて、領主が領内の戸口および領民の実態などを掌握するため村落・町単位に行なった戸口調査簿の総称」[13]などといわれている。そのためかこれまで、市町村誌（史）の資（史）料編等ではよく「戸口」という分類項目の中に所収されている場合が多い。蒲郡市誌の資料編でも、「一村のすがた」の項目中に、平地村の文政十年（一八二七）十一月付の「高家数人数馬数相改帳」[14]が所収されている。

「高家数人数馬数相改帳
願書之写
文政十亥十一月　平地村」

一高百五拾壱石三斗九升九合
桑島吉次郎知行所
三州宝飯郡平地村
但シ藤川宿江
道法四里余

一家数　四拾（ママ）軒
内　拾壱軒　水呑
残　三拾壱軒　本家役

一人数合百四拾七人
内
男　八拾五人
弐人　村役人
拾九人　六拾才以上
拾五人　拾五才以下

壱人　病身もの
拾六人　他所出奉公仕候
差引テ
三拾弐人　御用可相立者
女　六拾弐人
馬　三疋
右之通、家数人別相改相違無御座候、以上
三州宝飯郡平地村
庄屋　市右衛門
組頭　藤右衛門
百姓代　幸八
文政十亥十一月
中尾卯吉様
中村与次兵衛様

村高・家数・人数・馬数が書かれているだけの、まさに「村高家数人数馬数書上帳」という戸口調査の文書にみえる。しかし表紙に「願書之写」と書かれており、これが役所への単なる調査届書ではなく願書であるのは、常識的にはおかしい。また「但シ藤川宿江道法四里余」と宿場への距離が書かれていたり、男姓の人数は内訳があるのに対し、女姓の人数は総数しか書かれておらず、かつ男姓の人数は内訳の後にある「御用可相立者」も何の御用なのか、単なる調査届書にしては違和感がある。

そこで資料編の他の箇所を注意して捲ってみると、「四農民の負担　3助郷　(オ)助郷役免除願」の中に、同年月日付の平地村助郷役減免[15](免除)願があった。藤川宿の助郷免除の願書であるが、前述の「高家数人数馬数相改帳」と、日付だけでなく差出も宛所も同じである。「高家数人数馬数相改帳」は、この助郷役免除願の関連史料であり、両者は一緒に出されたのではないかとの推測が成り立つ。もしそうだとすると、「高家数人数馬数相改帳」が願書であることも、藤川宿への道法が書かれているのも理解できる。また助郷役は男性負担であるから、負担できない男性人数を除くため、男姓人数には内訳が書かれるのも当然といえよう。この二つの史料は本来助郷の項目の中で一緒に掲載されるべきではないかと思われる。

ところでこの史料の次に「(カ)助郷役他村へ指名願」として、寛政九年(一七九七)十月平地村「助郷差村一件之帳」という史料が掲載されている。文中に寛政九年十月二十日付「差上申一札之事」という、役人が助郷差村について見分廻村する際の請書がある。ところがその後ろに次のような記載がある。

一、天明七未年ゟ去辰年迄拾ヶ年分割付可差出事
一、難義困窮之趣、ヶ条認、願書可差出事
一、当巳年宗門人別帳可差出事
但別紙案文之帳面相仕立、一同可差出事

覚

一、家数合四拾四軒　内　弐拾六軒　本家役
拾七軒　水呑家
壱軒　道

一、人数合百七拾弐人
内訳
男　八拾九人
内　三拾七人　拾五歳以下六十才以上
拾三人　他所へ奉公ニ出候分
残男　三拾九人
女　八拾三人
内　四人　他所へ奉公ニ出候分

壱人　　　他所江縁付候得共宗門此方ニ而相改申候故書載申候
壱人　　　道也
残女　七拾七人
馬　四疋
右之通、当村惣家数人別仕訳并馬数共ニ、書面之通相違無御座候、以上
寛政九年巳十月
桑島図書知行所
三州宝飯郡平地村
組頭　藤右衛門　判
庄屋　源右衛門　判

文政十年同様、家数・人数・馬数が「覚」として書かれている。ただし村高はなく、男性人数の内訳も十五歳以下六十歳以上と他所奉公出しか書かれておらず、また逆に女性人数の内訳も書かれている。しかし文末に「右之通、当村惣家数人別仕訳并馬数共ニ、書面之通相違無御座候」と書かれているので、これも文政十年の村高家数人数馬数書上帳と同様なものとみてよいであろう。そしてこの部分の後に続いて、同じく寛政九年十月付で助郷免除願が掲載されている。この寛政九年十月付の覚＝「惣家数人別仕訳并馬数」帳が助郷免除願とともに一緒に出される、助郷関係史料であることはもはや明白である。

さらにこの史料の冒頭には、「去寛政元酉六月大水之節、東海道藤川宿常助郷之内、山畑村外拾ヶ村水損ニ付、助郷役難相勤、道中御奉行根岸肥前守様江願書奉差上、此辺村々差村ニ致候ニ付、村井喜蔵様・米倉幸吉様御廻村被遊、地頭所拾ヶ年分割付・検地帳・宗門帳・馬数帳御取被遊、御紀相済、翌寛政二戌年、村々江戸表江被召出、御割合を以当村江、代助郷戌六月朔日ゟ当巳五月晦日迄弐拾九石被為　仰付」という記述がある。寛政九年「覚」は文中のこの寛政元年（一七八九）「馬数帳」に相当するものであろう。またどちらの年も、十年分の年貢免状と宗門（人別）帳も、この村高家数人数馬数書上帳とともに一緒に差し出されている。これらの帳簿は助郷役を算定する際の基礎資料となることは容易に想定できる。「馬数帳」＝「惣家数人別仕訳并馬数」帳（覚）＝「村高家数人数馬数書上帳」は助郷役を算定する際に基礎資料として用いられているのである。

以上から、この文政十年と寛政九年の村高家数人数馬数書上帳は、単なる戸口調査書としての史料ではなく、助郷役算定のための基礎資料となる、明らかに助郷・交通、あるいは貢租・役賦課等に関係する史料であるといえよう。

おわりに

資料編の「宗門手形」（送り一札）三点と文政十年の平地村の高家数人数馬数相改帳」につい

ては本文編には説明がなく、寛政九年の「助郷差村一件之帳」については本文編に説明があるが、助郷免除の説明だけである。しかしこの資料編所収の史料は、本文編とは異なる視点から評価できる、興味深い史料である。[16]

以上わずか二つの事例であるが、この資料編には、これまでの村落史料の常識や通説を覆す可能性が高い史料が所収されていることがおわかりいただけたかと思う。その意味でもこの資料編は非常に評価できる資料編であろう。しかし一方で所収史料が限られているので、この資料編からだけでは明らかにできない、わからないことがまだ多くある。資料編が刊行されて、すでに三五年以上経っている。これらの課題を解明するためにも、また新たな歴史を明らかにするためにも、新たな『蒲郡市誌（史）』が編纂されることを期待したい。

注

（1）蒲郡市誌編纂委員会・蒲郡市教育委員会編、蒲郡市、一九七六年。
（2）蒲郡市誌編纂委員会・蒲郡市教育委員会編、蒲郡市、一九七四年。
（3）資料編、一八六―一八八頁。
（4）本文編、二三九頁。
（5）国史大辞典編集委員会編『国史大辞典　第九巻』（吉川弘文館、一九八八年）、九一四―五頁。
（6）永原慶二監修『岩波日本史辞典』（岩波書店、一九九九年）、七九四―五頁。

(7) 国史大辞典編集委員会編『国史大辞典 第十三巻』(吉川弘文館、一九九二年)、六六七頁。
(8) 注(5)(6)前掲書、朝尾直弘・宇野俊一・田中琢編『角川新版日本史辞典』(角川書店、一九九六年、五〇四頁)、日本史広辞典編集委員会編『日本史広辞典』(山川出版社、一九九七年、一四七七頁)など。
(9) 資料編、七〇―七六頁。
(10) 本文編、二七一頁、表2-18。
(11) 資料編、六七―一一五頁。
(12) 五島敏芳「宗門人別送り状の成立―引越事例の検討を中心に―」(国文学研究資料館史料館『史料館研究紀要』第三三号、二〇〇二年)、四二―四三頁。
(13) 国史大辞典編修委員会編『国史大辞典 第一巻』(吉川弘文館、一九八〇年)、四二二頁、「家数人馬書上帳」の項。
(14) 資料編、一四八頁。
(15) 資料編、三三四頁。
(16) 本文編、三二〇―三二一頁。

附記 本稿は二〇〇八年八月九日蒲郡市民会館で行った、蒲郡市民教養講座「近世史料の面白さ―三河の自治体誌(史)の史資料を読む―」と題した講演の一部である。また村高家数人数馬数改帳については、拙稿「三河地方における『村高家数人数馬数書上帳』の性格について」(『愛知大学綜合郷土研究所紀要』第五三輯 愛知大学綜合郷土研究所 二〇〇八年)で論文にした。

跋

　愛知大学は本年四月に名古屋駅に近接するささしまライブ24地区に名古屋校舎を開校した。当地区は「名古屋市の国際歓迎・交流拠点の形成」を標榜するもので、本学には教育面から地域の国際化・国際交流を担う一翼として大きな期待が寄せられている。

　そして、蒲郡市民教養教座は今年で三〇周年を迎える。これらのことを記念して『語り継ぐ日本の歴史と文学』を発刊することにした。これは二五周年を記念して刊行した『語り継ぐ日本の文化』の続編である。

　序文の久曾神昇名誉教授は今年で御年百三歳を迎えられた。このことは久曾神先生を知る多くの方々はもとより、私ども直接ご教示を賜った者にとっても大いなる喜びであり、慶賀である。

　本書は文学編、歴史編で構成され、執筆者は本講座の講師を担当くださった久曾神先生を筆頭に愛知大学卒業生と本学教授・助教の一二名である。

　講座を開催するたびに感じることは、市民の皆様の熱心な受講があること、蒲郡市教育委員会・愛知大学同窓会蒲郡支部・愛知大学国文学会が三位一体となって運営できていること、それぞれの温かい信頼の賜物である。

愛知大学は建学の精神に「国際的教養と視野をもった人材の育成」と同時に「地方文化への貢献」を掲げている。グローバル化、国際化が叫ばれる今日、日本の伝統文化・歴史を再認識することはますます大切になる。自国の文化に関心の薄い国籍不明の日本人は世界の人々からも尊敬されないだろう。ささやかではあるが本書がその一助になればと思う。

本書の出版にあたり愛知大学同窓会のご支援、(財)愛知大学同友会「学術研究助成費」の補助をいただいていること、あわせてこの企画を快く引き受けてくださった青簡舎の大貫祥子氏に厚くお礼を申し述べる。

平成二四年(二〇一二)八月

黒柳　孝夫

執筆者紹介（掲載順）

久曾神昇　きゅうそじん　ひたく
一九〇九年（明治四二）愛知県豊橋市生。東京帝国大学文学部、同大学院修了。文学博士。一九四六年（昭和二一）から八四年まで愛知大学に勤務。その間学長もつとめる。現在愛知大学名誉教授。一九八四年勲二等瑞宝章受賞。中日文化賞、豊橋文化賞受賞。万葉集（訓詁注釈・地名研究）、古今集（成立論・注釈）、古筆・古筆切、西本願寺本三十六人集の筆者などを研究。『古今和歌集成立論　資料編上中下』『西本願寺本三十六人集精成』（以上、風間書房）、『物語古筆断簡集成』（汲古書院）ほか多数。

田中登　たなか　のぼる
一九四九年（昭和二四）愛知県豊橋市生。愛知大学文学部卒業。名古屋大学大学院単位修得。帝塚山短期大学教授を経て、現在、関西大学文学部教授。平安和歌文学及び古筆学専攻。平成に入って、冷泉家時雨亭文庫の調査・研究に従事。その成果を『冷泉家時雨亭叢書』（朝日新聞社）に発表。その他、著書に『校訂貫之集』（和泉書院）、『古筆切の国文学的研究』（風間書房）、『王朝びとの恋うた』（笠間書院）、『季節は書と共に』（青簡舎）などがある。

日比野浩信　ひびの　ひろのぶ
一九六六（昭和四一）、愛知県一宮市生。愛知大学文学部卒業、愛知淑徳大学大学院博士後期課程単位取得退学。愛知大学・愛知淑徳大学非常勤講師。博士（文学）。中古・中世の和歌と歌学を中心に、古筆切を視野に入れた文献学的研究を主とする。著書に『久迩宮家旧蔵俊頼無名抄の研究』（未刊国文資料刊行会）、『志香須賀文庫蔵顕秘抄』（和泉書院）、『陽明文庫蔵本袋草紙と研究』（共著・未刊国文資料刊行会）、『校本和歌一字抄』（共著・風間書房）、『五代集歌枕』（共著・みずほ出版）、『古筆切影印解説・十三代集編』（共著・風間書房）、『二条為氏と為世』（笠間書院）など。

熊谷由美子　くまがい　ゆみこ
一九六九年（昭和四四）、岐阜県瑞浪市生。愛知大学大学院文学研究科博士後期課程満期終了。二〇〇一年より現在にいたるまで愛知大学非常勤講師。『源氏物語』を中心とした平安時代の語義研究に取り組んでいる。『源氏物語注釈二〜四』（執筆協力、風間書房）、『源氏物語注釈五、六』（共著、風間書房）、『日本語の語義と文法』（共著、風間書房）、論文に「源氏物語における『つらし』『つれなし』『うらめし』の語義について」など。

和田明美　わだ あけみ

一九五六年（昭和三一）高知県宿毛市生。高知女子大学（現・高知県立大学）卒業後、名古屋大学大学院文学研究科博士課程前期修了・同博士課程後期中途退学・博士（文学）。現在愛知大学文学部教授。古代的思考や自然観を探求しつつ、古代日本語の文法と意味の研究に携わる。著書に『古代日本語の助動詞の研究』『古代的象徴表現の研究』（風間書房）、『古代東山道園原と古典文学』（あるむ）の他、共著に『万葉集の表現の研究』『源氏物語注釈 一～六』『日本語の語義と文法』（風間書房）、『万葉史を問う』（新典社）、『和歌史論叢』（和泉書院）、『語り継ぐ日本の文化』（青簡舎）など。

黒柳孝夫　くろやなぎ たかお

一九四五年（昭和二〇）、愛知県安城市生。國學院大学文学部卒業、愛知大学文学専攻科修了。愛知大学短期大学部教授。その間、愛知大学常務理事・副学長、同国際交流センター所長等を務める。現在は同理事・短期大学部長。『和歌大辞典』明治書院、『古典和歌必携』・『日本名歌集成』学燈社、『新編国歌大観第七巻』・『歌ことば歌枕大辞典』角川書店等で分担執筆。論文「古典文学の自然性と現代社会」（『愛知大学国文学』四四号）、共編著『語り継ぐ日本の文化』青簡舎など。

片山武　かたやま たけし

一九三三年（昭和八）愛知県名古屋市生、愛知学芸大学（現愛知教育大学）卒業、愛知大学専攻科修了後、中・高校教員を経て金城学院大学文学部勤務、二〇〇〇年（平成一二）三月退職。上代日本文学、近世文学（国学者の万葉集研究）。万葉集の訓詁注釈的研究。主として東海四県の賀茂真淵、本居宣長の門人らの万葉集研究を行っている。『万葉集見解Ⅰ～Ⅳ』（東京文芸館）、『万葉集を読む（その時代背景）その一～その四』（マイ・ブック出版）、『賀茂真淵門人の万葉集研究―土満・魚彦』（万葉書房）、『小塚直持と萬葉長歌類葉抄』について』（愛知県郷土資料刊行会）など。

藤井貴志　ふじい たかし

一九七四年（昭和四九）、大分県生。立教大学大学院文学研究科博士後期課程修了。博士（文学）。日本学術振興会特別研究員（ＰＤ）を経て、二〇一一年四月より愛知大学文学部助教。専門は大正期から昭和初年代を中心とした日本近現代文学。現在は人形を描いた近現代文学の研究に取り組んでいる。著書に『芥川龍之介―〈不安〉の諸相と美学イデオロギー』（笠間書院）など。

権田浩美　ごんだ ひろみ
一九六八年（昭和四三）、名古屋市生。愛知大学大学院文学研究科日本文化専攻博士後期課程修了。日本文化博士。現在、愛知大学綜合郷土研究所研究員、愛知大学文学部、愛知大学短期大学部の非常勤講師。中原中也、富永太郎、丸山薫を中心とした近現代詩及び近現代文学、郷土の文学を研究。単著に『空の歌―中原中也と富永太郎の現代性（モダニティ）』（翰林書房、第二部に「中原中也と丸山薫」収載）。共著に『展望　現代の詩歌　詩Ⅲ』（明治書院、「高田敏子」担当）、『「日本詩人」と大正詩―〈口語共同体〉の誕生』（森話社）がある。

廣瀬憲雄　ひろせ のりお
一九七六年（昭和五一）、岐阜県岐阜市生。名古屋大学大学院文学研究科博士課程修了。博士（歴史学）。日本学術振興会特別研究員（ＰＤ）・名古屋大学高等研究院特任助教を経て、二〇一一年（平成二三）四月より愛知大学文学部助教。専門は日本古代史・東部ユーラシア対外関係史。著書『東アジアの国際秩序と古代日本』（吉川弘文館）。論文「倭国・日本史と東部ユーラシア」（『歴史学研究』第八七二号）、「九世紀の君臣秩序と辞官・致仕の上表」（『ヒストリア』第二一三号）など。

山田邦明　やまだ くにあき
一九五七年（昭和三二）、新潟県中魚沼郡川西町（現十日町市）生。東京大学文学部国史学科卒業、同大学院人文科学研究科博士課程中退。東京大学史料編纂所助手・助教授・教授を経て、二〇〇五年（平成十七）より愛知大学文学部教授。専攻は日本中世史。著書に『鎌倉府と関東』（校倉書房）、『戦国のコミュニケーション』（吉川弘文館）、『戦国の活力』（小学館）、『室町の平和』（吉川弘文館）などがある。

神谷智　かみや さとし
一九五七年、名古屋市生まれ。名古屋大学大学院文学研究科博士課程（後期）単位取得退学。博士（歴史学）。日本福祉大学知多半島総合研究所嘱託研究員、名古屋大学文学部助手を経て、現在愛知大学文学部教授。専門は日本近世村落史・記録史料学。著書に『近世の瀬戸』（共著、第一法規）、『近世における百姓の土地所有　―中世から近代への展開―』（校倉書房）など。

語り継ぐ日本の歴史と文学
二〇一二年八月一一日　初版第一刷発行
編　者　久曾神昇
発行者　大貫祥子
発行所　株式会社青簡舎
〒一〇一-〇〇五一
東京都千代田区神田神保町二―一四
電　話　〇三―五二一三―四八八一
振　替　〇〇一七〇-九-四六五四五二
印刷・製本　株式会社太平印刷社

ISBN978-4-903996-56-1　C1095